Suzanne Vermeer is het pseudoniem van de in juni 2011 overleden auteur Paul Goeken. In overleg met zijn familie is besloten om de boeken van Suzanne Vermeer voort te zetten. Alle titels van Vermeer zijn in de bestsellerlijst verschenen en twee titels werden genomineerd voor de NS Publieksprijs.

Van dezelfde auteur

All-inclusive
De vlucht
Zomertijd
Cruise
Après-ski
De suite
Zwarte piste
Bella Italia
Noorderlicht
Het chalet
Route du soleil
Winterberg
Goudkust
Mont Blanc
Costa del Sol
Sneeuwengelen
Hittegolf

Bezoek onze internetsite www.awbruna.nl voor informatie over onze boeken, volg @AWBruna op Twitter of bezoek onze Facebook-pagina: Facebook.com/AWBrunaUitgevers.

Suzanne Vermeer

Bon Bini Beach

A.W. Bruna Uitgevers

Omslagbeeld
© Ralf Schultheiss/Corbis
Omslagontwerp
Wil Immink Design

ISBN 978 94 005 0750 0
NUR 332

Vierde druk, april 2017

Proloog

De warme avondlucht op het strand, de sterren, het kampvuur, de muziek: alles was perfect. Zo meteen kwam Marc terug. Eigenlijk hoopte ze dat hij Dominique en Todd niet meer had kunnen inhalen. Dan waren ze de rest van de avond alleen. Ze zou het goedmaken met hem dat ze tot dan toe zo weinig toeschietelijk was geweest.

Ze rekte zich uit in het zand. Een vakantieliefde was iets moois. En Aruba was een paradijs op aarde. Niet te geloven dat ze nog nooit eerder in de Cariben was geweest. Alsof er een superieur stuk van de wereld voor haar verborgen was gehouden.

'Hoi Lil,' hoorde ze achter zich.

Ze keek op en was niet eens verbaasd hem te zien.

'Hallo,' antwoordde ze koel.

'Ik zag je en móést gewoon even met je praten.'

'Oké.'

'Hoe is het met je? Je bent hier met Do, toch?'

'Ja, inderdaad.'

'Doe nou niet zo.'

Hij keek haar aan met die blik waarvan hij wist dat ze die onweerstaanbaar vond. 'Kunnen we even praten?'

Lilian keek om. Marc was nog nergens te zien. Ze stond op, klopte het zand van haar kleren en keek hem afwachtend aan.

'Niet hier,' zei hij, met een gebaar naar de vrijende paartjes die om hen heen rond het kampvuur lagen.

Samen liepen ze bij het vuur en het strand vandaan, verder het eiland op. 'Je had eerst met me moeten overleggen,' zei hij verwijtend.

Lilian schudde vastberaden haar hoofd. 'Nee, dit was mijn beslissing.'

'Kom op, Lil, dit was iets van ons samen.'

'Er is niets meer "van ons samen", allang niet meer.'
'Dat is gewoon niet waar.'
Ze bleef staan. 'Ik meen het!'
'Ja, maar ik ook!' pleitte hij. 'Jij en ik, dat was toch iets moois, waarom kunnen we niet...'
'Ik wil er niks meer over horen,' kapte ze hem ongeduldig af. 'Dit is voor mij veel ingrijpender geweest dan voor jou.'
'Hoe kun je dat nou zeggen? Ik...'
'Je moet me met rust laten. Dat meen ik. Als je dat niet doet, dan...'
Zijn blik werd ijzig.
'Dan wat?'
'Dan weet ik precies wie ik moet gaan inlichten over "jou en mij".'
Haar vingers maakten aanhalingstekens naast haar hoofd.
Er bewogen spieren in zijn wangen. Hij keek om zich heen.
'Dit kan niet,' zei hij. 'Zo kan het niet eindigen. Hier moeten we verder over praten.'
Hij zette zijn hand met gespreide vingers tegen haar rug en dwong haar op die manier met hem mee te lopen.
'Je denkt niet goed na, Lil. Dat begrijp ik wel, na wat je hebt doorgemaakt. Maar...'
'Als je maar niet denkt dat je me dit uit m'n hoofd kunt praten. Ik ben er helemaal klaar mee. Ik weiger nog langer mijn mond te houden.'
Hij schudde zijn hoofd.
De vingers tegen haar rug duwden haar verder, naar de andere kant van het eiland.

1

'Goedemorgen, Do. Sorry dat ik je zo vroeg bel, maar ik moet zo naar New York.'

Met moeite deed Dominique Werner haar ogen open. Na het feest van de vorige avond had ze nog niet het idee dat ze de wereld alweer aankon. Ze gaapte zo hard dat het bij haar oren kraakte en rekte zich uit, terwijl ze haar mobiel tussen haar hoofd en haar schouder geklemd hield.

'Nou nou, jij moet van ver komen,' constateerde haar vader geamuseerd. 'Laat geworden, gisteravond?'

'Gaat wel. Uur of vier,' mompelde Dominique. Ze schoof wat omhoog onder haar dekbed vandaan en leunde op haar elleboog.

Op de plekken waar het felle zonlicht tussen de spleten van haar felgekleurde gordijnen de slaapkamer in kierde, leek het alsof er een schijnwerper naar binnen werd gericht. Haar kleren en pumps, die ze vannacht op een slordige hoop naast haar bed op de grond had laten vallen, waren goed te onderscheiden.

'Het is altijd goed raak na de tentamenperiode, hè?' vervolgde Charles Werner. 'Doet me denken aan de tijd dat je al die eindexamenfeesten had.'

'Dat was toch wel wat anders,' zei Dominique schor.

Sinds ze in Amsterdam studeerde en in haar eigen appartement woonde, was haar leven niet meer te vergelijken met haar middelbareschooltijd in Bloemendaal, waar ze de afgelopen drie jaar nauwelijks meer was terug geweest.

'Hoorde je wel wat ik zei, schatje? Ik moet zo weg,' herhaalde haar vader.

'Wanneer kom je terug?'

'Over acht dagen. En dan moet ik al vrij snel weer weg. Eerst naar Zürich, en dan via Rome naar Tokyo. In totaal drie weken.'
Er verscheen een verongelijkte trek op haar gezicht.
'Wat? Papa, wij zouden samen naar de States. Dat had je gezegd!'
'Ja, ja, dat weet ik, meisje! En dat ben ik echt niet vergeten. Maar ik heb niet zoveel keus, met de huidige markt. Ik moet nú m'n zaakjes op orde hebben, anders kan ik de omzet van het hele komende boekjaar wel op m'n buik schrijven.'
'Toch vind ik het geen stijl.'
'Maar Do, je begrijpt het toch wel, hè?' ging hij ernstig verder. 'Ik maak het goed met je. Echt. Die reis gaan we samen maken, dat heb ik beloofd.'
'Heb je met een vrouw afgesproken in New York?' vroeg ze plagerig.
'Nee, geen tijd voor. Ik zit helemaal volgeboekt met besprekingen.' Even viel hij stil. 'Maar wat ik je nog wilde zeggen: omdat ik onze afspraak nu niet kan nakomen, heb ik een ander voorstel voor je.'
'In plaats van onze reis?'
'Ja. Ik heb je toch verteld dat ik in een timesharingproject zit met een paar van mijn Duitse en Amerikaanse zakenvrienden?'
Dominique herinnerde zich dat haar vader het daarover had gehad, maar kon zich niet meer precies herinneren waar het over ging. Als haar vader over zaken begon te praten, luisterde ze meestal maar half.
'Die deal met die zomerhuisjes. Met zes man hebben we drie vakantiewoningen gekocht: eentje in Cancún, eentje in Zuid-Florida en eentje op Aruba. Deels als belegging, deels voor onszelf. En we hebben onderling de tijden verdeeld wanneer we er gebruik van mogen maken. Komende maand heb ik Aruba. Dus...'
Dominique zette grote ogen op. 'Bedoel je dat we naar Aruba gaan? Maar net zei je...'
Hij onderbrak haar. 'Nee, ik ben zelf weg. Dat heb ik je al gezegd. Dat houdt dus in dat jij...'
Ze liet hem niet uitpraten, maar schoot overeind. 'Bedoel je dat ik naar je huis op Aruba mag? O pap, super!'
Hij lachte. 'Ik dacht wel dat je dat een leuk idee zou vinden. Die huis-

jes zijn helemaal compleet, met zwembad, en je kunt er zo in. En ik wil natuurlijk niet dat je daar in je eentje gaat zitten, dus mag je op mijn kosten iemand meenemen. Misschien je vriendje, die jongen waar je het laatst over had?'

'Wie, Thijs? Nee man, dat is allang voorbij. Wat een eikel was dat. Maar ik weet wel iemand. Komt helemaal goed,' zei Dominique.

'Zie maar. Je hebt acht dagen om erover na te denken. En nu moet ik echt weg, anders kom ik te laat op Schiphol. Als ik weer terug ben, regelen we alles voor Aruba. Mail me maar even wanneer je een geschikte heen- en terugvlucht hebt gevonden, dan laat ik Stefanie alles regelen. En ik zal haar vragen ervoor te zorgen dat er ook iets te eten in het huisje is als jullie aankomen.'

Dominique wilde best zelf een vlucht boeken, maar wist dat haar vader de reis via zijn bedrijf kon verrekenen, als hij dat door zijn secretaresse liet doen.

'Komt in orde,' beloofde ze. 'Dag pap, tot volgende week!'

Zodra ze de verbinding had verbroken, drukte ze een van de sneltoetsen op haar mobiel in. Ongeduldig wachtte ze tot er werd opgenomen.

2

Met haar handen onder haar hoofd lag Lilian naar de balken van de kleine zolderkamer te staren. Het was laat geworden vannacht en ze had het nodige gedronken. Haar blik ging door het kamertje. Ze woonde hier nu een week. Het was tijdelijk en het was onderhuur, maar in elk geval was het betaalbaar en hoefde ze de douche niet te delen met zes andere mensen, zoals in het huis waar ze het afgelopen halfjaar had gewoond.

Aan de waslijn die tussen haar klerenkast en het raam gespannen was, hingen een paar van haar shirts en topjes. Tegen de wand van de dakkapel hing de poster die ze ooit uit haar ouderlijk huis had meegenomen en die ze naar elk nieuw adres meesleepte: een reproductie van de rood-blauwe *Madonna van Melun* van de middeleeuwse schilder Jean Fouquet. Ze was er ontzettend aan gehecht en het was een van de redenen geweest om kunstgeschiedenis te gaan studeren. Haar bureaustoel stond strak onder haar bureau geschoven, zodat er tenminste enige loopruimte was.

Klein was het wel. Waarom was haar vader niet net zo rijk als die van Do? Dan had ze nu ook haar eigen etage in de Rivierenbuurt gehad. En dan zou ze ook in zo'n villa met huishoudster in Bloemendaal zijn opgegroeid, in plaats van in een bovenwoning in Haarlem-Noord.

Haar mobieltje wekte haar uit haar overpeinzingen. Ze keek op het schermpje, trok verbaasd haar wenkbrauwen op en hield het toestelletje tegen haar oor. 'Do! Ben jij al wakker?'

'Ja, m'n vader belde me. Hij moest vroeg naar Schiphol,' klonk het aan de andere kant. 'Jij bent ook al vroeg op.'

'Altijd.'

‘Slechte gewoonte. Moet je afleren.’
Lilian glimlachte geamuseerd. Dominique was haar beste vriendin. Ze gingen al vanaf groep 1 van de basisschool met elkaar om. In die tijd woonde Do’s hele gezin nog bij elkaar in de Indische buurt in Haarlem. Al van jongs af aan was Do de meest ondernemende van hun tweeën geweest; ze zat altijd vol plannen en ideeën. Sinds ze studeerden hadden ze minder contact met elkaar, hoewel ze alle twee lid waren van dezelfde studentenvereniging. Do zat vanaf het begin vol enthousiasme in allerlei commissies en later zelfs in het bestuur, terwijl Lilian zelf nauwelijks actief was als lid en eigenlijk alleen kwam opdagen wanneer de vereniging een feest of borrel organiseerde.
‘Lil, luister. Wat ga jij doen in de vakantie?’ vroeg Dominique.
‘Ik weet het nog niet. M’n ouders vroegen of ik weer eens meeging naar een camping in Frankrijk, maar daar heb ik niet zo’n zin in. En jij? Je ging toch met je vader naar Amerika?’
‘Gaat niet door. In plaats daarvan mag ik naar Aruba.’
‘Wauw!’
‘Ja, zeg dat wel. En raad eens: ik mag iemand meenemen!’
Even wist Lilian niet wat ze moest zeggen. Toen viel het kwartje: ‘Je bedoelt mij? Mag ik mee naar Aruba?’
‘Tenzij je liever naar een Franse camping gaat natuurlijk,’ zei Dominique droog. ‘Ja, ik bedoel jou. Wil je? Businessclass vlucht, we hebben daar een huisje met een zwembad en een grote koelkast vol chardonnay en m’n vader betaalt ons hele verblijf. Inclusief de reis.’
‘Niet te geloven!’ Lilian sloot haar ogen en bracht een hand naar haar voorhoofd. ‘Ja, natuurlijk wil ik dat. Dus...’
‘Dus dan gaan we gewoon. Volgende week komt m’n vader terug en dan moet ik alles geregeld hebben. We kunnen er binnen twee weken al zitten.’
Lilian zat inmiddels rechtovereind. ‘En hoe lang?’
‘M’n vader heeft dat huisje een maand. Zo lang mogen we er ook zitten.’
‘Helemaal geweldig! Dat is een stuk beter dan met de vouwwagen naar Normandië!’

'Ja, toch? Ik zal de secretaresse van m'n vader zo snel mogelijk de tickets laten regelen.'
'Oké, bel me als je meer nieuws hebt.'
'Yo!'
De slaap uit haar ogen wrijvend stond Lilian op. Als ze over ruim een week voor een maand naar Aruba ging, moest ze voorbereidingen treffen. Haar ouders moesten worden ingelicht, haar kleren uitgezocht. Bikini kopen, geld wisselen, rekeningen betalen. Mailtjes sturen.

3

‘Fijn dat je kon komen, Dominique, we wilden dit echt even doorpraten.’

Dominique glimlachte om zijn formele taalgebruik. ‘Geen probleem, meneer de Groot. Ik was allang blij dat ik mocht mee-eten.’

Het was vertrouwd en toch ook altijd een beetje raar voor haar om bij Lilians ouders aan tafel te zitten. Dominique kende dit huis al zolang ze zich kon herinneren. Als kleuter kwam ze hier al spelen. In die tijd waren hun moeders goed bevriend en woonden Do en haar ouders hier niet ver vandaan, in de Molukkenstraat, in een rijtjeshuis met een piepklein tuintje. Zeker in vergelijking met de enorme tuin die ze later bij haar vader in Bloemendaal had.

‘Jij mag altijd mee-eten, Dominique, dat weet je toch?’ zei Lilians moeder, terwijl ze de schaal met aardappelen doorgaf.

Ze zaten met zijn vijven aan de eettafel in de wat ouderwets ingerichte woonkamer van de familie De Groot. Op de schoorsteenmantel stond een grote pendule, die statig tikte. Dominique keek naar Lilian, die haar blik op haar bord gericht hield en haar draadjesvlees sneed. Haar jongere zusje Betty, die naast haar zat, kon haar ogen niet van Dominique afhouden.

‘Dat weet ik en daar ben ik blij om,’ antwoordde Do. ‘In Amsterdam eten Lil en ik ook weleens samen, al is dat een stuk minder vaak dan vroeger.’

‘Wie kookt er eigenlijk bij je vader thuis?’ vroeg Lilians moeder.

‘Meestal Helga.’

‘Jullie huishoudster,’ begreep Lilians moeder. ‘Die heb ik weleens gesproken, ja. Aardig mens.’ Ze keek de tafel rond om te zien of iedereen voorzien was en schoof de schaal met sperziebonen in de richting van

haar oudste dochter. 'En kom je nog weleens bij je moeder?'
'Tegenwoordig niet meer zo vaak.' Do prakte haar aardappelen. 'Sinds ze een nieuwe relatie heeft, gaan we niet meer zo goed met elkaar om.'
Lilians moeder keek haar opmerkzaam aan. 'Waar woont ze nu dan? En hoe is het met haar?'
'Wel goed, geloof ik. Ze woont al een tijdje in Alkmaar, bij haar vriend.'
Voordat zijn vrouw op dat onderwerp kon doorgaan, zei Lilians vader: 'Maar eigenlijk zitten we nu bij elkaar om over iets heel anders te praten.'
'Precies, Aruba,' zei Lilian snel, blij dat de ongemakkelijke omtrekkende manoeuvres achter de rug waren.
'Ik heb het gehoord,' viel Betty haar enthousiast bij. 'Jullie gaan chillen op de Antillen, hè? Echt vet cool. Mag ik mee?'
'Geen sprake van!' sprak haar vader beslist. 'We moeten het er zelfs eerst over hebben of Lilian wel meegaat.'
Lilian zuchtte. Dit was precies de reactie die ze had verwacht.
'Eerlijk gezegd zijn we niet onverdeeld blij met dit initiatief,' vervolgde Lilians vader, met een ernstige blik op Do. 'Het komt allemaal wat plotseling. En we hadden al andere plannen.'
'We kijken erg uit naar onze vakantie in Normandië,' viel Lilians moeder hem bij. 'Ook omdat dit misschien wel de laatste keer zal zijn dat Lilian met ons meegaat.'
'Mama, doe alsjeblieft niet zo dramatisch!' zei Lilian geïrriteerd.
Geamuseerd keek Dominique van de een naar de ander. Het was lang geleden dat ze zichzelf onderdeel van een gezin had gevoeld. Al op de middelbare school was ze eraan gewend om in haar eentje voor de televisie te eten, of hooguit in gezelschap van haar vader of Helga.
'Waar het ons om gaat,' zei Lilians vader met een serieus gezicht, 'is dat we wel precies willen weten waar we aan toe zijn. Hoe alles geregeld is, wat we ons moeten voorstellen bij jullie verblijf daar.'
'Wat denk je zelf, pap? Het is een luxe vakantiehuis, natuurlijk is alles daar goed geregeld.'
'Ik wil graag wat antwoorden van Dominique,' wees haar vader haar terecht.

Dominique at langzaam haar mond leeg voordat ze antwoord gaf. Ze kende Lilians vader: hij was een rustige man die al sinds jaar en dag op een verzekeringskantoor werkte. Zijn vrouw zat in de ouderraad van hun vroegere school en hielp twee keer per week in de bibliotheek. Dit waren heel andere mensen dan haar eigen ouders, veel minder internationaal gericht dan haar vader en veel minder vrij dan haar moeder. Ze moest proberen de juiste toon te treffen, anders werd het een moeilijke avond voor Lil.
'Mijn vader heeft alles geregeld,' zei ze rustig. 'Hij wil natuurlijk ook niet dat ik risico's loop, daarom heeft hij deze hele reis goed georganiseerd.' Ze zei er maar niet bij dat het meeste regelwerk door zijn secretaresse was gedaan, en ze probeerde zo overtuigend mogelijk over te komen. 'We zijn vier weken daar en vliegen businessclass heen en weer.'
'Gaan jullie via Curaçao?' vroeg Lilians vader.
Do schudde haar hoofd. 'Rechtstreeks, met de KLM. Daar heeft mijn vader een frequent flyer-account.'
De ouders van Lilian keken elkaar even aan.
'Wat kost dat wel niet?' wilde Lilians moeder weten.
'Ik zou het niet weten. Mijn vader regelt dat allemaal via zijn werk. Net als dat huisje. Volgens hem kost het ons privé helemaal niks.'
Lilians vader keek haar onderzoekend aan. 'Dus jullie gaan in feite helemaal gratis? Hoe is zoiets mogelijk?'
Dominique haalde haar schouders op en schonk hem een stralende glimlach. 'Ik zou het ook niet weten, hoor. Wat ik wél weet, is dat mijn vader een paar van dat soort huisjes heeft, als belegging. En als hij de tijd dat hij erin mag zitten niet gebruikt, staat zo'n huisje leeg. Dat zou zonde zijn, toch?'
'Maar hoe gaat dat dan?' drong Lilians moeder aan. 'Jullie komen daar aan en dan moeten jullie op zoek naar een onbekend adres ergens in de wildernis? Dat vind ik helemaal geen prettig idee.'
'Nee, integendeel juist,' antwoordde Dominique snel. 'Als wij daar aankomen, worden we van het vliegveld opgehaald en naar ons huisje gebracht. Dat heeft m'n vader geregeld. En dat huisje staat op een

resort. Daar kan niet iedereen komen en er is bewaking. Volgens mijn vader is het volkomen veilig. Bovendien is er altijd een opzichter aanwezig die het huisje op orde houdt voor mijn vader en zijn zakenpartners. Die man is in vaste dienst en weet dat Lil en ik daar zitten, dus hij kan ook een oogje in het zeil houden.'
'Dat klinkt al een stuk beter,' zei Lilians vader met een blik op zijn vrouw. 'Kunnen wij de contactgegevens van die man krijgen?'
'Natuurlijk. Die mail ik morgen wel even door,' beloofde Dominique. Ze glimlachte naar Lilian, die zich zo veel mogelijk op de vlakte leek te houden.
'Ik vind het nog steeds jammer dat je niet met ons meegaat naar Frankrijk,' zei Lilians vader tegen zijn dochter. 'Maar eigenlijk zie ik verder geen redenen waarom je niet met Dominique mee zou kunnen.'
'En we moeten goede afspraken maken, jongedame,' voegde Lilians moeder daaraan toe. 'Want je bent nog maar eenentwintig.'
'Ik ben bijna tweeëntwintig,' antwoordde Lilian koeltjes, 'en bijna afgestudeerd.'
'En ik ben al vijftien, maar ik mag natuurlijk weer niet mee,' zei Betty verongelijkt.
'Nee, Bets, jij gaat gezellig met je vader en mij mee naar Normandië.' Hoewel Lilians moeder glimlachte toen ze dit zei, lachten haar ogen niet mee.

4

Terug in Amsterdam, later die avond, was Lilian zichtbaar opgelucht. Ze hadden hun fietsen uit de fietsflat tegenover het station gehaald en waren op weg naar het huis van Dominique, waar ze met een fles prosecco op de bank zouden ploffen om het te vieren. Ze hadden slalommend tussen de toeristen door het Damrak achter zich gelaten en zetten nu via de Vijzelstraat koers naar het Marie Heinekenplein.

'Ik had nooit gedacht dat ze zo makkelijk akkoord zouden gaan,' zei Lilian. 'Toen mijn moeder daarnet zo stellig zei dat ze er problemen mee hadden dat ik niet met hen op vakantie zou gaan, zag ik het somber in.'

'Pff,' reageerde Dominique. 'Je bepaalt toch zeker zelf waar je heen gaat?'

'Ja, voor jou ligt dat veel makkelijker. Maar mijn ouders doen soms zo moeilijk. En ik wil geen ruzie.'

Dominique moest hard trappen. Ze reed al jaren op een bont beschilderde omafiets, terwijl Lilian een vrij nieuwe fiets met versnellingen had. 'Niet zo hard,' protesteerde ze. 'Dat houdt dit ouwe krot nooit bij.'

'Waarom koop je geen nieuwe?' vroeg Lilian. 'Je hebt deze al honderd jaar.'

'Daar gaat het niet om. Dit is een fiets waar ik me lekker op voel, want er zit veel van mezelf in. Dat glimmende snelheidsmonster van jou is gewoon een gebruiksvoorwerp en je moet hem met vier sloten vastzetten om te voorkomen dat hij gejat wordt.'

Lilian had geen zin om erop in te gaan. Ze wist dat dit een verschil tussen hen was dat ontstaan was door de manier waarop ze waren opgevoed. Haar eigen ouders hadden het niet zo breed, maar wilden wel dat hun kinderen op goede fietsen reden. Dat had ze van jongs af aan meegekregen, dus had ze zowel in Amsterdam als in Haarlem een degelijke fiets staan.

'Dat deed je goed,' zei ze, 'met dat praatje over de veiligheid van ons huisje. Is het echt zo dat je vader iemand betaalt om op ons te letten?'

Lachend gooide Dominique haar hoofd in haar nek. 'Ga nou toch weg, dat geloof je toch zelf niet? Dat timesharinggroepje van papa betaalt inderdaad iemand om hun huisje te onderhouden, maar die man gaat natuurlijk niet op ons letten, of zo. Ik denk dat hij moet zorgen dat het huisje in orde is als wij erin gaan. En dat het weer netjes is als wij vertrokken zijn. Verder zou het me verbazen als we die vent ooit te zien krijgen.'

Lilian keek haar van opzij aan. Ook al kende ze Dominique al heel lang, ze verbaasde zich nog regelmatig over haar. Alleen al Do's vermogen om de zaken zo licht op te nemen; niet alleen nu met de Arubareis, maar bijvoorbeeld ook met haar tentamens. Lilian kon zich bijna niet voorstellen dat iemand zich daar amper druk om kon maken. Terwijl zijzelf heel hard studeerde en zich er dan toch nog zorgen over maakte of ze wel voldoendes had gehaald, rolde Dominique altijd freewheelend door haar tentamens, alsof het haar allemaal niet zoveel kon schelen.

En nu nam Dominique de hele trip naar Aruba ook weer zo luchtig op, terwijl Lilian, als ze eerlijk was, er zelfs een beetje tegen opzag. Alsof het misschien weleens zou kunnen tegenvallen. Maar die gedachte schudde ze meteen van zich af. Ze was blij dat ze hier een tijdje wegging. Er was genoeg dat ze voorlopig graag achter zich wilde laten. Er was de laatste tijd te veel gebeurd. Dingen waar ze niet met Dominique over kon praten, al was die haar beste vriendin.

'... dat hebben we allemaal gehad,' hoorde ze Dominique zeggen. 'Het belangrijkste is nu dat we gaan regelen en inpakken. Over vier dagen gaan we al weg!'

Lilian besefte dat ze even niet had opgelet, maar kreeg niet de indruk dat ze veel gemist had. Dus stemde ze enthousiast in.

De twee vriendinnen reden het laatste stukje naar Dominiques huis over de stoep. Ze zetten hun fietsen vast aan een lantaarnpaal naast het

portiek en klommen al pratend de steile stenen trap op naar Dominiques voordeur op één hoog.
'Zo. Welkom in Casa Werner. Ik zal meteen de bubbels uit de koelkast halen,' zei Dominique terwijl ze doorliep naar de keuken.
Lilian ging in de woonkamer voor het raam staan en keek naar buiten. 'We gaan echt,' zei ze dromerig. 'Ik kan het bijna niet geloven, maar we gaan echt. Naar Aruba!'
Toen Dominique even later de prosecco inschonk, keek ze peilend naar haar vriendin. Ze had al een tijdje de indruk dat er iets was waarover Lilian niet wilde praten. Aandringen hielp niet, wist ze uit ervaring. Ze zou moeten afwachten tot Lilian er zelf over begon. Maar daar maakte ze zich geen zorgen over: de komende vier weken zouden ze zo'n beetje elke dag samen zijn. Dan kwam er een moment waarop Lilian haar in vertrouwen zou nemen.
Ze gaf Lilian een van de glazen. 'Cheers, op Aruba. En op alle Arubaanse mannen die wij het hoofd op hol gaan brengen!'
'Op Aruba!'

5

Lilian werd wakker toen de stewardess een heet doekje kwam aanbieden om haar gezicht en handen mee te wassen. Dankbaar maakte ze er gebruik van. De warmte voelde weldadig aan. Ze knapte er meteen van op. Naast haar zat Dominique met een koptelefoon op naar een film te kijken op het schermpje in de rugleuning van de stoel voor haar.

Lilians blik gleed naar het raampje aan haar andere kant. Er waren nauwelijks wolken en onder hen strekte zich een enorme watermassa uit. Een laag, monotoon bromgeluid vulde de cabine. De grote tocht over de oceaan was begonnen.

Omdat het vliegtuig om halftien 's morgens was vertrokken en ze enkele uren van tevoren al op Schiphol hadden moeten zijn om in te checken, hadden ze een korte nacht gehad. Lilian voelde zich alsof ze de hele nacht wakker had gelegen, maar in werkelijkheid had ze toch nog een uur of vier geslapen.

Haar ouders hadden Dominique en haar weggebracht en waren mee naar de vertrekhal gelopen om afscheid te nemen. Ze stonden te midden van een grote Antilliaanse familie, die een donkere jongen en een roodharig, sproetig meisje kwamen uitzwaaien. Iedereen was kleurig gekleed en zeer luidruchtig. Vergeleken daarbij was het afscheid van haar ouders een stille, ingetogen bedoening.

Op het vliegveld hadden de twee nog een tijd gewinkeld en in koffietentjes rondgehangen totdat het eindelijk tijd was geweest om aan boord te gaan.

Lilian was met haar ouders weleens eerder op een vliegvakantie geweest, maar had nog nooit businessclass gevlogen. Wat onwennig liep ze met Dominique naar voren, toen ze de gelegenheid kregen om vóór

alle andere passagiers het vliegtuig in te gaan. Ze liepen langs de Antilliaanse jongen en zijn roodharige vriendin, die hen nieuwsgierig bekeken.
Eenmaal aan boord werden ze door een stewardess naar hun plaatsen begeleid, voorin, achter een gordijntje dat hen afschermde van de mensen die economyclass vlogen. De stoelen waren groot en comfortabel, ze hadden alle ruimte voor hun benen en ze kregen zodra ze zaten al iets te drinken aangeboden. Dominique leek het allemaal normaal te vinden, maar Lilian genoot van de luxe.
Ze trok het dekentje dat naar haar schoot was afgegleden wat omhoog, leunde met haar hoofd opzij en keek weer naar buiten.
Ze was blij dat ze even weg was van haar studie, haar ouders, haar zusje, haar studievrienden, heel Nederland eigenlijk. Er was de afgelopen weken veel gebeurd. Heel veel. Dingen die ze zich een halfjaar geleden niet had kunnen indenken.
Lilian keek even naar haar vriendin, die op het schermpje aan de stoel voor haar geconcentreerd maar ontspannen naar haar romantische comedy keek. Zelfs Dominique had ze niets verteld van wat haar was overkomen. Hopelijk zou daar tijdens deze vakantie alsnog gelegenheid voor zijn. Met sommige problemen moet je niet blijven rondlopen; het zou vast opluchten om haar verhaal met iemand te delen. Maar nu nog niet, bedacht ze, terwijl haar ogen als vanzelf teruggingen naar het enorme, uitgestrekte water onder hen. Ze had nog alle tijd van de wereld. Eerst moesten ze naar Aruba.
Ze sloot haar ogen. Aruba! Ze was vastbesloten daar de grootst mogelijke lol te gaan hebben. Lekker bruin worden, andere mensen ontmoeten, feesten. Zoals Betty had gezegd: chillen op de Antillen! Lilian glimlachte en voelde hoe de slaap weer bezit van haar nam. Ze verzette zich er niet tegen.

6

Geamuseerd keek Dominique naar haar vriendin. Hoe kreeg die het toch voor elkaar om een groot deel van de vliegreis te slapen? Zelf had ze meteen na het opstijgen het aanbod aan films, series en spelletjes doorlopen op het handzame dvd-schermpje. Haar keuze was gevallen op een romantische comedy met Anne Hathaway. Met de koptelefoon op kroop ze in een hoekje van haar brede stoel en liet ze het verhaal over zich heen komen.

Ze pauzeerde de film toen de stewardessen langskwamen met wat te eten. Lilian was op dat moment in diepe slaap. Dominique belegde haar broodjes en keek rustig kauwend rond. De overige stoelen in de businessclass waren bezet door mannen van wie ze vermoedde dat ze vooral zakenlieden waren. Een van hen, een grijsharige man van middelbare leeftijd, weigerde zijn maaltijd, omdat hij druk bezig was met zijn laptop en een map vol papieren.

Toen ze genoeg gegeten had, ging ze verder met haar film. Ze was dol op alles waar Anne Hathaway in speelde. Raar dat iemand met zo'n asymmetrisch gezicht en zulke opvallende oren toch zo aantrekkelijk kon zijn, vond ze. Ze zat zo geconcentreerd te kijken dat ze nauwelijks merkte dat een van de stewardessen haar lege bordje van haar opklaptafeltje pakte.

De film was al een halfuur afgelopen, toen Lilian eindelijk wakker werd. Ze rekte zich uit, gaapte en keek met één oog open naar haar vriendin.

'Ook goedemorgen,' zei Dominique lachend. 'Leuk dat ik je nog even zie.'

'Hoe laat is het?'

'Kwart voor twee Nederlandse tijd. We zijn al bijna op de helft.'

Lilian keek uit het raampje, waar niets anders te zien was dan de

blauwe uitgestrektheid van de oceaan. Ze zette haar stoelleuning rechtop en liet haar blik rondgaan. 'Zou er nog wat te eten zijn? Ik heb wel trek.'
'Ze hebben daarnet broodjes uitgedeeld, maar toen sliep jij. Ik kan wel wat voor je bestellen.'
'Ja, graag. Dan ga ik intussen even naar het toilet.'
Dominique keek haar vriendin na. Lilian leek een beetje van slag, en ze vroeg zich af of dat alleen door de vliegreis kwam. Waarschijnlijk had ze de afgelopen tentamenperiode weer keihard gestudeerd. Typisch Lilian. Hartstikke slim, en nooit tevreden met een zes of een zeven.
Aan de passerende stewardess vroeg Dominique om een snack en een kop koffie.
Net toen de stewardess die bestelling ging halen, kwam Lilian terug.
'Lekker is dat zeg, eerste klas vliegen,' zei ze, terwijl ze haar plaats weer innam.
'Businessclass,' verbeterde Dominique haar. 'Dat is wat anders.'
'Whatever.'
De stewardess leverde met een professionele glimlach de bestelling af.
'Misschien mag ik alvast weten of u straks kip of vis wilt bij uw hoofdgerecht,' zei ze, terwijl ze haar wenkbrauwen vragend optrok.
Dominique en Lilian antwoordden gelijktijdig.
'Vis,' zei Dominique.
En Lilian: 'Kip.'
Ze keken elkaar aan en schoten in de lach.
'Dat belooft wat, straks op Aruba,' zei Lilian, met een grimas. 'Misschien kunnen we beter twee aparte huisjes huren.'
'O, dat wist je natuurlijk nog niet, maar dat heb ik inderdaad al geregeld.'
Het was een flauw grapje, en dat wist Lilian. Eigenlijk kon ze er niet om lachen. Het gebeurde weleens dat ze er niet helemaal zeker van was of Dominique een grap maakte of serieus was. Ze voorzag dat dat best eens tot conflicten zou kunnen leiden als ze straks vier weken op elkaar aangewezen waren.

7

'In Nederland is het nu kwart over zes,' zei Lilian, met een blik op haar horloge. 'In Haarlem zitten ze nu aan de aardappels.'
De piloot had zojuist aangekondigd dat ze de landing zouden gaan inzetten en dat de plaatselijke tijd op Aruba kwart over twaalf was, temperatuur 32 graden. Aanvankelijk was door het kleine raampje alleen felblauw water te zien waar het zonlicht in ontelbaar veel witte lichtpuntjes op schitterde, maar even later doemde het eiland op.
'Wat is het klein!' zei Dominique verbaasd. 'Het is net of we naar Texel gaan, of zoiets.'
Lilian lachte. 'Alleen dan iets verder. En wat zonniger.'
Het vliegtuig naderde het eiland snel. Ze vlogen om de noordpunt, waarop een soort vuurtoren te zien was, en vervolgens langs een enorme baai met stranden. Verderop was de kust volgebouwd met hotels en andere gebouwen.
Dominique wees. 'Dat moet Oranjestad zijn, want dat is de enige grote stad op het eiland.'
Lilian knikte. Dat had ze ook gelezen in haar reisgids. Ze strekte haar nek om naar een cruiseschip te kijken, dat een eind uit de kust voor anker was gegaan.
Omdat het vliegtuig de kustlijn bleef volgen, hadden ze een mooi zicht op de stad, die in de volle zon baadde. Voorbij een uitstekende landpunt minderden ze snel hoogte, zodat ze zelfs auto's en mensen op de grond konden zien.
Laag over het water vlogen ze aan op de luchthaven. Voordat ze er erg in hadden raakten de wielen met een klein schokje de grond. Terwijl ze via de intercom gemaand werden om hun stoelriemen niet los te maken voordat het verlichte teken boven hun hoofd gedoofd was,

minderde het vliegtuig snel vaart en reed het in de richting van het luchthavengebouw.
Vergeleken met de uitgestrektheid van Schiphol vond Lilian dit vliegveld heel erg klein. Het leek net alsof de landingsbaan zomaar in het rotsachtige landschap was neergelegd.
Uiteindelijk kwam het vliegtuig tot stilstand naast een gebouw waarop een blauwe vlag met een rode, vierpuntige ster en twee gele banen wapperde.
Nadat de gezagvoerder hen welkom heette op Queen Beatrix International Airport en '*Cabin crew, the doors may be opened*' was omgeroepen, mochten de inzittenden van de businessclass als eersten uitstappen. Omdat Dominique en Lilian vlak voor het gordijn zaten, stonden zij vooraan bij de buitendeur, die als een kluis was opengedraaid.
In de passagiersslurf werden ze begroet door twee mannen met baretten en groene uniforms. De grootste van de twee zei vriendelijk '*Bon bini na Aruba*' tegen hen.
Met haar zonnebril op het puntje van haar neus keek Dominique om. 'Zei die man nou "bon bini" tegen ons? Grappig. Het strand bij ons huisje heet Bon Bini Beach.'
'Zulke dingen moet je van tevoren even nakijken, Do. Een slimme meid is op Aruba voorbereid.'
'O, en dat heb jij wel gedaan, zeker?'
'Zeker,' herhaalde Lilian met een glimlach. 'Ze spreken hier namelijk Papiamento, en bon bini betekent...'
'Welkom,' zei een donkere stem achter hen.
Een beetje geschrokken keken ze om. De diepe stem bleek te horen bij de man van middelbare leeftijd die vrijwel de hele reis op zijn laptop had zitten werken. Hij knikte hen beleefd toe en liep langs hen heen de slurf uit, het gebouw in.
De twee vriendinnen keken elkaar even verbaasd aan en schoten toen in de lach.
'Zou hij ons hebben afgeluisterd?' vroeg Dominique.
Lilian haalde haar schouders op. 'Waarschijnlijk ving hij alleen het laatste stukje op.'

'Maar dan weet hij nu wel waar we verblijven.' Dominique keek de man wantrouwend na. 'Dat vind ik toch niet prettig.'
Ze haalden hun koffers op bij de bagageband en liepen met de stroom reizigers mee langs de douanepost, waar twee geüniformeerde douaniers tegen een muur leunden en ontspannen naar de voorbijlopende mensen keken. De aankomsthal was lang niet zo groot als die op Schiphol, maar minstens zo druk. Toen ze de schuifdeuren door kwamen, stuitten ze op een grote groep vrolijk lachende en pratende mensen met spandoeken, ballonnen en bloemen. Net toen ze zich door de mensenmassa hadden gewerkt, ging een luid gejuich op. Omkijkend zagen ze dat de enthousiaste begroeting bestemd was voor de donkere jongen en het roodharige meisje, die in Nederland ook al door een heel gezelschap waren uitgezwaaid.
'Allemachtig,' zei Lilian lachend. 'Waar is ons welkomstcomité eigenlijk?'
'Buiten,' antwoordde Dominique. 'Stefanie heeft geregeld dat we worden opgehaald door de man die voor ons huisje zorgt.'
Zodra ze de schuifdeuren door liepen, viel de buitenlucht als een warme deken over hen heen.
Lilian bleef staan, deed haar rugzakje af en trok haar vestje uit. 'Die heb ik hier niet nodig.'
Dominique knikte en deed haar haren met een elastiekje in een staart. 'Ik ben weleens met mijn vader in Suriname geweest: daar is het ook van dit weer, maar dan klammer en heter. Het zal wel door de zeewind komen dat het hier zo lekker is.'
Vanaf de taxistandplaats kwam een donkere jongeman met halflang haar, een scheve zonnebril en een roestbruin T-shirt naar hen toe lopen, met een hand in de zak van zijn verschoten, vale spijkerbroek.
'Zijn jullie toevallig Werner en De Groot?' vroeg hij lijzig.
Dominique nam hem schattend op. 'En werk jij toevallig voor Wern-Comp?'
Er verscheen een brede glimlach om zijn lippen, waardoor duidelijk werd dat hij een van zijn voortanden miste. 'Yep. Ik ben Leroy Martina. Kom maar mee.'

Hij draaide zich al om en liep weg, maar Dominique bleef demonstratief staan en hield met een hand Lilian tegen, die al haar koffer wilde pakken om achter hem aan te gaan.
De jongeman liep zigzaggend tussen de vele reizigers door die uit de hoofduitgang kwamen. Een eindje verderop keek hij om. Toen hij zag dat de twee hem niet volgden, kwam hij verbaasd terug. 'Jullie gaan toch met mij mee?' vroeg hij.
'Jawel,' antwoordde Dominique, een beetje vinnig. 'Maar je mag ons op z'n minst even helpen met het sjouwen van onze koffers!'
Hij lachte schamper en keek veelbetekenend naar de vele kruiers om hen heen, die hun diensten aanboden aan toeristen, maar zei niets terug. Met de zware koffers van Dominique en Lilian aan weerszijden liep hij in licht gehaaste pas voor hen uit.
Toen ook Lilian haar pas wilde versnellen, legde Dominique weer een hand op haar arm. 'Altijd je eigen tempo aanhouden.'
Lilian bekeek haar van opzij. Soms was haar vriendin een vreemde voor haar.

8

Op een parkeerplaats met palmbomen en struiken, een honderdtal meters van het hoofdgebouw van het vliegveld, stopte Leroy bij een aftandse gele taxi. Hij deed de twee koffers achterin en wachtte vervolgens demonstratief tegen de auto leunend tot Dominique en Lilian rustig kwamen aanlopen.

'Ik hoop niet dat jullie te moe zijn geworden van de wandeling,' sneerde hij. 'Ik heb geen vergunning om vlak voor de uitgang te parkeren.'

Dominique wachtte tot ze vlak bij hem waren, voordat ze vroeg: 'Allemachtig, is dit jouw auto? Wat een barrel!'

'Barrel? *Miss*, dit is mijn eigen auto. Dacht je dat ik kon leven van die paar florin die je vaders bedrijf mij betaalt? Ik rijd ook op de taxi, ik moet wel.'

Hij hield een achterportier voor hen open en ze stapten in. Zonder nog een woord te zeggen stapte hij voorin, startte de auto en trok met veel geronk op.

'Kan het iets langzamer?' vroeg Dominique. 'Ik word nogal snel wagenziek.'

Zwijgend nam Leroy gas terug. Hij legde zijn rechterhand op de lege passagiersstoel en stuurde de auto met zijn andere hand door het verkeer. Alle raampjes van de taxi waren open en een warme luchtstroom deed de haren van de twee jonge vrouwen wapperen.

Lilian bewonderde het vreemde landschap. Ze was weleens met haar ouders naar Turkije geweest, waar ze palmen, cactussen en andere on-Nederlandse begroeiing had gezien, maar hier was alles anders. De bomen hadden andere vormen, stonden verder uit elkaar en leken allemaal naar dezelfde kant te leunen. Er was nergens gras, alleen droge, rotsachtige grond, met hier en daar een armzalig struikje.

Langzamerhand verschenen er wat huizen langs de niet bijster drukke tweebaansweg, totdat ze ineens midden in de bebouwde kom zaten. Oranjestad, begreep Lilian. Eigenlijk wilde ze dolgraag vragen stellen over wat ze zag, maar Leroy leek onbenaderbaar na de wat onprettige woordenwisseling met Dominique. Dus beperkte ze zich tot naar buiten kijken.
Intussen was er genoeg te zien. Langs de weg stonden ongeveer evenveel palmen als lantaarnpalen en de ruimtes tussen de huizen werden steeds kleiner. Het waren ook heel andere huizen dan je in Nederlandse buitenwijken zou aantreffen: allemaal ongelijk van vorm, met puntige daken en veelsoortige gevels. En ook in allerlei kleuren, vooral naarmate ze dichter bij het centrum van het stadje kwamen. Van helblauw tot knalgeel en zelfs schreeuwend roze.
De weg voerde hen langs de diepblauwe zee, waarin bootjes van allerlei formaten dreven. In de verte zag ze het enorme cruiseschip dat ze vanuit het vliegtuig al had zien liggen. Terwijl aan de andere kant van de weg steeds meer winkels verschenen, zagen ze aan de zeekant honderden masten van zeilboten vlak bij elkaar. Hier moest een jachthaven zijn.
Het was wel druk op straat, maar er waren lang niet zoveel mensen als je op een vergelijkbaar zonnige dag in een badplaats als Zandvoort zou zien. Op terrasjes zaten mensen te eten en te drinken, er reden opgeschoten jongens met en zonder helm op scooters rond, er waren mensen aan het winkelen en zo te zien maakte niemand zich erg druk. Iedereen zag er zomers en onbezorgd uit.
Verrassend snel waren ze de binnenstad ook alweer uit. De weg voerde hen van de zee af en de huizen werden schaarser. Het terrein werd droog en heuvelachtig, met meer cactussen dan bomen.
Zonder een woord te zeggen, stuurde Leroy de auto een zijweg op, om een heuvel heen. Ze naderden een groep lage huizen te midden van een opvallend goed verzorgd terrein met veel bomen en struiken. Het had veel weg van een park en er stond een hek omheen.
Het weggetje kwam uit bij een slagboom en een soort wachthuisje. Daarachter was de toegang naar het park. Naast de slagboom stond

een groot bord met de tekst: WELCOME TO BON BINI BEACH.
Lilian glimlachte. 'Dat betekent dus: welkom op strand Welkom.'
Dominique knikte en grijnsde. Ze hield haar ogen gericht op Leroy, die ver uit zijn raampje leunde en het woord richtte tot een dikke man, die uit het wachthuisje naar buiten kwam.
'Hi Harry,' zei hij en begon in het Papiamento te praten.
De dikke man droeg een uniformbroek en een blauw overhemd en had grote zweetplekken onder zijn armen. Hij luisterde even naar Leroy, keek langs hem heen de auto in en stak zijn hand groetend op naar de twee vriendinnen. Toen deed hij de slagboom omhoog, liet de gele auto doorrijden en sloot achter hen weer af.
Met een sukkelgangetje reden ze langs een twintigtal ver uit elkaar staande huisjes tot ze aan de andere kant van het park bleven stilstaan voor een goed verzorgde bungalow. Er was een oprit naar een garage die los naast het huis gebouwd was. En naast de voordeur was een bordje met het getal 19 bevestigd.
Dominique en Lilian stapten uit de auto en liepen naar het huis toe. Het duurde even voordat Leroy met hun koffers achter hen aan kwam. Hij opende de voordeur voor hen en maakte met een overdreven beleefde buiging een uitnodigend gebaar naar binnen toe.
'Dames, ga uw gang!'
Het hele huis was gelijkvloers. De ruime hal gaf toegang tot een gangetje met drie slaapkamers, elk met een eigen douche en toilet. Een andere gang leidde naar de keuken, die voorzien was van een kookeiland, een grote grill en allerlei gloednieuw ogende apparatuur.
En dan was er nog de enorme woonkamer, met deuren naar zowel de hal als de keuken. De van grote ramen voorziene, lichte kamer besloeg een stuk van de voorkant, een hele zijkant en bijna de complete achterkant van het huis. Er waren twee breedbeeldtelevisies, diverse tafels en bijzettafeltjes, een grote buffetkast en een paar kleinere kastjes, twee weelderig uitgevoerde zithoeken en een reusachtige schuifpui die uitkwam op de veranda aan de achterkant. Bij iets wat eruitzag als een haard bevond zich een dieper gelegen gedeelte waarin kussens lagen.

‘Ongelofelijk,’ mompelde Lilian, terwijl ze haar nieuwe omgeving in zich opnam.
Leroy wees op een pc, die in een nis in de woonkamer stond. ‘Hier is een computer en in het hele huis is Wi-Fi. Als jullie tv willen kijken: we hebben een stuk of veertig zenders, vooral Amerikaanse. In de garage staat een Cherokee voor jullie en een paar scooters. Wel even de verzekeringsdocumenten in orde maken. Die heb ik in dat mapje op de grote tafel gelegd.’
Lilian zag dat er op de tafel, naast een vaas met verse bloemen en een goed gevulde fruitschaal, inderdaad een plastic mapje met papieren lag.
‘Is het op Aruba gebruikelijk om fooien te geven aan taxichauffeurs?’ vroeg Dominique.
Leroy keek haar ijzig aan. ‘Taxichauffeurs en de bediening in restaurants en bars rekenen standaard op zo’n tien tot vijftien procent tip. Het is gebruikelijk om de portier en ook het bedienend en verzorgend personeel in de huisjes een paar dollar per dag te geven.’
‘Dollars of florins?’
‘Mag allebei.’
‘Maar dit ritje was gratis. In jouw geval is tien tot vijftien procent van niks dus niks,’ besloot Dominique pesterig. Maar toen hij wilde weglopen, duwde ze hem toch een bankbiljet in de hand en glimlachte. ‘Bedankt.’
Leroy stopte het biljet zonder te kijken in zijn broekzak en zei: ‘Bij de papieren heb ik ook mijn telefoonnummer gelegd. En daar liggen ook de sleutels van de voordeur. Vergeet niet om goed af te sluiten als jullie weggaan.’ Hij liep naar de deur en draaide zich nog een keer om. ‘Als jullie me nodig hebben, kun je me altijd bellen. En als je me niet te pakken krijgt, kun je bij Harry terecht. Zijn directe nummer ligt daar ook.’
Iets te hard trok hij de voordeur achter zich dicht. Even later hoorden ze de gele taxi wegrijden.
Lilian maakte een gelukzalig gebaar. ‘Dit is niet slecht, Do.’
‘Nee, mijn vader heeft het hier redelijk voor elkaar.’ Dominique in-

specteerde een paar kastjes en trof tot haar tevredenheid servies, bestek en drank aan. 'Dat kun je aan die zakenmannen wel overlaten.'
Intussen trok Lilian in de keuken de dubbele deuren van een grote Amerikaanse koelkast open.
'Do! Moet je dit zien!'
De koelkast zat vol met frisdrank, bier, vlees, vis, groenten en fruit. In twee houders waren een paar afgedekte kannen met vers sap neergezet. Aan de buitenkant van de koelkast zat een ijsblokjesautomaat.
'Eerlijk gezegd verbaast dit me niet,' zei Dominique tamelijk onverschillig. 'Ik ben weleens vaker met mijn vader op pad geweest "voor het bedrijf". En toen zaten we in hotels die zo vreselijk luxe waren, dat ik de neiging had om mijn voeten te vegen voordat ik onze hotelkamer binnenkwam. En Stefanie, de secretaresse van mijn vader, zou ervoor zorgen dat er eten hier in huis was. Het lijkt me dat we het hier wel een paar weken kunnen uithouden.'
Lilian deed de schuifpui open. Op de brede veranda stonden een paar tafels en wat makkelijke stoelen, waaronder drie schommelstoelen. Ook waren er twee hangmatten opgehangen. Een pad voerde tussen gras en bloemenperken door naar een groot, niervormig zwembad met een springplank en twee trappetjes. Naast het zwembad stonden een kleedhokje en twee douches. Helemaal achter in de tuin, vlak voor het hek van het resort, was een laag schuurtje. Tot ruim boven ooghoogte was het hek begroeid met dichte struiken.
Vervolgens inspecteerden ze de garage, waar inderdaad een enorme Jeep Cherokee en twee scooters stonden.
'Dat grote ding vind ik een beetje eng,' zei Dominique, met een fronsende blik naar de Cherokee. 'Maar die scooters zijn wel handig. Dan hoeven we tenminste niet te lopen naar Oranjestad.'
Vrolijk pratend gingen ze het huis weer in. Ze haalden hun koffers uit de hal en kozen elk een slaapkamer.
'Ik stuur mijn ouders en Bets even een berichtje dat we goed zijn aangekomen. Zijn die ook weer gerustgesteld. Moet jij je ouders ook niet even bellen of zo?'
'Ik sms mijn vader straks wel even.'

'Niet je moeder?' Lilian keek haar onderzoekend aan.

Dominique ontweek haar blik. 'Dat heeft geen haast. Ik stuur haar van de week wel een kaartje.'

9

Ze besloten eerst wat te eten. Ze bakten een paar eieren en belegden dikke sneden brood met lekkernijen uit de koelkast. Daarna gingen ze onderuit zitten in twee gemakkelijke stoelen op de veranda, met hun borden op schoot en grote glazen sap binnen handbereik.
'Dit is het ware leven,' verzuchtte Dominique.
'Heel wat beter dan in de UB zitten. Ik had vorige week nog een hertentamen,' beaamde Lilian.
'Arme jij. Ik had de afgelopen tijd juist de ene borrel na de andere,' zei Dominique. 'Al heb ik het idee dat de feestjes er hier heel wat ruiger aan toe gaan.'
Lilian grinnikte. 'Ja, daar waren mijn ouders ook al bang voor. "Kijk uit op Aruba, niet te veel drank, Lilian. En vooral geen drugs!"'
Dominique nam een grote hap brood en zei met volle mond: 'Gelukkig vindt mijn vader het niet meer nodig zulke dingen te zeggen.'
Al etend keken ze naar het zwembad en de mooi aangelegde tuin.
'Als ik het goed begrijp, betaalt het bedrijf van jouw vader mensen om dit allemaal te onderhouden?' zei Lilian.
Dominique knikte. 'Ik weet niet precies hoe dat zit. Sommige dingen, zoals het onderhoud van het zwembad, zullen wel in de servicekosten van het resort verrekend zijn. Wat ik wel weet, is dat die Leroy alleen voor WernComp werkt, niet voor de andere huisjes.'
'Ja, hoe zit dat met die andere huisjes?' vroeg Lilian. 'Zijn die allemaal bewoond?'
'Geen flauw idee, eigenlijk. Laten we zo maar even rondkijken.'
Ze zetten hun spullen in de keuken en namen daarna uitgebreid de tijd om hun kamers in te richten, te douchen en zich om te kleden. Toen ze drie kwartier later de huiskamer weer in liep, rekte Lilian zich uit.

'Dus zo voelt een jetlag,' zei ze met een tevreden grimas. 'Ik heb het gevoel dat ik er al een heel lange dag op heb zitten.'
'Maar de dag is nog lang niet om,' waarschuwde Dominique. 'Bovendien snap ik niet waar jij over klaagt. Je hebt bijna de hele reis liggen pitten!'
'Echt niet!' protesteerde Lilian. 'Ik ben maar heel even ingedut.' In haar korte broek en T-shirt ging ze achter haar vriendin aan naar buiten.

De huizen in het resort lagen allemaal aan een weggetje dat een grillige cirkelvorm beschreef van en naar het wachthokje en de slagboom. Ze waren van uiteenlopende groottes en verschilden onderling sterk in uitvoering, maar ze hadden allemaal een eigen oprit, die in sommige gevallen niet veel meer was dan een pad. Er stonden in totaal zesendertig huizen en huisjes binnen de omheining. Onderling en voor de wereld buiten het hek waren ze aan het oog onttrokken door strategisch geplaatste bosschages.
Bij een van de huisjes zagen ze een luxueuze auto voor de deur staan en bij een ander huisje was een oudere dame bezig haar prachtig egale gazon te besproeien. Verder was er geen spoor van medebewoners.
'Het is toch vakantietijd? Je zou verwachten dat het hier veel drukker was,' zei Lilian verbaasd.
'Misschien zijn ze allemaal weg, het eiland verkennen en komen ze pas vanavond weer terug,' antwoordde Dominique. 'En wat maakt het uit? Als ze geen last van ons hebben en wij niet van hen, is het mij allemaal om het even.'
Ze kwamen aan bij de slagboom. In het wachthokje zat de man die door Leroy met Harry was aangesproken met zijn voeten op een ogenschijnlijk nogal wankele tafel een krant te lezen. Naast zijn bureaustoel stond een halveliterblik bier op de grond.
'Hallo,' begroette Dominique hem vrolijk. 'Wij zijn de nieuwe bewoners van huisje 19. We zaten bij Leroy in de auto.'
De man keek haar even niet-begrijpend aan en begon toen te praten in de taal waarin hij ook gesproken had met Leroy. Toen hij zag dat ze

dat niet verstonden, ging hij over op het Engels.
'Sorry, ik versta geen Nederlands. Ik kom van Sint-Maarten.'
'O, geen probleem.' Dominique schakelde moeiteloos naar het Engels over. 'Wij Nederlanders zijn het gewend dat niemand onze taal verstaat.'
'Al had ik dat op de Nederlandse Antillen toch eigenlijk wel anders verwacht,' zei Lilian in het Nederlands tegen haar.
Harry legde zijn krant neer en stond op. 'Is alles oké in het huisje? Hebben jullie iets nodig?'
'Nee, bedankt. We kwamen ons alleen maar even voorstellen,' zei Dominique vriendelijk.
Nu de geüniformeerde man was opgestaan en zijn bezwete hoofd afveegde met een groezelige zakdoek, zag Dominique dat achter hem, in de hoek van het wachthokje, een geweer tegen de muur stond. Ze maakte een gebaar met haar hoofd in die richting.
'Is dat echt nodig hier?'
Hij volgde haar blik. 'Het geweer? Ja, beslist, voor alle zekerheid. Overal waar mensen met geld zitten, zijn andere mensen die hen willen bestelen. En dat willen wij in Bon Bini Beach nu juist voorkomen.'
Dominique lachte. 'Nou, dat geeft me een bijzonder veilig gevoel, moet ik zeggen. Iets anders: dit heet Bon Bini Beach. Maar waar is het strand dan? Is dat hier ver vandaan?'
Zijn vlezige gezicht veranderde in één grote glimlach. 'Helemaal niet! Hadden jullie dat nog niet gezien? Het strand ligt hier pal achter. Vanaf jullie huisje hooguit honderdvijftig meter. Maar dan moet je wel over het hek klimmen, en dat zou ik niet aanraden, want de punten aan de bovenkant zijn erg scherp.'
'Dan was het dus toch de zee die ik hoorde toen we in de tuin waren,' zei Lilian. 'Ik dacht dat het verkeer was.'
'We lopen er meteen even heen,' besliste Dominique. 'Bedankt, Harry. Mag ik Harry zeggen?'
'Natuurlijk,' antwoordde de man met een gebaar van vanzelfsprekendheid. 'Dat doet iedereen. Veel plezier.'

10

Langs de slagboom verlieten ze het terrein van het resort.
'Ik heb voor alle zekerheid m'n bikini alvast aangedaan onder m'n kleren,' zei Lilian. 'Jij ook?'
Dominique schudde haar hoofd. 'We hebben toch geen handdoeken bij ons. Laten we eerst maar eens in de buurt gaan kijken wat er te doen is.'
Met een blik op de korte broek en het shirt met korte mouwen van haar vriendin vroeg Lilian: 'Je hebt je toch wel ingesmeerd?'
'Wat dacht jij dan?' reageerde Dominique, terwijl ze haar zonnebril opzette. 'Factor 30! Anders kan ik morgen al vellen gaan trekken. Je weet hoe snel ik verbrand.'
Ze liepen langs het hek over iets wat nauwelijks een voetpad was. De afscheiding met de bosschages werkte goed, merkten ze, want vanaf deze kant van de omheining waren de huizen in het resort niet te zien. Toen ze de bocht om liepen, zagen ze de zee. Tegelijkertijd werd het vage geruis op de achtergrond herkenbaar als de golfslag van de branding. De lucht was helder, met niet meer dan een enkel minuscuul wolkje, het water van de oceaan was diepblauw en het zandstrand helderwit. Het was een adembenemend schouwspel.
'Wauw, het is bijna onecht,' zei Lilian. 'Zo heb ik de zee nog nooit gezien, alleen in tv-reclames.'
Als Dominique al onder de indruk was, liet ze dat niet merken. Ze zei niets, maar versnelde haar pas om de resterende afstand naar het water te overbruggen. Lilian volgde haar op de voet.
Eenmaal op het strand aangekomen, keken ze van links naar rechts. Er waren nauwelijks mensen op het witte strand. Slechts hier en daar lagen wat handdoeken met zonnebaders erop. Er waren wat volwas-

senen en kinderen in de branding aan het spelen en verderop was een kennelijk niet zo ervaren surfer bezig zijn vaardigheden te testen in de branding. Iets verder op zee zagen ze wat bootjes.

Lilian schudde verbaasd haar hoofd. 'Niet te geloven. Als je bedenkt hoe druk het bij ons is aan het Noordzeestrand en dat dan vergelijkt met hier, waar het zoveel mooier is... Dan zou het hier toch moeten krioelen van de toeristen!'

'Daar is een strandtent,' zei Dominique wijzend. 'Laten we even wat gaan drinken.'

Even later zaten de twee vrouwen op houten barkrukken aan een houten bar met een overkapping van palmbladeren. Achter de bar stond een grote donkere man met gouden voortanden. Met een stralende glimlach schonk hij hun cola in twee glazen die hij tevoren tot aan de rand toe met ijs had gevuld.

'Willen jullie daar een lekker scheutje rum bij?' vroeg hij in zangerig Nederlands.

'Nee, bedankt,' zei Lilian.

'We moeten nog drinken,' voegde Dominique daaraan toe.

Ze draaiden hun rug naar de bar en namen genietend kleine slokjes van de koude frisdrank.

Ineens verscheen het grijnzende hoofd met de gouden tanden tussen hen in. 'Waar gaan twee zulke mooie vrouwen vanavond wat drinken?'

Dominique bleef strak voor zich uit kijken. 'Niet hier, als je dat bedoelt.'

'Natuurlijk niet!' riep de barman, alsof dat volkomen vanzelfsprekend was.

'Als het donker wordt, gaat de Bon Bini Beach Bar dicht. Onverbiddelijk, dames! Dan verkast iedereen natuurlijk naar Oranjestad. Daarom wilde ik weten waar ik jullie vanavond kan vinden.'

'Dat weten we nog niet,' zei Lilian wat ongemakkelijk. Ze wist niet wat ze van deze opdringerige barman moest denken. Of was dit onschuldige Arubaanse vriendelijkheid?

'Mijn naam is Jordi,' vertelde de barman, terwijl hij zich naar zijn plaats liet terugzakken en wees naar een lange donkere man die in de schaduw aan het andere uiteinde van de bar zat. 'En dit is mijn maat Germaine.'

Germaine maakte met een zwierig handgebaar een buiging in hun richting en zei: 'Aangenaam.'

De twee bromden een groet terug.

'Germaine en ik nodigen jullie graag uit om met ons mee te gaan,' vervolgde de barman. 'Straks, als de Bon Bini Beach Bar dicht is, laten wij jullie Oranjestad zien. Niemand kent de stad zo goed als wij!'

Dominique keek naar haar vriendin en zag aan haar gezicht dat zij ook niet veel zin had om met de twee mannen op te trekken.

Dus draaide ze zich om naar de barman en vroeg: 'Hoe ver is het vanaf hier naar Oranjestad?'

'Met mijn auto nog geen vijf minuten.'

'En lopend?'

'Lopend? Wie gaat er nu lopend?' vroeg de barman, met een brede lach naar zijn vriend.

'Hoe lang?' drong Dominique aan.

'Weet ik veel. Een kwartiertje, denk ik.'

Dominique knikte beslist. 'Mooi, dan gaan wij lopen.'

Ze zette haar nog niet eens leeggedronken glas neer en vertrok, haastig gevolgd door Lilian.

De twee mannen aan de bar keken hen na en praatten met hun hoofden dicht bij elkaar.

11

'Wat een eikel,' mopperde Lilian. 'Zo'n gast ziet een vrouw en denkt meteen maar aan één ding.'

'Twee dingen,' corrigeerde Dominique grijnzend. 'Ik zag hem steeds naar je borsten kijken.'

Lachend liepen ze door. Vanaf het strand liep een pad naar een smal weggetje. Er stonden geen richtingaanwijzers, maar verderop zagen ze huizen.

'Daar moet Oranjestad zijn,' concludeerde Dominique. 'Dat klopt ook, want we moeten de zee aan onze rechterhand houden, zag ik op de kaart van het resort.'

'We kunnen Leroy ook bellen en ons naar Oranjestad laten rijden,' stelde Lilian voor.

Maar Dominique schudde haar hoofd. 'Nah. Ik vind het een beetje lullig om die jongen overal voor te laten komen.'

Terwijl ze verder liepen, kreeg Lilian spijt dat ze haar slippers had aangedaan. Die liepen lang niet zo makkelijk als haar sandalen, en daarvan had ze twee paar bij zich. Even overwoog ze om voor te stellen dat ze terug zouden gaan naar het huisje, maar een blik achterom leerde haar dat ze daarvoor al te ver waren. Toen ze even later een grote hagedis tussen de rotsen langs het weggetje zag wegduiken, ging ze dichter bij Dominique lopen.

Oranjestad bleek verder dan ze verwacht hadden, want de huizen die ze gezien hadden hoorden bij een dorpje dat ongeveer halverwege hun route lag. Aan weerszijden van de weg stond een handvol lage huisjes. Ze zagen geen mens. Wel kwam er uit een open deur een hond naar buiten rennen, die van een afstandje naar hen begon te blaffen.

'Gezellige boel hier,' bromde Dominique.

Op datzelfde moment zag ze op een bankje aan de schaduwzijde van een van de huizen een stokoude man en vrouw zitten, die hen belangstellend aankeken, maar niet groetten. Omdat ze bang was dat de oudjes gehoord hadden wat ze zei, liep Dominique snel door.
'Wat een gehucht,' zei Dominique, toen ze even later het dorpje achter zich lieten. 'Daar zou ik niet willen wonen.'
Lilian bekeek haar van opzij. 'Och, je woont dan vlak bij de zee, op een Caribisch eiland. En de stad is hier niet ver vandaan. Daar valt toch best wat van te maken?'
'Veel te rustig,' vond Dominique. 'Ik woon liever in een stad.'
Lilian zei lachend: 'Moet je haar horen! Ze is zelf opgegroeid in Bloemendaal.'
'Oorspronkelijk wel,' wierp Dominique tegen. 'Maar ik zou Amsterdam gewoon nooit meer voor een dorp willen verruilen. En wij gaan hier vanavond heel Aruba op z'n kop zetten!'
De eerste buitenwijk van Oranjestad doemde op achter een heuvel. Algauw bereikten ze de bebouwde kom. De huizen maakten er dezelfde slaperige indruk als in het dorpje. Er was slechts hier en daar een winkel. Maar dat veranderde snel naarmate ze dichter bij de binnenstad kwamen. Daar werden de huizen kleuriger, de straten groener en was alles levendiger.
'Dit lijkt er meer op!' zei Dominique tevreden.
'Zullen we eerst maar wat gaan drinken?' stelde Lilian voor.
Ze kozen een terrasje dat uitkeek op een plein. In de verte zagen ze de masten van de boten in de jachthaven.
Een in strak zwart en wit geklede ober kwam hun bestelling opnemen en leverde even later de gevraagde twee glazen witte wijn af, die ongevraagd voorzien waren van ijsklontjes. Dominique trok zich daar niets van aan, maar Lilian viste het ijs er eerst uit, voordat ze aan haar wijn begon.
Ze keken om zich heen. Blijkbaar waren ze nog niet in het hartje van Oranjestad, zoals ze dat uit Leroys taxi gezien hadden, want dat leek te bestaan uit louter hotels, restaurants en bars. Hier waren wat winkels, een paar cafés en veel woonhuizen in allerlei soorten en maten.

Vlak achter hen zaten een donkere jongen en een meisje zo heftig te zoenen dat de ober hen even later discreet kwam vragen of het wat minder kon.
Dominique keek grijnzend naar haar vriendin. 'Ik dacht dat het hier vrijheid blijheid was. Nu moeten we ons straks misschien inhouden.'
'Ja, jij ja!' kaatste Lilian lachend terug. 'Ik ben veel discreter.'
'Nou, wat ben jij discreet! Ik heb heel wat anders gehoord.'
Onzeker nam Lilian haar op. Meende ze nou wat ze zei? Soms kreeg ze geen hoogte van Dominique. Ze vond het geen prettig idee dat haar vriendin dingen van haar zou weten die ze eigenlijk voor zichzelf zou willen houden. Of hooguit pas later wilde vertellen.

12

Aan het eind van de middag werd het drukker op en rond het pleintje. Ze namen nog een witte wijn en wandelden toen verder de stad in, tot ze bij een gedeelte van het centrum kwamen dat ze herkenden. Overal waren hotels en uit diverse restaurants en cafés klonk muziek. Vanaf scooters en vanuit cabrio's floten en riepen jonge mannen naar hen. Dominique genoot zichtbaar en glimlachte terug naar iedereen. Lilian reageerde wat terughoudender.

Voor de meeste restaurants stonden obers die probeerden de voorbijgangers naar binnen te praten. De twee vriendinnen lieten zich inpalmen door een vriendelijke Italiaanse ober, die hen in een mengsel van Engels, Italiaans en Nederlands een culinaire sensatie beloofde.

Inderdaad was de pizza niet onsmakelijk. Lilian at de hare bijna helemaal op en Dominique kwam tot net over de helft, waarna ze haar aandacht exclusief richtte op haar salade en haar glas rode wijn, dat door de gedienstige ober steeds werd bijgevuld.

Toen ze aan de koffie met amaretto zaten, trok de jonge ober een stoel bij, die hij achterstevoren bij hun tafel zette, en kwam ongevraagd bij hen zitten, met zijn kin op zijn over de rugleuning liggende armen.

'Zo, dames, heeft het gesmaakt?'

Ze beaamden dat het lekker was.

'Jullie komen uit Nederland, hè? Hoe lang zijn jullie al op Aruba?'

Ze vertelden dat ze die dag waren aangekomen en dus nog maar een paar uur op het eiland waren.

'En wat gaan jullie vanavond doen?'

Dominique en Lilian wisselden een snelle blik.

'We gaan de stad een beetje verkennen,' vertelde Dominique. 'Waarschijnlijk nog ergens wat drinken.'

‘Als ik straks vrij ben, zou ik het wel leuk vinden om jullie ergens te ontmoeten,’ stelde de ober meteen enthousiast voor. ‘Mijn naam is Gino, trouwens. En Alessandro, mijn beste vriend, werkt hier in de keuken. Hij wil vast ook wel mee, als ik hem vertel hoe mooi jullie zijn!’
Lilian zag het niet zitten. Omdat het erop leek dat Dominique aarzelde en misschien zelfs wel met dit voorstel zou instemmen, schopte Lilian haar onder de tafel.
‘Au!’ zei Dominique en keek haar vriendin verontwaardigd aan. Waarna ze snel tegen de ober zei: ‘Dat vind ik erg aardig aangeboden, Gino, maar we hebben vanavond al afgesproken met onze vrienden. En die vinden het vast niet leuk als we een paar vreemde mannen meenemen.’
Zichtbaar teleurgesteld stond Gino op. Toen hij even later aan hun tafel terugkwam met de rekening, zei hij afgemeten: ‘Kijk eens, dames. Nog een prettige avond verder.’
De twee vriendinnen deden net alsof ze niets gemerkt hadden van de omslag in zijn stemming. Ze betaalden, gaven hem een kleine fooi en groetten hem beleefd toen ze de pizzeria verlieten.
Grinnikend liepen ze de stoep op, waar Lilian bijna struikelde over een scharminkel van een hond, die jankend maakte dat hij wegkwam.
‘Er zijn hier wel veel honden,’ merkte Dominique op, terwijl ze om zich heen keek. ‘Zouden dat allemaal straathonden zijn?’
‘Geen idee,’ antwoordde Lilian met een lichte huivering. ‘Als ze mij maar niet voor de voeten lopen.’
Vanaf een terras voor een café kwam een jonge man naar hen toe, die in het Engels tegen Lilian zei: ‘Ik zag dat je bijna viel. Heb je je pijn gedaan? Kan ik helpen?’
‘Nee, bedankt,’ zei Lilian. Meteen trok ze Dominique met zich mee en liet de man staan.
De vrienden van de jongeman op het terras lachten er hard om.
‘We hebben in elk geval niet te klagen over belangstelling,’ constateerde Dominique tevreden.
Lilian keek haar schuin aan. ‘Was jij daar bang voor dan?’

‘Nee, dat niet, maar het is altijd leuk om te merken.’

Ontspannen flaneerden ze langs de vele cafés, die bijna zonder uitzondering terrassen hadden en waaruit vrijwel altijd luide muziek kwam, vooral salsa en merengue. Na een tijdje streken ze neer op een terras. Nog voordat ze de kans kregen om zelf iets te bestellen, kwam er een jongen met een snor en een wijd openstaand shirt bij hun tafel staan, die vroeg of ze iets van hem wilden drinken.

Voordat Dominique iets kon zeggen, antwoordde Lilian: ‘Nee, bedankt. Als we behoefte hebben aan gezelschap, dan hoor je het wel.’

De jongen droop af.

Met een hoog opgetrokken wenkbrauw bekeek Dominique haar vriendin. ‘Wat krijgen we nou? Misschien was die gast wel de liefde van je leven. En wat belangrijker is: hij wilde ons een gratis drankje aanbieden.’

‘Gratis drankjes bestaan niet,’ antwoordde Lilian hoofdschuddend. ‘Zo’n figuur wil er altijd iets voor terug.’

Dominique grijnsde. ‘Daar heb je waarschijnlijk gelijk in. Maar dat hoeft niet altijd een slecht idee te zijn.’

‘Pff. Dat maak ik dan altijd nog liever zelf uit.’ Lilian wenkte naar de ober. ‘Wat wil jij, Do?’

‘Doe nog maar een witte wijn. En ik vind het niet erg als ze er ijs in doen.’

13

'Kijk Lil, ik spreek Pappie... Papiamento! *Bloeki zanul patoeta habam*!' Schaterend van het lachen liet Dominique zich achterover zakken in haar stoel. Een mannenarm ving haar op.

Lilian keek bezorgd naar haar vriendin. Inmiddels hadden ze aardig wat wijn op. En natuurlijk die amaretto. En bovendien had Dominique net nog meegedaan met een paar shotjes tequila, omdat een van die aardige Amerikaanse jongens daarop had aangedrongen.

Het was nu al een paar uur donker en ze waren in een kroeg zonder terras aanbeland. Ondanks de drukte waren een paar zwaar getatoeeerde mannen achter in de zaak aan het darten. Aan de bar was geen plaats meer vrij en ze zaten te midden van een groep van acht werkstudenten rond een van de kleine tafeltjes.

Ze waren de groep tegengekomen in het vorige café, waar ze een tijd op het terras hadden gezeten, luid meezingend met de hits die uit de luidsprekers kwamen. De studenten verdienden hun vakantie op Aruba door in een paar van de grote Amerikaanse hotels aan de haven te werken. De drie meisjes kwamen uit de Verenigde Staten en van de vier jongens waren er twee ook Amerikaans en twee Canadees.

Een van de Canadezen – Dave, een knappe jongen van begin twintig met een aanstekelijke lach en een lok haar die schuin voor zijn gezicht hing – voelde zich duidelijk aangetrokken tot Dominique, want hij zorgde voortdurend dat hij in haar buurt bleef. Hij was ook degene die nu zijn arm om haar heen had geslagen.

De andere Canadees, Alan, had alleen oog voor Trish, een sproetige studente met opgestoken, rood haar. Met hun hoofden dicht bij elkaar zaten ze opzij van het tafeltje voortdurend zachtjes met elkaar te praten en soms te zoenen.

Amanda, een blond meisje in een strak T-shirt dat zojuist trots had verteld dat ze in haar *college*-jaren cheerleader was geweest, had het hoogste woord. Met veel nadruk poneerde ze meningen waar de anderen maar half naar luisterden. Latoya, het donkere meisje van wie Amanda met een breed gebaar had verkondigd dat die haar beste vriendin was, lette nog het meest op tijdens de monoloog van de voormalige cheerleader.
De andere twee Amerikaanse studenten, de bebrilde Jerome en de zeer gespierde Chuck, waren aan weerszijden van Lilian gaan zitten en bestookten haar met vragen. Hoe was het om in Nederland te wonen? Kwam ze vaak in Amsterdam? Klopte het dat daar blote vrouwen voor de ramen zitten en dat er overal drugs te koop zijn? Waarom kwam ze niet in de States studeren? Was het waar dat Europeanen veel vrijer tegenover seks staan dan Amerikanen?
Aanvankelijk had Lilian wat moeite om het snelle Engels te volgen, vooral ook omdat Chuck een accent had dat ze niet eerder had gehoord. Maar gaandeweg gingen de gesprekken haar steeds makkelijker af, ook omdat de Amerikanen voortdurend drank lieten aanrukken.
Ze vermaakte zich prima en wilde best wat langer blijven, maar ze zag dat Dominique nu toch wel erg aangeschoten begon te raken. De enige manier om niet mee te gaan in het hoge drinktempo van de groep, was om haar glas heel langzaam leeg te drinken en zich niets aan te trekken van de volle glazen die voor haar op tafel werden gezet.
Dominique was aanzienlijk minder terughoudend geweest, vooral niet toen de tequilafles, het zoutvaatje en het schaaltje met schijfjes citroen werden gebracht. Een paar keer achter elkaar deed ze mee aan het ritueel: zout van haar hand likken, in één slok een glaasje tequila achteroverslaan en dan in een schijfje citroen bijten. De tranen stonden haar in de ogen, maar ze bleef lachen. Vooral ook omdat Dave, die zelf ook enthousiast meedeed, haar aanmoedigde.
Terwijl Jerome even naar de wc ging, vroeg Chuck alle aandacht van Lilian. Hij had op school het verhaal gelezen van Hans Brinker, het jongetje dat met zijn vinger een gat in de dijk had dichtgehouden en zo heel Nederland had gered. Nu wilde hij weten of Hans echt had

bestaan. Lilian moest hem bekennen dat ze dat niet zeker wist.
Chuck keek haar ernstig aan. 'Ik heb altijd gedacht dat het eigenlijk over seks gaat, weet je. Die jongen met z'n vinger in de dijk... Je weet wel, omdat het een Hollands verhaaltje is.'
Ze schoot in de lach. 'O, en alle Hollanders zijn seksfanaten, denk jij?'
'Dat mag ik hopen!' Hij hield zijn hoofd schuin en grijnsde. 'En ik hoop er zelfs heel snel achter te komen.'
'Dat had je gedroomd!' zei ze quasiboos. 'Maar ik maak me verder geen zorgen, want ik heb gehoord dat alle Amerikaanse jongens als maagd het huwelijk in gaan.'
Even trok Chuck een verbouwereerd gezicht, toen schoot hij in de lach. 'Jij bent echt anders! Een meisje uit de States zou zoiets nooit tegen mij zeggen.'
Nu moest Lilian lachen. De wijn en de vermoeidheid hadden haar ontspannen gemaakt en ze voelde zich prettig loom.
'Heb je misschien zin om een strandwandeling met me te maken?' stelde Chuck voor. 'Dan kunnen we wat rustiger praten dan hier.'
Ze wilde Chuck net antwoord geven toen ze zag dat Dominique opstond en na een paar wankele passen begon te schuifelen met Dave. Het nummer dat gedraaid werd nodigde daar kennelijk erg toe uit, al was er niet veel verschil met de andere muziek die ze tot dan toe gehoord hadden in dit café.
Dominique danste niet echt, maar hing voornamelijk om de nek van Dave, constateerde Lilian. En Dave praatte voortdurend zacht op haar in, waar Dominique steeds lodderig knikkend op reageerde. Af en toe vielen haar ogen zelfs even dicht, waarna ze die moeizaam weer opende.
'Nee, dat is niet verstandig,' zei Lilian tegen Chuck terwijl ze van haar kruk opstond. 'Ik moet een beetje op mijn vriendin passen, want die kan zo langzamerhand maar beter naar huis gaan.'
'Laat haar toch! Je vriendin redt zich echt wel. Dave zorgt voor haar.'
'Ja, dat zie ik.' Lilian keek naar Dominique en dacht even na. Toen haalde ze haar mobiel uit haar zak. In het huisje had ze het nummer van Leroy opgeslagen onder een van haar sneltoetsen. Na een korte aarzeling drukte ze die nu in.

Chuck keek afkeurend toe, maar zei niets.
Het duurde lang voordat er werd opgenomen. Automatisch wierp Lilian een blik op de klok boven de bar. Het was kwart over een.
'Yes?' klonk het aan de andere kant van de lijn.
'Leroy? Met Lilian, uit huisje nummer 19, je weet wel.'
'Dag.'
'Luister, ik weet dat je hier waarschijnlijk niet op zit te wachten, maar... kun je ons misschien ophalen?'
'Weet je hoe laat het is?'
'Ja, sorry, dat weet ik. Maar we zitten in Oranjestad en Do is erg dronken en...'
'Wie?'
'Dominique.'
'Oké.'
Lilian haalde diep adem. 'Zoals ik al zei: Dominique is erg dronken en ik ben bang dat het misgaat. Ze zit hier met een jongen uit Canada en...'
'Waar zijn jullie nu?' onderbrak Leroy haar.
'In...' Lilian keek rond, maar zag niets waar ze de naam van de kroeg uit kon afleiden. Daarom vroeg ze die aan Chuck, die met een dansgebaartje antwoordde: 'La Mamba.'
'Hoor je dat? La Mamba,' zei ze in haar mobiel.
'Ik kom eraan. Over tien minuten ben ik bij jullie. Zorg dat je buiten staat.'
'Oké, bedankt, Leroy, en...'
Maar hij had de verbinding al verbroken.
Lilian stond op en liep naar Dominique en Dave toe. Ze tikte haar vriendin op haar schouder. 'We moeten zo weg, Do. Leroy komt ons ophalen met z'n taxi.'
'Met dat ouwe krot?' vroeg Dominique met een dubbele tong. 'Ik wil een limo.' Even bedacht ze zich, toen maakte ze zich los uit de armen van Dave. 'Nee, helemaal niet, Lil! Ik wil hier blijven, bij Dave en de anderen. De nacht is nog jong!'
Omdat ze tegelijkertijd een oprisping kreeg, die ze maar moeilijk kon

binnenhouden, kwam dat laatste niet zo overtuigend over.
Lilian nam afscheid van de anderen en loodste Dominique met hulp van Dave het café door, naar buiten toe.
De frisse lucht die uit zee kwam aanwaaien leek Dominique goed te doen. Ze haalde diep adem en leek weer een beetje tot zichzelf te komen.
Ineens zei ze: 'Ik moet plassen, Lil. En eigenlijk ben ik ook een beetje misselijk.'
Dat had ze nog niet gezegd of er kwam een golf zuur braaksel omhoog.
Lilian trok haar met zich mee het steegje in, dat langs het café liep. Naast een paar afvalcontainers leegde Dominique haar maag. Toen er echt niets meer kwam, nam Lilian haar mee terug naar het café, zodat ze zich in het damestoilet kon opfrissen. Een paar honden schoten achter hen langs naar de plek waar Dominique net had overgegeven.
Toen ze weer naar buiten kwamen, stond Leroy hen met zijn armen over elkaar op te wachten. Terwijl hij de deur van zijn gele taxi openhield, waarschuwde hij Dominique: 'Als je het waagt om in mijn auto te kotsen, laat ik je alles zelf opruimen.' Kleintjes beloofde Dominique dat ze dat niet zou laten gebeuren.
Dave was nergens meer te bekennen.

14

Onderweg reed de taxi over een stuk onverharde weg en dat bleek toch te veel voor de maag van Dominique. Gelukkig waren alle raampjes in de auto volledig opengedraaid. Daardoor bevuilde ze alleen de buitenkant van het portier.
In het wachthokje van het resort zat niet Harry, maar een andere geuniformeerde man. Zodra hij Leroy zag, deed hij de slagboom open. Leroy reed zijn auto helemaal tot aan de garagedeur van nummer 19. Samen met Lilian sjouwde hij de inmiddels in diepe slaap gevallen Dominique naar binnen toe. Ze legden haar op haar bed.
'Ga maar even naar de woonkamer,' zei Lilian. 'Dan knap ik haar een beetje op.'
Een beetje onwillig liet Leroy het tweetal alleen achter.
Lilian controleerde in de gang of hij inderdaad weggegaan was, deed de slaapkamerdeur dicht en waste Dominiques gezicht en handen met een nat washandje. Daarna trok ze haar vriendin haar kleren uit, op haar slip na. Met enige moeite wist ze Dominiques slappe lichaam een T-shirt aan te doen. Daarna legde ze een laken over haar heen. Op het nachtkastje zette ze een glas water. Voor alle zekerheid liet ze het licht in de slaapkamer aan, zodat Dominique niet in paniek zou raken als ze wakker werd en niet wist waar ze was. Toen sloot ze de deur achter zich.
In de woonkamer had Leroy zichzelf een glas whisky ingeschonken met veel ijs.
'Jij ook wat?' bood hij aan.
'Nee dank je, ik neem wel iets fris.'
Ze liep naar de koelkast en nam een kan sap en een glas mee terug.
'Zal ik bij jou blijven vannacht?' vroeg Leroy botweg.
Lilian keek hem verbluft aan. 'Wat dacht jij nou? Dat je met me naar

bed mag omdat je ons hebt opgehaald?'
Hij nam een grote slok en leunde tegen de tafel. 'Dit hoort allemaal niet bij mijn taakomschrijving, weet je. Midden in de nacht wakker gebeld worden om een paar dronken meiden uit een bar op te halen. Normaal gesproken word ik daarvoor betaald.'
'Dat moet je dan maar met WernComp regelen,' antwoordde ze koel. Op haar beurt nam ze ook een forse slok. Het sap was heerlijk koud. 'Ik zal morgen wel aan Do vragen of ze haar vader belt. Dan kan hij een bonus voor je regelen.'
Zijn ogen hielden de hare vast. Na een poosje zei hij: 'Dat is niet nodig. Maar ik wil wel even duidelijk maken dat ik niet jullie loopjongen ben.'
'Natuurlijk ben je dat niet. Maar ik zag dat het niet goed ging met Do en ik wist niet wat ik moest doen. Ik ken hier niemand. Daarom heb ik jou gevraagd of je wilde helpen. Als je daar geen zin in had, dan had je dat moeten zeggen.'
'En dan?' vroeg hij uitdagend.
Ze haalde haar schouders op. 'Weet ik niet. Dan had ik iets anders moeten verzinnen, hè?'
Weer bleef hij haar een tijdje zwijgend aankijken. 'Daar staan we dan,' zei hij toen pesterig.
'Ja, daar staan we dan.'
'En nu?' vroeg hij. 'Drinken we nog wat?'
'Ik niet,' zei Lilian rustig. 'En ik zou het prettig vinden als jij hier ook niks meer dronk. Wat mij betreft neem je die hele fles whisky mee, dat kan me niet schelen. Maar ik wil nu gaan slapen.'
Ze kon zien dat hij overwoog om nog wat te zeggen. In plaats daarvan zette hij zijn glas op de tafel, met een zo bruuske beweging dat een van de ijsklontjes eruit vloog en op de grond viel. Zonder Lilian nog aan te kijken beende hij naar buiten. De voordeur viel met een klap achter hem dicht.
Ze wachtte tot ze hoorde hoe hij in de taxi stapte en met luid protesterende banden wegscheurde. Pas toen ze gecontroleerd had of alle deuren en ramen waren afgesloten ging ze naar bed.

15

‘Hoe durft ie! Wat een hufter!’ brieste Dominique, toen Lilian haar de volgende ochtend vertelde wat er gebeurd was. ‘Daar ga ik m’n vader over bellen!’

‘Dat is nergens voor nodig,’ zei Lilian sussend. ‘Ik kan heel goed voor mezelf opkomen. En ik geloof dat ik volkomen duidelijk tegenover hem geweest ben.’

Dominique keek haar dankbaar aan. Natuurlijk had Lilian gelijk: ze had de situatie in de hand gehouden. Heel anders dan zij dat zelf had gedaan, gisteravond. Ze wist niet eens meer precies wat er allemaal gebeurd was in die bar. Maar dat wilde niet zeggen dat het geen rotstreek van Leroy was om zoiets tegen Lilian te zeggen.

Het was al bijna halfeen ’s middags. Toen Dominique eindelijk uit haar bijna comateuze slaap was ontwaakt en zich naar het toilet had gehaast, was Lilian al een paar uur op.

Dominique had haar uiteindelijk gevonden bij het zwembad, waar Lilian goed ingesmeerd op een handdoek lag te zonnen.

‘Oh la la,’ riep Lilian bij het zien van haar vriendin. ‘Als jij je voelt zoals je eruitziet, is het niet best.’

‘Nou, bedankt,’ antwoordde Do gelaten, terwijl ze zich in een ligstoel liet vallen. ‘M’n hoofd bonkt, ik heb een smaak in m’n mond alsof er een hond in gescheten heeft, m’n hele lijf doet pijn en ik heb vreselijke honger, maar ik weet niet of ik te misselijk ben om te eten. Verder gaat het prima met me.’

Lilian kwam overeind. ‘Jij moet eerst maar eens een heleboel vocht naar binnen slaan en een stevig ontbijt wegwerken. En dan douchen.’

Dominique sloot haar ogen. ‘Kan ik hier niet blijven liggen?’ Ze liet zich achterover zakken in de luie stoel. ‘Wek me maar als de wereld

niet meer draait. Want dat kan ik niet meer aan.'
Lachend liep Lilian naar de keuken. Ze dekte de kleine tafel met brood, allerlei soorten beleg, yoghurt, muesli, kannen sap en melk, ze zette koffie en thee, en begon toen eieren te bakken.
Het duurde niet lang voordat Dominique in de deuropening verscheen.
'Dat ruikt toch wel lekker,' bekende ze. 'Maar eerst moet ik nog even...'
Op een holletje rende ze naar het dichtstbijzijnde toilet.
Even later kwam ze met een wit gezicht weer terug.
'En nu eten!' zei Lilian gebiedend.
Ze wachtte tot Dominique op een van de stoelen had plaatsgenomen en zette toen een dubbele boterham met twee spiegeleieren voor haar neer.
'Heb je er geen wijn bij?' vroeg Dominique quasi-ernstig. Ze glimlachte fijntjes toen ze het gezicht van haar vriendin zag. 'Grapje!'
Lilian ging tegenover haar zitten. Zelf had ze allang ontbeten, maar ze nam voor de vorm toch nog wat, om Dominique niet alleen te laten eten. Met plezier keek ze toe hoe haar vriendin als een wolf zat te schrokken en daarbij grote glazen sinaasappelsap wegwerkte.
Toen ze eindelijk uitgegeten was, leunde Dominique voldaan achterover. 'Je had gelijk: dat had ik nodig,' zei ze dankbaar.
'Ik weet het, ik heb ook weleens te veel gedronken.'
'Nou, het was niet echt te veel, alleen viel het niet zo goed. Ik...' begon Dominique.
Maar haar vriendin onderbrak haar. 'Lul niet, Do. Je hebt van alles door elkaar gezopen. En je hing als een dweil bij die jongen om z'n nek.'
'O ja, die jongen. Hoe heette hij ook al weer?'
Lilian grinnikte. 'Hij heeft blijkbaar wel indruk gemaakt. Dat was Dave.'
'Dave, ja.' Dominique sloot haar ogen. 'En hij kwam uit Amerika, toch?'
'Canada.'
'Ja, dat is waar ook. Hij wilde dat ik naar Montréal kwam, want daar studeerde hij. Welke studie weet ik niet meer.'

'Dat lijkt me een vriend voor het leven. Je gaat hem dus opzoeken in Montréal, maar je weet zijn naam niet meer en ook niet wat hij studeert.'
'Nee, dat niet. Maar ik weet wel waar hij werkt, hier op Aruba.'
Lilian keek haar verbaasd aan. 'Waar dan?'
'In het Enlightenment Hotel. Dat heb ik onthouden, want dat is heel interessant.'
'Hoezo?'
'Ze hebben namelijk een eigen eiland, voor de kust van Oranjestad, waar alleen gasten van het hotel mogen komen. Moet hartstikke luxe en mooi zijn.'
'Dat klinkt inderdaad interessant.'
Dominique knikte. 'En hij heeft mij beloofd dat ik met hem naar dat eiland mag. Jij mag ook mee.'

16

‘Zullen we vandaag de scooter nemen?’ stelde Dominique voor. ‘Dan hebben we geen parkeerproblemen.’
‘Ik weet niet of ik dat wel kan, ik heb nog nooit op een scooter gereden.’
Dominique glimlachte. ‘Stelt niks voor. Dat heb ik je in vijf minuten geleerd.’
De verzekering was met één telefoontje geregeld. Ze zetten hun zonnebrillen op en gingen naar de garage. Nadat ze een van de twee scooters naar buiten hadden gereden, liet Dominique aan haar vriendin zien hoe ze een scooter moest starten en hoe de versnellingen werkten.
En ze had gelijk: algauw reed Lilian moeiteloos weg. Alleen het nemen van bochten ging haar wat onwennig af. Aan het einde van de afrit moest ze een voet aan de grond zetten, toen ze wat al te scherp de weg op wilde sturen.
Lilian wilde al meteen op pad, maar Dominique hield haar hand omhoog. ‘Even wachten! We moeten shirts met lange mouwen aantrekken. Ik heb weleens eerder met m’n vader een scootertocht gemaakt in Suriname, en toen was ik na afloop gruwelijk verbrand.’
‘Goed idee.’
Vijf minuten later reden ze weg. Bij het portiershuisje bleven ze staan. ‘Wat is een mooie route om hier met de scooter te rijden?’ vroegen ze aan Harry, die gedienstig opstond toen hij hen zag aankomen. De dikke man veegde zijn voorhoofd af met zijn zakdoek. Hij nam het vochtige stuk stof over in zijn andere hand en wees: ‘Als jullie hier naar de kust gaan en dan links, dan kom je vanzelf in Oranjestad, maar dat wisten jullie al. Ga je naar rechts en volg je de weg langs de zee, dan

heb je een mooie route langs Eagle Beach en Palm Beach naar de kop van het eiland. Echt prachtig.'
Ze bedankten hem en reden in de richting die hij had aangegeven. Dominique reed voorop. Regelmatig keek ze achterom om te controleren of haar vriendin haar wel kon volgen, maar Lilian had geen problemen om haar tempo bij te houden.
Terwijl ze over een rotsachtig pad reden, schoten links en rechts grote hagedissen weg achter de stenen. Ze kwamen uit op een tweebaansweg van asfalt, die hen langs de kust voerde. Overal reden ze langs de typerende lage struiken en de scheef gewaaide bomen. Bij een van de witte stranden zagen ze zelfs zo'n boom in het zeewater staan.
Na een lang stuk met weinig huizen, kwamen ze bij een grote hoeveelheid hotels en luxe woningen.
Dominique hield in, zodat Lilian naast haar kon komen rijden. 'Dit zal wel Eagle Beach zijn,' riep ze boven de wind uit. 'Wil je hier even stoppen om rond te kijken?'
Lilian schudde haar hoofd, dus reden ze verder. Omdat er behoorlijk wat verkeer was, bleven ze achter elkaar.
Te midden van de hotels was het net zo druk als in een Europese badplaats. Langzaam reden ze over een lange boulevard, die toegang gaf tot grote, witte stranden vol parasols, strandtenten en badgasten. In de zee werd druk gezwommen en gesurft. Overal waren winkels, restaurants, hotels met zwembaden en lachende, schaars geklede mensen met zonnebrillen op. Een paar diep gebruinde jongens riepen iets naar hen wat ze niet konden verstaan. Ondanks hun shirts brandde de zon ongenadig op hun schouders terwijl ze de drukte weer uitreden.
Toen ze een nieuwe badplaats naderden, veranderde de tweebaansweg in een vierbaansweg, de eerste die ze tegenkwamen op Aruba. Hier waren de hotels nog veel hoger dan ze tot dan toe hadden gezien in Oranjestad en bij Eagle Beach. Er waren veel mensen, de stranden waren onwaarschijnlijk wit en de gasten in de badplaats leefden het goede leven. Alles was er luxe: de auto's, de zwembaden, de discotheken, de bars en de winkels.
'Veel Amerikanen hier,' riep Dominique over haar schouder naar de

schuin achter haar rijdende Lilian. Ze wierp een veelbetekenende blik op een dikbuikige, roodverbrande man in zwembroek met een grote sigaar in zijn mond, met aan zijn arm een vrouw met een monsterlijk grote vlinderzonnebril, die een klein hondje met zich meesleepte aan een riem.
Even overwogen ze om wat te drinken op de drukke boulevard, maar toch reden ze door.
Aan de noordkant van de badplaats was het aanzienlijk rustiger. Ze reden met de wind in hun haren, terwijl de zee aan hun linkerkant nooit ver weg was. Het landschap werd ruwer en rotsachtiger naarmate ze de noordpunt van het eiland naderden. Al van veraf ontwaarden ze de vuurtoren die ze ook al vanuit het vliegtuig hadden gezien.
'Het lijkt precies op een vuurtoren zoals je ze bij ons ook ziet,' merkte Dominique een beetje teleurgesteld op, toen ze de toren naderden. Inderdaad had de witte toren dezelfde bouw als de vele vuurtorens die ze langs de Noordzeekust had gezien.
Ze zetten hun scooters aan de voet van de toren en kochten bij een *gelateria* op het pleintje ernaast een ijsje. Terwijl ze hun ijs opaten, wandelden ze om de toren heen.
'Wie noemt zo'n ding nou California Lighthouse?' vroeg Dominique spottend, met een hoofdgebaar naar het bordje waarop de naam stond.
Lilian liep erheen en las het koperen plaatje ernaast. 'Hier is ooit een schip aan de grond gelopen dat *S.S. California* heette,' antwoordde ze. 'Vandaar.'
Ze zagen een paar toeristen de toren binnengaan.
Dominique keek omhoog. 'Wil jij erop?'
'Nah, gewoon een beetje rondkijken hier,' antwoordde Lilian.
Ze liepen over een parkeerterreintje naar een uitkijkpunt dat uitzicht bood op de kop van het eiland en de oceaan.
De golven rolden rustig op de witte stranden, waarop nauwelijks mensen te zien waren.
'Als je hier almaar rechtdoor gaat, kom je uiteindelijk in Nederland terecht,' zei Lilian.

Dominique lachte. 'Voorlopig nog niet, wat mij betreft. Het bevalt me hier wel.'
'Kom, we gaan terug naar het huisje,' besloot Lilian. 'Ik wil wel bruin worden tijdens deze vakantie.'
'Ja, anders gelooft straks niemand dat je op Aruba bent geweest.'

17

Bij terugkomst zwaaiden ze vrolijk naar Harry terwijl ze door de poort reden. Ze zetten hun scooters in de garage en liepen druk pratend de hoek om, naar de achterkant van de bungalow. Daar bleven ze verrast staan. De keukendeur stond open.

'Die hadden we toch afgesloten?' vroeg Lilian voor de zekerheid.

Dominique knikte. 'Misschien is het Leroy,' suggereerde ze.

'Na gisteravond?' Lilian schoot onwillekeurig in de lach. 'Ik dacht het niet.'

Voorzichtig keek Dominique of ze iemand in de woonkamer zag. Toen dat niet zo was, liep ze snel door naar de keuken.

Bij het kookeiland was een jonge vrouw met een paardenstaart en een blauw-witte jurk bezig de keramische kookplaat te poetsen.

'Mag ik vragen wat jij hier doet?' vroeg Dominique vanuit de deuropening.

De jonge vrouw keek geschrokken op. Ze had een aantrekkelijk gezicht, donkere ogen en een licht getinte huid. 'O, sorry, ik had u niet gezien,' verontschuldigde ze zich. 'Ik ben aan het schoonmaken.'

'Ja, dat zie ik.' Dominique stapte de keuken binnen, met Lilian vlak achter zich. Alles zag er inderdaad keurig schoon uit. De vuile vaat, die ze gewoon in de kamer hadden laten staan, was in de vaatwasser gezet, en de woonkamer zag er opgeruimd uit.

'Ik moet de vloer nog doen,' zei de jonge vrouw verontschuldigend. 'Ik had u nog niet verwacht. Sorry voor de overlast, ik kom straks wel terug.'

'Nee, ga gerust verder, stoor je niet aan ons,' antwoordde Dominique snel. 'Ik ben trouwens Dominique, en dit is Lilian.'

De jonge vrouw glimlachte wat onwennig naar hen. 'Aangenaam.

Mijn naam is Angelina Maria. Maar iedereen noemt me Angie.'
'Ben je in dienst van WernComp?'
'Ik werk voor Bon Bini Beach,' zei Angie terwijl ze verlegen met de schoonmaakdoek in haar handen stond. 'Het resort heeft servicecontracten met de eigenaars van de huisjes. Niet iedereen maakt gebruik van mijn diensten.'
'Hoe vaak kom je hier schoonmaken?' vroeg Lilian.
'Drie keer per week. Ik heb de opdracht om mijn werk te doen als u er niet bent, zodat u geen last van me hebt.'
'Wij hebben er geen last van, hoor,' verzekerde Dominique haar nog eens, terwijl ze doorliep naar de woonkamer. 'Je kunt wat mij betreft komen wanneer je wilt.'
'Dank u wel.'
Lilian keek de jonge vrouw vriendelijk aan. 'Woon je op het resort?'
Weer dat verlegen glimlachje. 'Nee, mevrouw. Ik woon hier niet ver vandaan met m'n zoontje.'
'O, heb je een zoontje? Hoe oud is hij?'
'Tweeënhalf.'
'Heb je een foto?' vroeg Dominique, die weer in de keuken stond.
De jonge vrouw haalde een verkreukelde foto uit de zak van haar jurk en gaf die aan Dominique. Er stond een lachend jongetje op met een wat lichtere huidskleur dan zijn moeder. Dominique bekeek de foto en gaf die toen aan Lilian.
'Een leuk kind,' merkte ze op.
'Dank u.'
Lilian keek van de foto naar de jonge vrouw en toen weer terug. Ze aarzelde, omdat ze niet onbeleefd wilde lijken door zoveel te vragen, maar vroeg toen toch: 'Mag ik vragen hoe oud je bent, Angie?'
'Ik ben vorige maand negentien geworden.'
Geschokt wisselde Lilian een snelle blik met Dominique. 'Dan ben je jonger dan wij!'
Angie keek haar uitdrukkingsloos aan, alsof haar niets nieuws werd verteld.
'En je bent al moeder,' voegde Lilian daaraan toe.

Angie draaide wat onrustig op haar hakken. 'Ik moet weer aan het werk,' zei ze na een korte stilte.
Lilian knikte. 'Ja, natuurlijk. Sorry dat we je ophouden.'
Met gefronste wenkbrauwen bleef Dominique naar Angie kijken. Toen rekende ze hardop: 'Je zoontje is nu tweeënhalf en jij sinds vorige maand negentien. Dus hoe oud was je toen je hem kreeg? Zeventien?'
'Bijna,' antwoordde Angie met een verontschuldigende glimlach. 'Ik was net zestien toen ik zwanger werd. Toen was ik al een jaar aan het werk. Ik had mijn school wel willen afmaken, maar dat konden mijn ouders niet betalen.'
Onopvallend keek Lilian naar Dominique en naar de luxe om hen heen. Ze vond het gesprek een beetje ongemakkelijk worden. Maar Dominiques nieuwsgierigheid was nog niet bevredigd. 'Ben je nog steeds samen met de vader van je kind?' vroeg ze verder.
Angie aarzelde even. 'Jimmy heeft zijn vader nog nooit gezien.'
Dominique en Lilian keken haar zwijgend aan.
'Zijn vader heet Sjoerd, een jongen uit Leeuwarden, in eh, het noorden van Nederland.'
'Friesland,' hielp Lilian.
'Ja, Friesland.' Er verscheen een rimpel boven haar neus.
'En hij was hier op vakantie?' vroeg Dominique langzaam.
Angie sloeg haar ogen neer. 'Ja, we ontmoetten elkaar in de stad, op een vrijdagavond. Hij is een paar jaar ouder dan ik en was hier met een paar vrienden. We spraken af dat we elkaar zaterdag weer zouden zien en zijn toen naar een strandfeest geweest.' Ze glimlachte triest. 'Die nacht hebben we geslapen in het zand. En ook de hele zondag zijn we bij elkaar geweest. 's Maandags moest hij weer terug naar huis.'
'Heb je later nog contact met hem gehad?' wilde Dominique weten.
'De eerste tijd wel, toen sms'ten we vaak. Al mijn geld ging op aan beltegoed.'
Lilian leunde tegen de tafel en vroeg zacht. 'Heb je hem verteld dat je zwanger was?'
Angie toonde opnieuw haar automatische glimlachje. 'Ja, toen ik het zeker wist, heb ik het hem verteld. Hij vroeg of ik het wilde laten weg-

halen. Ik heb nee gezegd. En daarna heb ik nooit meer iets van hem gehoord.'
'Wat een hufter!' zei Dominique verontwaardigd. 'Hij liet je dus gewoon barsten?'
Angie knikte. 'Ineens deed zijn mobiele nummer het niet meer. Mijn vader was woest: hij vond dat we Sjoerd moesten opsporen om hem te dwingen zijn verantwoordelijkheid te nemen en met mij te trouwen. Maar dat wilde ik niet.'
'Waarom niet?' drong Dominique aan.
'Ach, ik weet het niet.' Angie haalde haar schouders op. 'Als hij mij en mijn kind niet wil, hoef ik hem ook niet. Kunt u dat begrijpen?'
Het bleef een tijdje stil. Dominique en Lilian waren onder de indruk van het verhaal.
Angie pakte haar schoonmaakspullen bij elkaar, keek om zich heen en liep naar de deur. Daar draaide ze zich om, glimlachte en zei: 'Ik kom later wel terug. Een prettige dag verder.'
Ze groetten automatisch terug.
'Allemachtig,' mompelde Dominique, toen de jonge vrouw vertrokken was.
'Zeg dat wel,' stemde Lilian in. 'Moeten we niet iets voor haar doen?'
'Wat kunnen we doen?' Dominique trok een wenkbrauw op. 'Naar Leeuwarden afreizen en op zoek gaan naar een jongen die Sjoerd heet? Nee, we kunnen hooguit een extra grote fooi voor haar achterlaten, als we hier vertrekken.'
'Dat vind je genoeg?'
Dominique stond op en rekte zich uit. 'Wat wil je dan? Misschien is dat wel precies wat ze probeert te bereiken door ons zo'n zielig verhaal te vertellen.'
'Do! Jij bent echt vreselijk!'
'Ja, hè?' Dominique grijnsde. 'Zullen we zo gaan zwemmen?'

18

De hete zon boven Aruba begon al te dalen toen ze het zwembad achter het huis indoken. Nadat ze een tijdje hadden gezwommen, klommen ze op de kant, droogden hun haren en gingen uitgestrekt op grote badhanddoeken liggen.
'Heerlijk,' zei Lilian, terwijl ze de zon op haar huid voelde branden. 'Moet ik jouw rug insmeren?'
'Als je wilt, graag.' Dominique trok haar tas dichterbij en zette een grote tube zonnebrand naast zich neer. 'Maar eerst nog even opdrogen.'
Dominique lag op haar buik, Lilian op haar rug. Het was stil. Het enige wat ze hoorden was het geluid van de zee en een paar onzichtbare krekels in de buurt.
'Stel je eens voor dat je in de positie van Angie zou zitten,' zei Lilian na een poosje. 'Dan kun je eigenlijk geen kant op.'
Dominique legde haar armen gevouwen onder haar kin en keek haar aan. 'Ga nou alsjeblieft niet zitten zeuren dat wij het zo goed hebben en dat zij zielig en kansarm is.'
'Daar komt het wel op neer,' zei Lilian een beetje wrevelig. 'Sommige mensen hebben het nu eenmaal beter getroffen dan andere.'
'Ja, ja, als ik in India geboren was, zouden mijn ouders vast mijn benen hebben gebroken om een betere bedelaar van me te maken,' antwoordde Dominique net zo geïrriteerd. 'Dat weet ik zo langzamerhand wel. Maar ik ben nu eenmaal een Nederlandse, daar kan ik ook niks aan doen.'
'Jij hebt gewoon de mazzel dat je vader een succesvolle zakenman is.'
Dominique richtte zich op één arm op. 'Nou moet je echt ophouden. Daar heeft mijn vader hartstikke hard voor gewerkt. Dat had jouw vader ook kunnen doen.'

De wenkbrauwen van Lilian gingen ver omhoog. 'O, dus jij wilt zeggen dat mijn vader niet hard genoeg werkt? Is dat het?'
'Nee, natuurlijk niet. Maar ik herinner me een tijd dat onze ouders ongeveer even rijk waren. En moet je nou zien, wat een verschil!' Dominique maakte een gebaar naar het huisje.
Lilian ging rechtop zitten. 'Dus jouw vader heeft het goed gedaan en mijn vader niet. Mag ik je er even op wijzen dat jouw ouders gescheiden zijn en die van mij niet?'
Dominique zuchtte. 'Ik wist wel dat je daarmee zou komen. Kijk, mijn vader heeft zich niet alleen een slag in de rondte gewerkt om succes te hebben, maar hij heeft het ook best moeilijk gehad. Daar heb ik het weleens met hem over gehad. Hij heeft veel zakelijke risico's genomen, maar dat hoort erbij als je een ondernemer bent. Daarnaast heeft hij ook het risico genomen dat hij zo met zijn werk bezig was, dat zijn relatie eraan kapotging. En dat is precies wat er gebeurd is.'
'Dus als mijn vader ook zulke risico's had gelopen als die van jou, waren mijn ouders ook gescheiden geweest?'
'Misschien wel. Weet ik niet.'
Het bleef even stil. Lilian dacht na. Eigenlijk wilde ze, nu ze voor het eerst sinds tijden zo serieus aan het praten waren, het onderwerp op haar eigen probleem brengen. Maar daar leek het nog niet het juiste moment voor. In plaats daarvan vroeg ze: 'Na de scheiding woonde jij bij je moeder. Maar toen heb je toch voor je vader gekozen. Ik heb eerlijk gezegd nooit goed begrepen waarom je die keuze hebt gemaakt.'
Dominique zuchtte. 'Dat is omdat ik het er nooit echt over gehad heb. Ik vond het ook vreselijk moeilijk. Natuurlijk heb ik mijn moeder daar veel pijn mee gedaan, en natuurlijk neemt ze me dat nu vreselijk kwalijk. Ik weet niet of het ooit nog helemaal goed zal komen tussen haar en mij.'
'Wat is er dan gebeurd?' drong Lilian aan.
'Ach, een heleboel eigenlijk.' Dominique draaide zich op haar zij en pakte de tube zonnebrand. 'Toen mijn ouders gingen scheiden, vond ik dat vreselijk. Ik moest bij de kinderrechter zeggen bij wie ik wilde gaan wonen. En ik weet niet, maar het leek zo volkomen vanzelfspre-

kend dat ik met mijn moeder mee zou gaan. Dat gebeurde gewoon.'
'En die scheiding van je ouders, kwam dat door Henri?'
Dominique ging rechtop zitten, draaide de dop van de tube en begon haar benen in te smeren. Ze dacht aan Henri. Die gruwelijke avond dat de politie aan de deur kwam om te melden dat er een ongeluk was gebeurd. Haar broertje was dood, haar vader lag gewond in het ziekenhuis en de auto was total loss. Daarna was alles anders geworden.
'Dat heb ik je toch weleens verteld? Mijn vader had die avond gedronken,' zei ze zacht. 'Hij was op een of andere receptie van zijn werk geweest en had daarna Henri opgehaald van zijn hockeytraining. Papa wist naderhand zelf niet meer hoe het gebeurd was, maar volgens de politie had hij te hard gereden en gevaarlijk ingehaald, waardoor ze frontaal op een tegenligger gebotst zijn. Dat heeft mijn moeder hem nooit vergeven.'
Lilian keek haar vol medeleven aan. Ze had de diepzwarte periode na de dood van Henri van nabij meegemaakt, maar op deze manier had haar vriendin er nooit over gepraat.
'Waarom heb je me dat nooit verteld?'
Dominique haalde haar schouders op. 'Ik weet niet. Ik wilde het wel aan mensen vertellen, maar dat leek op verraad tegenover m'n vader. Hij had er al zo'n vreselijke spijt van. Hoe vaak ik hem dat wel niet tegen mama heb horen zeggen! Ik heb hem in het jaar na de dood van Henri vaak zien huilen, maar m'n moeder duwde hem alleen maar weg. Ze wilde niets meer van hem weten.'
Ergens begreep Lilian wel dat Do het haar nooit uitvoerig verteld had. Ze hield immers sommige dingen ook voor zichzelf. Zeker als ze zich ervoor schaamde of er anderen mee kon kwetsen. 'En na de scheiding?'
'Ze bleef boos op hem en kreeg zo'n harde trek om haar mond en zo'n ijzige blik in haar ogen als ze over hem praatte. Dat vond ik heel erg. Ik bedoel: hij is wel m'n vader, en hij heeft dat ongeluk niet met opzet gekregen.'
Een poosje concentreerde ze zich op het aanbrengen van de zonnebrandcrème op haar schouders en armen. 'Daar kregen we ruzie over.

Niet één keertje, maar steeds weer. Zij schreeuwde naar me dat ik probeerde goed te praten dat papa Henri had vermoord. En ik werd helemaal witheet omdat ze zoiets walgelijks durfde te zeggen.'
Lilian pakte haar eigen zonnebrandcrème en begon zich ook in te smeren.
'En toen kreeg ze die nieuwe vriend. Theo. Dat hielp ook al niet echt,' vervolgde Dominique. 'Wat een eikel is die vent. Zeker in vergelijking met papa!'
'En je vader stortte zich helemaal op z'n werk?'
'Ja, dat deed hij eigenlijk al in het laatste jaar dat mama en ik nog bij hem woonden. Hij was 's ochtends al heel vroeg weg en kwam pas 's avonds laat weer thuis. En zelfs dan zat hij vaak nog lang aan de telefoon. Het ging al goed met zijn bedrijf, maar daarna is hij volgens mij pas echt veel geld gaan verdienen.'
Lilian deed het bovenstukje van haar bikini uit en begon haar borsten in te smeren. Toen ze Dominique een beetje verrast zag kijken, gebaarde ze om haar heen. 'Hier ziet toch niemand ons. Op het strand durf ik niet zo goed topless te zonnen, maar hier zijn we helemaal alleen.'
Na een korte aarzeling volgde Dominique haar voorbeeld. Intussen vertelde ze: 'Uiteindelijk heb ik maar anderhalf jaar bij haar gewoond. Die periode in Haarlem vond ik nog niet eens zo erg. Maar toen we naar Alkmaar verhuisden om bij Theo in te trekken, had ik het helemaal gehad.'
Lilian knikte. 'Ja, dat weet ik nog. Dat vond ik echt een ramp, dat je ineens zo'n eind uit de buurt ging wonen.' Ze draaide zich om en hield haar haren omhoog. 'Kun jij mijn rug even insmeren?'
Dominique deed wat haar gevraagd werd. 'Dat vond ik ook. Ik bedoel: in Haarlem en Bloemendaal woonde iedereen die ik kende, weet je? Ik miste jou heel erg. En Alkmaar was helemaal niks. De school was vreselijk, die kinderen van Theo waren vreselijk en eigenlijk was alles er vreselijk. Ik ergerde me rot aan de manier waarop m'n moeder zich aanstelde als hij in de buurt was. Alleen al dat overdreven lachen van haar!' Met iets te stevige bewegingen vette ze de schouderbladen

van Lilian in. 'En hoe ze steeds over mijn vader praatte! Ik kon er gewoon niet meer tegen. Helemaal niet meer toen Theo tegen me zei dat hij het wel prettig zou vinden als ik hem papa noemde. Toen heb ik diezelfde avond nog mijn vader gebeld om te vragen of ik bij hem mocht komen wonen. Hij zei meteen ja.'

'Ik kan me voorstellen dat je moeder daar niet enthousiast over was.'

'Pislink was ze! Ze huilde en schreeuwde: "Nu raak ik nóg een kind kwijt aan die klootzak!" Ik heb wat kleren en m'n schoolspullen gepakt, en heb de rest gewoon laten liggen.'

'Je bent gewoon weggegaan?'

'Ik wilde er geen moment langer blijven. Buiten heb ik m'n vader gebeld, en heb ik in een snackbar zitten wachten tot hij me kwam ophalen.' Dominique legde de tube neer en draaide haar rug naar Lilian toe.

Terwijl Lilian de zonnebrandcrème met cirkelvormige bewegingen begon in te wrijven op Dominiques rug, zag ze een beweging bij het huis. Ze keek net snel genoeg op om te zien dat Leroy wegdook bij de openstaande deur van de garage.

'Leroy,' zei ze zachtjes. 'Hij is ons aan het bespieden.' Ze wees naar de garage.

Meteen sprong Dominique op en beende erheen.

'Leroy! Ben je nou helemaal gek geworden!' tierde ze. 'Als je naar blote vrouwen wilt kijken, ga je maar naar het strand! Wij willen hier privacy!'

Geschrokken kwam Leroy achter de garagedeur vandaan. Hij keek verward naar de schreeuwende jonge vrouw, die in haar bikinibroekje voor hem stond. Achter haar bedekte Lilian haar borsten met een handdoek, maar die moeite nam Dominique niet.

'En nou oprotten!' riep Dominique kwaad. 'Als ik nog een keer merk dat je bij ons aan het gluren bent, laat ik dat meteen aan m'n vader weten. Dan kun je dat mooie baantje van je gedag zeggen!'

Terwijl hij langs haar heen liep, wierp Leroy een laatste blik op haar borsten. Toen versnelde hij zijn pas en verdween naast het huis. Even later hoorden ze zijn taxi starten.

‘Niet te geloven, toch?’ brieste Dominique. ‘Wat een lef, om ons hier bij ons eigen huisje te komen begluren!’
Lilian deed het bovenstukje van haar bikini weer aan. ‘Toch vind ik het geen lekker idee dat die vent hier elk moment kan komen opdagen. Ik vind hem een engerd.’
‘Ik ben niet bang voor hem.’ Dominique ging naast haar vriendin liggen. ‘En ik meen het echt, hoor! Als hij me nog één zo’n geintje flikt, zorg ik dat mijn vader hem ontslaat!’

19

Ze besloten weer in Oranjestad te gaan eten. Omdat ze Leroy niet wilden zien, liepen ze naar het portiershokje en vroegen ze Harry een andere taxi voor hen te bellen.

De dikke, zwetende man keek hen onderzoekend aan, maar deed wat er van hem gevraagd werd. Hij incasseerde zijn fooi alsof het een vanzelfsprekendheid was.

De taxi die hen kwam ophalen was aanzienlijk nieuwer dan die van Leroy. De chauffeur was een man van middelbare leeftijd met een kalend hoofd en een zwierige snor. Hij stelde zichzelf voor als Leandro en hield galant de achterportieren voor hen open.

Toen hij zelf ook plaats had genomen en de motor weer startte, vroeg hij hen waar ze heen wilden.

'Naar het centrum,' antwoordde Dominique. 'Een beetje een leuk restaurant. Niet te duur.'

Hij bekeek hen via zijn achteruitkijkspiegel en glimlachte van oor tot oor. 'Komt in orde. Laat dat maar aan Leandro over.'

Met eenzelfde snelheid als Leroy de dag ervoor, reed de man over de hobbelige weg naar Oranjestad. In de buitenwijk nam hij niet de route over de boulevard naar de haven, maar voerde hij hen naar een deel van de stad dat verder van de zee af lag.

Ze reden door een wijk met dicht op elkaar staande, armoedig ogende huizen en weinig winkels. Af en toe toeterde Leandro doordringend, om een paar op de weg spelende kinderen te verjagen. In een straat waar veel mensen op de been waren, bracht hij de wagen tot stilstand voor een pand dat eruitzag als een woonhuis. In de deuropening hing een kralengordijn en op de stoep stonden een paar tafeltjes met stoelen die op tuinmeubelen leken.

Leandro drukte op de claxon.
'Dit is een prima restaurant,' vertelde hij. 'En niet duur. De restauranthoudster is een nicht van mij. Erg goed eten.'
Een dikke vrouw met een bloemetjesjurk duwde het kralengordijn opzij en stapte naar buiten. Toen ze de taxi zag, begon ze breed te glimlachen. Achter haar aan kwamen twee kleine kinderen, van wie er eentje haar been vastpakte.
'Leandro!' riep ze blij.
De twee jonge vrouwen op de achterbank keken elkaar aan.
'Ik weet niet of dit helemaal is wat wij bedoelen,' zei Lilian onzeker.
Dominique greep de leuning van de stoel voor haar beet, trok zich naar voren en keek Leandro indringend aan via het spiegeltje. 'Geen flauwekul, breng ons gewoon naar een restaurant in het toeristengebied.'
'Maar Millie heeft prima eten!'
'Nu!' zei Dominique beslist. 'Anders stappen we hier uit en betalen we je geen cent.'
De dikke vrouw op de stoep zette haar handen in haar zij. De glimlach verdween van haar gezicht toen ze merkte dat haar beoogde gasten niet van plan waren om uit te stappen.
Leandro's blik schoot heen en weer tussen zijn nicht en zijn klanten. Toen hij zag dat Dominique demonstratief aanstalten maakte om het portier aan haar kant te openen, riep hij: 'Oké, oké! We gaan al!'
Hij maakte een verontschuldigend gebaar naar zijn nicht en reed weg, waarbij hij bijna een oude man op een fiets raakte. Met hoge snelheid manoeuvreerde hij de taxi door de straten van Oranjestad.
Het duurde een tijdje voordat Dominique en Lilian iets van de omgeving begonnen te herkennen. Tot hun opluchting merkten ze dat Leandro hen door een paar totaal onbekende wijken in de richting van de boulevard bracht.
'Zet ons hier maar af!' riep Dominique, toen ze een pleintje zag met een aantal restaurants, cafés en terrassen. Onwillig zette Leandro de auto stil aan de kant van de weg. Ze rekenden af en gaven hem een kleine fooi, wat hen op een vinnige blik kwam te staan. Maar hij zei niets.

In plaats daarvan hield hij hen een kaartje met zijn telefoonnummer voor: 'Hier, voor als jullie misschien nog eens een taxi nodig hebben.'
'Bedankt,' zei Lilian, terwijl ze het kaartje van hem aanpakte en het meteen opborg.
Ze stapten uit en liepen naar het dichtstbijzijnde terrasje. 'Eerst wat drinken,' besliste Dominique. 'Ik verga van de dorst.'
'Dat zal nog steeds nadorst zijn. Doe je wat kalmer aan dan gisteren?' vroeg Lilian.
Dominique keek haar van opzij aan. 'Tuurlijk, ma.'
Dat leverde haar een stomp op haar schouder op. Een paar jongens gebaarden dat ze wel bij hen mochten komen zitten, maar de twee vriendinnen deden net alsof ze dat niet zagen en kozen een tafeltje in de schaduw.

20

Ze aten die avond Mexicaans en bleven, ook toen hun borden allang waren weggehaald, lang zitten praten. Steeds opnieuw bestelde Dominique koffie met amaretto.

Aan het tafeltje naast hen zaten twee meisjes, die in gebrekkig Engels communiceerden met de ober. Zodra ze alleen zaten, praatten ze vrij luid met elkaar in rap Frans. Kennelijk gingen ze ervan uit dat niemand in het restaurant hen kon verstaan.

Maar voor Lilian was het praktisch haar tweede taal. Ze had Frans in haar eindexamenpakket gehad en daarnaast hadden alle vakanties in Frankrijk met haar ouders ervoor gezorgd dat ze de taal vloeiend sprak. Ze zat zelfs te denken om nog aan een uitwisselingsprogramma met een Franse universiteit mee te doen.

Toen de meisjes begonnen te praten, luisterde ze onwillekeurig mee. Omdat ze al snel in de gaten kreeg dat de twee Françaises een erg openhartig gesprek voerden, glimlachte ze.

'Wat zit jij te lachen?' vroeg Dominique nieuwsgierig.

Met een handgebaar maakte Lilian duidelijk dat ze niet de aandacht op zich moesten vestigen. 'Kun je die twee meiden aan de tafel achter mij verstaan?' vroeg ze.

Dominique hield haar hoofd schuin, deed of ze tussen de houten rekken met plastic wijnranken door uit het raam van het restaurant keek en luisterde ingespannen. Na een poosje schudde ze haar hoofd. 'Ik versta wel een paar losse woorden, maar ze praten te snel. En in een dialect dat ik niet versta.'

'Volgens mij komen ze uit Zuid-Frankrijk,' zei Lilian. 'Ik kan ze vrij goed volgen. Die ene is vorig jaar ook op vakantie geweest in de Cariben, naar Haïti.'

Bij het horen van de naam van het eiland keek een van de twee Franse meisjes even in hun richting. Ze praatten met expressieve gebaren. De jongste van de twee, die een nogal kinderlijk, maar glad en knap gezicht had, plukte steeds met haar lange nagels aan haar haren wanneer ze naar haar oudere vriendin luisterde. Het andere meisje had wat puistjes op haar wang, waardoor haar jukbeen scherper leek uit te komen.

'Tijdens die vakantie is ze zwanger geworden,' vertaalde Lilian. 'Maar ze merkte het pas toen ze weer thuis was. Ze heeft haar ouders niets verteld, maar...'

'Maar?' zei Dominique toen haar vriendin stilviel.

Lilian hield haar ogen strak op haar koffiekopje gericht. 'Toen heeft ze het kind laten weghalen,' zei ze, waarna ze in één slok haar glaasje amaretto leegdronk.

'Tjonge,' zei Dominique, licht verveeld. 'Heftig voor haar. En verder?'

'Is dat niet genoeg?' zei Lilian stuurs.

Dominique keek haar vriendin even aan. Ze kende Lilian lang genoeg om te weten dat ze soms van dit soort buien had. Dan kon haar humeur ineens omslaan en had het niet veel zin om met haar te gaan redetwisten. Daarom knikte ze. 'Kom op, Lil, niet zo somber. Even m'n koffie opdrinken, dan zal ik om de rekening vragen. Waar zullen we heen gaan?'

'Maakt me niet zoveel uit,' antwoordde Lilian. 'Naar een andere kroeg dan gisteren, stel ik voor.'

'Ik wou eigenlijk die Amerikanen weer opzoeken,' probeerde Dominique voorzichtig.

Lilian keek haar koel aan. 'Moet dat per se vanavond? Als we nou weer naar dat café van gisteren gaan, heb je kans dat ze jou die kots van gisteren laten opruimen.'

Dominique zweeg en wenkte de ober.

21

Eenmaal buiten besloot Dominique zich niet op haar kop te laten zitten door haar nukkige vriendin. Ze maakte een paar danspasjes, stak triomfantelijk een vuist in de lucht en riep: 'Hallo Aruba! *We're gonna party*!'

Ondanks haar slechte humeur moest Lilian toch glimlachen. 'Jij bent echt niet goed wijs,' zei ze grinnikend.

'Klopt,' antwoordde Dominique monter. 'Ik ben helemaal gek. En na vanavond weet heel Aruba dat!'

Opgevrolijkt liepen ze door een kleinere zijstraat van de boulevard. Op een van de terrasjes zat een groepje jongens met oranje voetbalshirts waarop met grote letters HOLLAND stond. Zonder omwegen trok Dominique een stoel bij en plofte bij hen neer.

Lilian, die een eindje achter haar liep, zag geen andere mogelijkheid dan haar voorbeeld te volgen.

De vier jongens aan het tafeltje keken verbaasd naar hen.

'Wooh!' riep een van hen, die een oranje-witte muts op zijn blonde krullen had gezet. 'Het regent hier engeltjes!'

'Dorstige engeltjes,' zei Dominique en gebaarde naar de kan met bier die midden op het ronde tafeltje stond. 'Waarom krijgen wij geen bier?'

Een van de andere jongens, met donker haar en een modieuze zonnebril, schoof meteen zijn volle glas in haar richting en riep naar de bediening dat hij nog een paar glazen en een nieuwe kan bier wilde hebben. 'Ik ben Niels,' zei hij. 'Hoe heten jullie?'

Dominique en Lilian stelden zich voor.

De jongen met de blonde krullen vulde zijn glas bij, gaf het aan Lilian en zei: 'Ik heet Gerben. Wij komen uit Zwolle. En jullie?'

Voordat Lilian iets kon zeggen, had Dominique al geantwoord: 'Amsterdam.' Ze keek naar de twee jongens die zich nog niet hadden voorgesteld en vroeg: 'En jullie zijn?'
'Anton,' zei de brildragende jongen die diep onderuitgezakt in zijn stoel hing. 'Beter bekend als de *Babe Master*.'
Zijn maten lachten honend.
'En ik ben Rodney,' besloot de wat dikkere jongen het voorstelrondje. Hij droeg een oranje petje waaraan een paar zwarte dreadlocks waren bevestigd.
Dominique nam een flinke slok bier en keek grijnzend rond. 'En jullie houden van voetbal?'
'Dat kun je wel zeggen, ja!' riep de Babe Master. 'We zijn dit voorjaar samen naar een wedstrijd van Oranje geweest in de ArenA. Echt een te gek stadion.'
'Als je van beton houdt,' antwoordde Dominique spottend. De jongens lachten hard.
'Wat studeren jullie?' wilde Dominique weten.
'Wij zijn zogeheten werkende jongeren,' vertelde Niels. 'Alleen Rodney is nog bezig met z'n mbo-diploma. Maar het duurt niet lang meer voordat hij zal moeten toegeven dat hij daar simpelweg te lui voor is.'
De anderen lachten. Rodney niet.
'En jullie?' vroeg Niels.
'Europese studies,' zei Dominique. 'En Lilian kunstgeschiedenis.'
Niels floot bewonderend.
Een knap jong meisje in een strakke zwart-witte outfit zette met twee handen een zware kan vol bier op hun tafeltje. De jongens keken naar haar korte rokje. Niels en de Babe Master wisselden een snelle blik en trokken veelbetekenend hun wenkbrauwen op.
Gerben wachtte even tot het meisje weer weg was en vroeg toen aan Lilian: 'Zeg jij altijd zo weinig?'
Ze keek hem niet onwelwillend aan. 'Normaal lul ik iedereen de oren van zijn kop, maar dan moet het gezelschap iets stimulerender zijn.'
De andere jongens loeiden, waardoor iedereen op het terras naar hen keek. Dit tot vreugde van de Babe Master, die zijn handen met gebo-

gen ring- en middelvingers omhooghield en riep: '*Bitchy! I like it!*'
'Jij houdt meer van intellectuele conversatie?' drong Gerben aan.
Ze haalde haar schouders op. 'Niet direct. Maar gezeik over voetbal van een paar malloten in oranje is wel weer het andere uiterste.'
Weer loeiden de andere jongens.
Dominique keek haar vriendin geamuseerd en een beetje verbaasd aan. Zo kende ze Lilian helemaal niet.
'Waar wil je dan over praten?' hield Gerben vol.
Lilian keek verveeld om zich heen. 'Alles behalve voetbal, eigenlijk.'
Gerben ging rechtop zitten en keek naar zijn vrienden. 'O, ik weet genoeg interessants, hoor.' Hij nam een slok bier. 'Wist jij bijvoorbeeld dat op de Antillen regelmatig mensen vermist worden? Vooral meisjes.'
Lilian zuchtte vermoeid. 'Begin nou alsjeblieft niet over Joran, want dat weten we zo langzamerhand wel.'
'Nee, wacht. Soms is er een heel mooi meisje een nacht lang zoek,' zei Anton, en hij zette zijn bril op het puntje van zijn neus, zodat zijn glimmende ogen eroverheen konden kijken. 'Deze dames worden dan de volgende ochtend steevast teruggevonden in de hotelkamer van... de Babe Master!'
Dat zorgde voor het gelach waar hij op uit was. De jongens begonnen er lol in te krijgen.
'In Amerika was laatst een Nederlands stel vermist,' vertelde Niels. 'Die waren gaan liften langs wat vroeger Route 66 was. Op een gegeven moment hoorde hun familie niks meer van ze. Later werden ze teruggevonden: iemand had ze met honing ingesmeerd en naakt op een mierenhoop vastgebonden.'
'Wauw,' reageerde Rodney, zichtbaar onder de indruk. 'En?'
'Hartstikke dood, natuurlijk,' antwoordde Niels met een gebaar van vanzelfsprekendheid.
'Goeie verhalen, mannen.' Dominique was niet meer in staat om serieus te reageren op hun puberale praatjes. 'En hebben jullie het een beetje naar jullie zin op Aruba?'
'Jaah,' Gerben strekte zijn armen uit en keek gelukzalig om zich heen, 'het is hier helemaal geweldig!'

'Al hebben we nog niet veel gezien,' moest Niels toegeven. 'Het strand en Oranjestad. Dat is het wel zo'n beetje.'
'En het vliegveld,' voegde Rodney daaraan toe.
'Maar het is hier ook allemaal zo duur!' zei de Babe Master met een verongelijkt gezicht. 'Van wat ik hier op een avond uitgeef, kan ik in Zwolle een week uitgaan.'
'En we zijn weer zover.' Dominique keek met een gemeen lachje naar haar vriendin. 'Wat had ik je gezegd, Lil? Nederlanders moeten altijd over geld zeuren. En klagen.'
'We klagen helemaal niet!' wierp Niels tegen.
'Nee, ik zei toch dat het hier helemaal geweldig is?' viel Gerben hem bij.
Maar ze stonden al op.
'Sorry, jongens, maar er is een grens aan de hoeveelheid oranje die een mens kan verdragen,' zei Lilian spottend.
Dominique wachtte even tot het hernieuwde geloei wegstierf voordat ze zei: 'In elk geval bedankt voor het bier. En nog een prettige vakantie!'
Terwijl de twee vriendinnen verder liepen, riep de Babe Master hen na: 'Hé, maar jullie weten mijn kamernummer nog niet!'

22

De duisternis begon al in te vallen toen ze vanaf de boulevard het strand op gingen. Alle strandtenten waren nog open en overal zaten drinkende, pratende en lachende mensen.

'Volgens mij is het gemiddelde gelukspercentage op een eiland als dit heel wat hoger dan in een land als Nederland,' zei Dominique peinzend.

'Je wordt filosofisch!' Lilian lachte. 'Maar met dat soort dingen is het maar net hoe je het bekijkt. Jazeker, er zijn hier erg veel mensen die met vakantie zijn: die ontspannen zich en voelen zich op hun gemak. Maar voor iedere toerist die hier geen klap uitvoert, is er ook minstens iemand die zich een slag in de rondte werkt om te zorgen dat de restaurants, de bars, de hotels en de strandtenten blijven draaien. En ik weet niet of die zo gelukkig zijn.'

'En dan zeg je dat ik filosofisch word! Nou, ik werk me liever een slag in de rondte in een hotel op Aruba dan in een Nederlands hotel. Hier hoef je na werktijd maar naar buiten te lopen en je bent op het strand!'

'Dat geldt ook voor de vakantievierders,' wierp Lilian tegen. 'Hier heb je gegarandeerd mooi weer; in Nederland moet je dat maar afwachten.'

'Precies. Dat is een van de vele redenen dat ik er blij om ben dat we de komende weken hier zitten.'

Lilian glimlachte. 'Knappe jongen die ons hier voortijdig vandaan krijgt!'

Aan knappe jongens was op het strand geen gebrek. Bij de strandtent die ze op dat moment passeerden hadden de meeste mannen al een shirt aangetrokken, behalve een jongen met halflang haar, een gestroomlijnde zonnebril en gebeeldhouwde buikspieren.

'Hi lady's!' riep hij naar hen en bood hun in het Engels wat te drinken aan.
Dominique aarzelde even, omdat ze bij de bar vrijwel alleen mannen zag.
Maar Lilian zei meteen: 'Tuurlijk! Wat heb je in de aanbieding?'
Even later stonden ze allebei met een grote cocktail in hun hand, in bolle glazen met een parapluutje en een partje sinaasappel op de rand gestoken.
Sterk spul, merkte Dominique, toen ze een slok nam. Maar omdat Lilian geen krimp gaf, liet ze niets merken. Wel nam ze zich voor om rustiger aan te doen dan de avond daarvoor.
De jongen met de buikspieren stelde zich voor als Julian en ook andere mannen kwamen bij hen staan. Toen Dominique haar glas even op de bar zette, knipoogde de donkere barman naar haar en lachte zijn beroepsmatig brede glimlach. Hij wees op haar glas en trok een grimas, om aan te geven dat ze een stevige mix had gekregen.
Julian kwam uit Knoxville in Tennessee en was op vakantie nadat het uit was gegaan met zijn vriendin, vertelde hij al in de eerste paar minuten nadat ze hem hadden leren kennen. Daarna informeerde hij vrijmoedig of zijn twee nieuwe gasten al bezet waren.
'Onze vrienden komen zo,' zei Lilian, terwijl ze omkeek naar de boulevard. 'Misschien willen ze ook wel wat van je drinken.'
De jongen keek haar onderzoekend aan.
Lilian wees naar zijn buikspieren. '*Nice sixpack.* Je zult wel hard trainen.'
'Elke dag,' antwoordde hij niet zonder trots. Waarna hij uitgebreid verslag begon te doen van zijn dagelijkse fitnessroutine.
Toen hij in de gaten kreeg dat hij haar daarmee verveelde, schakelde hij moeiteloos over. 'Straks is er een strandfeest.' Hij wees naar het zuiden. 'Ik weet van een heleboel van m'n vrienden dat ze erheen gaan. Misschien hebben jullie ook zin?'
Lilian trok niet onwelwillend haar wenkbrauwen op. 'Waarom niet? Ogenblik.'
Ze liep naar Dominique, die in gesprek was met twee Engelstalige

mannen. In het Nederlands zei ze tegen haar: 'Die jongen met dat wasbordje wil met ons naar een strandfeest. Schijnt een eindje verderop te zijn. Heb jij zin?'
'Waarom niet?'
'Ja, dat zei ik ook al tegen hem.' Lilian draaide zich om en riep naar de wachtende Julian: '*Beach party it is*!'
Twee cocktails later sjokten de twee vriendinnen met hun armen om elkaars schouders door het mulle zand, omringd door mannen van wie ze de meesten niet bij naam kenden. Ze passeerden diverse bars en strandbarbecues voordat ze terechtkwamen bij een plek waar tientallen mensen van uiteenlopende leeftijden zich verzameld hadden rond een diepe kuil waarin een kampvuur brandde, op een twintigtal meters van de branding.
Er waren bierflesjes, die in emmers koel gehouden werden, en kratten met wijn en sterkedrank. Bij het vuur roosterden mensen marshmallows aan lange takken. Her en der verspreid lagen zakken pinda's en zoutjes. Er klonk muziek uit een gettoblaster.
Een baardige man met een bandana om zijn hoofd kwam hen om een financiële bijdrage voor het strandfeest vragen, maar Julian was hen voor met betalen. 'Zij zijn hier met mij,' zei hij tegen de man, die de ontvangen bankbiljetten direct in de zak van zijn afgeknipte spijkerbroek propte.
Om Julian duidelijk te maken dat hij dan wel hun entree had betaald, maar zich verder niets in zijn hoofd hoefde te halen, mengden de twee vriendinnen zich onder de andere aanwezigen. Julian liep aanvankelijk nog wel achter hen aan, maar toen Dominique en Lilian te midden van een groepje bij het vuur gingen zitten, nam hij wat teleurgesteld plaats bij de kratten met drank en schonk zichzelf een stevig glas in.
Een oudere man die zijn lange, grijze haar in een paardenstaart bij elkaar had gebonden, zette de gettoblaster uit, waarna hij met een opvallend luide stem liedjes van Bob Dylan begon te zingen, terwijl hij zichzelf begeleidde op een gitaar.
Dominique hield Julian met een schuin oog in de gaten, omdat ze hem niet helemaal vertrouwde. Intussen raakte Lilian aan de praat met

twee Amerikaanse jongens uit het groepje, die tot dan toe een moeizaam gesprek hadden gevoerd met een Duits echtpaar van middelbare leeftijd, van wie vooral de vrouw slecht Engels sprak.
'Hi, ik ben Marc,' zei de kleinste van de twee jongens, terwijl hij zijn hand naar Lilian uitstak.
Lilian schudde zijn hand en keek hem aan. De jongen had een tandpastaglimlach, maar zachte ogen en aandoenlijke sproeten om zijn neus. 'Dag, Marc. Ik ben Lilian.'
Terwijl Marc zich ook voorstelde aan Dominique, gaf zijn aanzienlijk grotere en steviger gebouwde vriend Lilian een hand, waarin de hare vrijwel verdween. 'Todd,' zei hij.
'Hallo, Todd,' antwoordde ze, ondanks zichzelf onder de indruk van zijn kracht. Zijn handdruk was als een bankschroef, al had hij dat waarschijnlijk zelf niet in de gaten.
Todd maakte van de gelegenheid gebruik om van het Duitse echtpaar los te komen en ging vlak naast Dominique zitten.
'Hou jij van football?' vroeg hij, nadat ze allebei hun naam genoemd hadden. 'Ik ben quarterback.'
Dominique schoot in de lach en dacht meteen niet meer aan Julian. 'Wij komen uit Nederland. Daar spelen we het echte voetbal.'
'*Soccer*?' zei de jongen met een toon die zowel teleurstelling als afkeer uitdrukte. 'Dat wordt bij ons in de States alleen gespeeld door vrouwen.'
Hij pakte een biertje voor haar uit een emmer en maakte de kroonkurk met zijn tanden open. Terwijl hij zijn hoofd dicht bij het hare bracht, zei hij zacht: 'Ik zal je nog iets vertellen. Bij ons in Texas is iedereen vreselijk gek op football. Zo erg, dat als ik zou zeggen dat ik meer van vrouwen hield dan van football, ze zouden vinden dat ik een homo was.'
Dominique lachte met haar hoofd in haar nek. Voor het eerst die avond had ze het echt naar haar zin.

23

De zon scheen onbarmhartig Lilians slaapkamer binnen toen ze wakker werd. Haar hoofd voelde zwaar en bonkte. Ze drukte zichzelf omhoog uit haar bed, stond kreunend op en strompelde naar het toilet. Een lange douche en een glas water brachten haar weer enigszins bij haar positieven.

Wat was er gisteravond allemaal gebeurd? Het leek wel alsof er een dikke mist over haar geheugen hing. Ze herinnerde zich niet veel meer dan het kampvuur, de gitaar, de Amerikaanse jongens en het wasbordje van Julian.

Lilian droogde zich af, draaide haar handdoek om haar haren en ging op de rand van haar bed zitten. Ze keek om zich heen. Haar bikini en haar kleren hingen over de stoel. Haar slippers had ze kennelijk uitgeschopt, want die lagen ver van elkaar op de grond. Ze kon zich er nog niet toe brengen ze op te rapen.

Er was bier geweest. Veel bier. En daarna mixdrankjes. Ze wist nog dat Dominique schaterlachend bezig was geweest om de inhoud van allerlei flessen met elkaar te vermengen in plastic bekertjes. Algauw had Lilian geweigerd die mengseltjes nog aan te pakken, omdat ze in de gaten kreeg dat haar maag er niet meer tegen kon. Er had ook iemand gebraakt in het zand.

Vanuit een mistflard kwam ineens de herinnering aan een pilletje. Todd had haar een pilletje aangeboden. Daar zou ze zich lekker door gaan voelen, had hij gezegd. Maar Lilian had geweigerd, ook al hadden Todd en Marc aangedrongen. Zelf namen ze wel zo'n pilletje. En Dominique? Had die er ook niet eentje genomen?

Een vlaag misselijkheid kwam in haar omhoog, maar toen ze rustig bleef zitten en diep ademhaalde, ging die vanzelf weer weg.

Ze kon maar beter wat gaan eten, besloot ze. En veel water drinken vandaag.
Met trage bewegingen trok ze haar bikini aan. Daaroverheen een korte broek en een T-shirt. Toen ze zich bukte om haar slippers op te rapen, werd ze overvallen door een duizeling. Ze kon zich nog net aan de stoel vastgrijpen en bleef een tijdje met haar ogen dicht voorover staan, tot ze zich beter voelde.
Als een slaapwandelaar liep Lilian naar de keuken. Ze haalde een kan ijskoud appelsap uit de koelkast, trok het plastic eraf en dronk achter elkaar een paar volle glazen. Daar knapte ze van op. Toen ze wat fruit en een boterham had gegeten, kon ze de wereld weer aan.
Dominique was nog nergens te bekennen. Lilian rekte zich uit en keek om zich heen. Eigenlijk was het veel te mooi weer om binnen te zitten, vond ze. Ze stond op en deed de schuifdeur open. De warme lucht kwam binnen, samen met het tsjirpen van krekels en het geruis van de zee.
In de deuropening liet ze de schoonheid van Aruba opnieuw op zich inwerken. Dominique en zij hadden het toch maar getroffen: het was helemaal geweldig om hier te zijn.
Ze wilde zich nog een keer uitrekken, maar bevroor in haar beweging. Zag ze dat nou goed? Lag er iemand in een van de makkelijke stoelen bij het zwembad?
Het was Marc. Hij lag uitgestrekt op de ligstoel, met zijn armen aan de zijkanten naar beneden hangend. Er zat een opgedroogd straaltje kwijl bij zijn mondhoek en hij maakte zachte snurkgeluiden.
Dat was waar ook! Marc en Todd hadden Dominique en haar naar huis gereden. In een jeep die ze gehuurd hadden en die niet ver van het strand op een parkeerplaats had gestaan. Ze herinnerde zich vaag een dolle autorit met de joelende jongens. Marc had gereden, terwijl Todd de hele tijd zijn arm om Dominiques schouder geslagen hield en haar steeds zoende.
Lilian liep terug naar het huis. De jeep stond scheef geparkeerd naast de garage. Er hing een shirt over de stoel van de bestuurder.
Vanuit de keuken keek ze naar de slapende jongen bij het zwembad.

Toen ze vannacht het huis binnengingen, had Marc geprobeerd haar te kussen, wist ze nog. Eerst had ze het toegelaten, maar zodra ze voelde dat zijn hand haar borsten opzocht, had ze hem weggeduwd. Dat ging haar allemaal te snel.

Dominique had met Todd op de bank liggen zoenen en lachen. Op een gegeven moment was Lilian zo moe geweest, dat ze de anderen had gegroet en stomweg naar bed was gegaan.

Haar blik liet de slapende Marc niet los. Goed dat hij verder niet had aangedrongen, toen ze hem grenzen had gesteld. Maar als Marc daar lag te slapen, waar was Todd dan, vroeg ze zich af.

Op dat moment hoorde ze achter zich een mannenstem die haar in het Engels een goedemorgen toewenste.

Gekleed in alleen een handdoek, die hij om zijn middel had geknoopt, liep Todd door de keuken. Zijn haren zaten alle kanten op door de restanten gel van de vorige dag. Nu zag ze pas goed hoe gespierd zijn lichaam was. Toen hij een fles cola uit de koelkast pakte en die aan zijn mond zette, zwollen zijn biceps op.

Todd zette de fles op het aanrecht en liet een luide boer. 'Dat lucht op,' zei hij grijnzend. 'Is er ook wat te eten?'

'Ik zal eieren bakken,' zei Lilian. Ze glimlachte en pakte een pan. Terwijl de boter aan het smelten was en ze eieren en bacon uit de koelkast haalde, vroeg ze zich af waar Todd had geslapen. Toch niet...?

Zodra de lucht van gebakken bacon zich door het huis verspreidde, vertoonde ook Dominique zich. Ze droeg een slipje en het overhemd dat Todd de avond tevoren aan had gehad. Haar haren waren verward. In het voorbijgaan kuste ze Todd op zijn lippen, waarna ze naast Lilian kwam staan, met haar billen tegen het aanrecht.

Glimlachend keek ze naar Todd, die de inhoud van de koelkast inspecteerde en er een pak melk uit haalde.

'Lil,' zei ze tevreden. 'Wat mij betreft is de vakantie nu pas echt begonnen.'

24

Dominique volgde Todd goedkeurend met haar ogen, terwijl hij door de kamer liep, bij de schuifdeuren bleef staan, gaapte en op zijn rug krabde. Lilian dacht aan Marc, die buiten nog in de ligstoel lag te slapen.

Toen er een dingdong klonk, begrepen ze eerst niet wat dat was. Pas bij de tweede keer drong het tot hen door. Met een korte blik op de kleding van haar vriendin zei Lilian: 'Ik ga wel.'

Terwijl ze op weg was naar de voordeur, klonk voor de derde keer de bel.

Lilian deed de deur open. In het stralende zonlicht stonden twee mannen. Ze zagen eruit alsof ze niet thuishoorden op dit vakantie-eiland, waar iedereen behalve obers, casinomedewerkers en hotelpersoneel in vrijetijdskleding leek rond te lopen. Allebei droegen ze een grijs pak met een stropdas. Ze stelden zich niet voor. De jongste van de twee, een korte, breedgebouwde man, bleef schuin achter de ander staan en hield de omgeving nauwlettend in de gaten terwijl de oudere man in het Engels zei: 'Goedemorgen. Wij zijn op zoek naar de heer Charles Werner.'

Nadenkend keek Lilian van de een naar de ander. De mannen waren gladgeschoren en straalden een soort vanzelfsprekende autoriteit uit, waardoor ze hen niet graag zou tegenspreken. Hen met een smoesje wegsturen was niet aan de orde.

'Een ogenblik,' zei ze wat onwillig. Ze liep de kamer in en meldde: 'Do, er zijn hier twee mannen die je vader willen spreken.'

'Die is er niet,' antwoordde Dominique droog terwijl ze koffie in een paar mokken schonk.

'Dat weet ik ook wel. Misschien moet jij even met ze praten.'

Dominique haalde haar schouders op. 'Oké.' Met de koffiekan nog in haar hand ging ze naar de voordeur.
De twee mannen stonden te wachten zonder een zweem van ongeduld.
'Hallo,' zei Dominique. 'U bent op zoek naar mijn vader, hoor ik?'
Toen ze zag dat de mannen haar niet begrepen, schakelde ze over op het Engels en herhaalde haar vraag.
'Is Charles Werner uw vader?' vroeg de oudste van de twee mannen. 'Is hij aanwezig?'
'Nee, hij zit in New York. Waar gaat het om?'
'Een zakelijke kwestie. Is dit pand van hem?'
Dominique deed een stap achteruit. 'Mag ik vragen wie u bent?'
'Miller,' stelde de oudere man zich voor. 'En dit is mijn collega Zubowski.'
'En u bent van?'
'Laten we zeggen dat we zakelijke contacten van uw vader zijn. Ik neem aan dat dit pand zijn eigendom is?'
Iets in de houding van de man waarschuwde Dominique dat ze voorzichtig met hem moest zijn. Dus glimlachte ze allerliefst en zei: 'Volgens mij kunt u het beste contact opnemen met het bedrijf van mijn vader. Ik neem aan dat u bekend bent met WernComp?'
'Jazeker, maar wij zouden graag...'
'Het komt nu niet zo goed uit, zoals u misschien begrijpt.' Do gebaarde naar haar kleding. 'Ik stel voor dat u met WernComp belt. Mijn vaders secretaresse beheert zijn agenda en kan u precies vertellen waar u hem kunt bereiken. Nog een prettige dag verder.'
'Juffrouw Werner, als uw vader geen contact met ons opneemt, zullen wij hem weten te vinden. Wij willen echt...'
'Sorry,' onderbrak ze hem, en ze deed haar uiterste best om haar stem zo ijzig mogelijk te laten klinken. 'Maar ik moet nu echt vreselijk nodig naar het toilet. U redt het verder wel zonder mij, niet? Ik hoop dat u me wilt excuseren. Goedendag.'
Zonder verdere omwegen sloot ze de deur. Terwijl ze naar de kamer liep, verwachtte ze eigenlijk dat de bel meteen weer zou klinken. Maar het bleef stil.

'Niet slecht!' zei Lilian bewonderend.
'Gewoon een beetje lomp doen, daar kunnen zulke mannen niet tegen. Als je wilt dat een man in pak zich ongemakkelijk voelt, moet je over tampons of andere vrouwendingen beginnen.'
'Wie waren die lui?' wilde Todd weten.
'Ik weet het niet,' antwoordde Dominique. 'Maar het zint me helemaal niet dat ze hier aan de deur kwamen. Een ogenblikje.'
Ze pakte haar mobiel, liep buiten gehoorafstand van Todd en Lilian, en drukte de sneltoets voor het mobiele nummer van haar vader in. Zoals ze al verwachtte, kreeg ze zijn voicemail. Dus sprak ze in: 'Pap, het is hier geweldig op Aruba. Echt super. Je krijgt de groeten van Lilian, die is inmiddels helemaal verslaafd aan dit eiland. Maar waar ik voor bel: er waren hier net twee mannen aan de deur, die zeiden dat ze iets zakelijks met je wilden regelen. Ze heten Miller en Zubowski. Ik heb niks tegen ze gezegd, maar ze doorverwezen naar Stefanie. Goed, ik vond dat je dit even moest weten.'
Ze klapte haar mobiel dicht en legde hem weg.
Todd was weer in de koelkast aan het rommelen.
'Waar is Lilian?' vroeg ze.
'Die is Marc wakker aan het maken.'
Dominique sloeg haar armen om de nek van Todd en kuste hem zacht op zijn lippen. 'Mooi. Waar waren wij gebleven?' vroeg ze uitdagend.

25

Samen met Todd en Marc hingen ze de hele middag rond in en bij het zwembad. Todd had bij zijn inspectie van de koelkast diverse stukken vlees gevonden, die ze roosterden op de grill van het kookeiland. Daarbij aten ze aardappelsalade, diepvriesgroenten en allerlei soorten fruit, weggespoeld met wat wijn en veel bier.

Na het eten lag het viertal uit te buiken op de stoelen bij het zwembad.

'Wat zullen we vanavond gaan doen?' vroeg Marc, terwijl hij een hand op een van Lilians blote benen legde.

Lilian trok haar been terug, maar antwoordde niet onvriendelijk: 'Naar Oranjestad, toch?'

'Dat spreekt vanzelf,' vond Todd, die zijn ligstoel dicht tegen die van Dominique had aangeschoven. 'Maar er is daar veel om uit te kiezen. Willen jullie dansen? Naar een casino? Zeg het maar.'

'Ik weet wel wat!' Dominique ging rechtop zitten. 'Zijn jullie weleens op Enlightenment Island geweest?'

De twee jongens keken elkaar aan.

'Dat hoort toch bij dat hotel? Daar kom je niet zomaar,' zei Marc.

Dominique glimlachte en stond op. 'Wacht maar!'

Ze liep naar de veranda, zocht even in de namenlijst van haar telefoon en klikte er eentje aan.

'Hallo?' klonk het aan de andere kant van de lijn.

'Dave? Met Dominique.'

'Hé, Dominique! Hoe is het met jou? Beetje bijgekomen?'

'Ja, het gaat weer prima. Luister eens, ik wilde vanavond naar Enlightenment Island komen. Kan dat?'

'Tuurlijk, geen probleem. Bel me maar als je bij het hotel bent, dan kom ik je ophalen.'

'Geweldig, Dave. Enne... is het goed als ik een paar vrienden meeneem?'
'Tuurlijk. Hoe meer, hoe beter. Ik zie je straks.'
'Bedankt! Tot later.'
Ze klapte haar mobiel dicht en liep met een tevreden gezicht terug naar de anderen.
'Geregeld. Wij gaan straks met z'n vieren naar Enlightenment Island.'
'Wat goed!' zei Lilian.
'Sommige meiden zijn voor het geluk geboren,' zei Todd. 'Ik wou dat ik net zo'n rijke vader had als jij.'
'Mijn vader heeft er niks mee te maken,' antwoordde Dominique een beetje snibbig. 'Connecties, jongeman: daar gaat het om in het leven!'
'Ja, connecties: dat is het.' Todd rekte zich uit. 'Maar als we straks weggaan, wil ik eerst nog even douchen. Kun je me daar misschien even bij helpen?'
Meteen was haar glimlach weer terug. 'Tuurlijk! *Help is my middle name*!'
Terwijl het tweetal lachend en zoenend het huis in ging, bleven Lilian en Marc op hun stoelen liggen.
'Ik zou eigenlijk ook wel even willen douchen,' zei Marc hoopvol.
'Dan zal ik je zo een paar handdoeken geven,' antwoordde Lilian neutraal. 'Gebruik de badkamer van de leegstaande kamer maar.'

26

Er vloog een vliegtuig laag over toen Marc hen uit de jeep hielp. Todd zette de wagen weg op een parkeerterrein en kwam hen even later in looppas achterna.

De hoge hotels kregen een oranje gloed in de ondergaande zon. Dominique belde Dave en het viertal wachtte op een bankje bij een palm tot hij hen kwam ophalen. Een paar minuten later kwam Dave aangelopen. Hij herkende Dominique en Lilian al van ver, en kwam lachend naar hen toe.

Zijn glimlach bevroor toen hij zag dat ze met twee jongens waren.

'Hi, Dave!' riep Dominique enthousiast, en kuste hem op beide wangen. Ook Lilian begroette hem met twee kussen.

Terwijl de Canadese jongen en de twee Amerikanen elkaars hand schudden en zich voorstelden, namen ze elkaar peilend op.

'Wat zie je er mooi uit!' zei Dominique, wijzend op het hoteluniform dat Dave droeg.

'Ja, werk, hè,' antwoordde hij. 'Luister, ik heb polsbandjes meegenomen voor jou en Lilian. Daarmee kun je op het hele eiland komen, bij alle zwembaden en terrassen, de hotels, het casino en de resorts. Zelfs bij de barbecues en de buffetten voor de gasten.'

'Geweldig!' Dominique pakte de beide polsbandjes aan, waarvan ze er eentje aan Lilian gaf. 'En voor de jongens?'

Dave haalde diep adem. 'Eerlijk gezegd had ik gedacht dat jullie vrienden wel voor zichzelf zouden zorgen, maar ik zal zien wat ik kan doen. Kom maar mee.' Ze liepen achter hem aan een van de grote hotellounges in en namen op zijn aanwijzingen plaats in een bar. Todd bestelde vier bier en begon meteen een klaarstaand schaaltje met zoutjes leeg te eten.

Het duurde even voordat Dave weer terugkwam. Ditmaal was hij in gezelschap van Chuck, die ook in hoteluniform was gekleed. 'Het is gelukt,' zei hij en hield twee polsbandjes omhoog.
Dominique keek naar de bandjes die Lilian en zij al hadden omgedaan. Die waren roze met goud. De polsbandjes in Daves hand waren zwart met zilver.
'Hé, dat zijn andere,' merkte ze op.
Dave knikte. 'Klopt. Dit waren de enige die ze me nog wilden geven, omdat ik al twee gouden bandjes had gescoord. Maar deze zijn ook prima, hoor.'
'Ja, hiermee kun je naar alle hotelfaciliteiten. Maar niet naar de resorts,' vulde Chuck aan.
Ook hij liet zich door Dominique en Lilian kussen. Daarna stelde hij zich vriendelijk voor aan Marc. Toen hij bij Todd aankwam, stond de brede Texaan op van zijn barkruk en gaf zijn landgenoot een stevige hand. Todds biceps spanden zich behoorlijk, maar Chuck gaf geen krimp en bleef hem recht in de ogen kijken.
'Kunnen we wel even aardig doen tegen elkaar, ja?' vroeg Dominique geïrriteerd. Ze draaide zich om naar Lilian en zei in het Engels: 'Dat vind ik nou zo irritant aan mannen, hè? Die moeten altijd meteen een wedstrijd doen wie het verste kan plassen. Vooral als er meisjes bij zijn.'
'Helemaal als die meisjes zo mooi zijn als jullie tweeën,' merkte Marc op.
Meteen was de gespannen sfeer opgelost. Er werd gelachen, al bleven Todd en Chuck elkaar duidelijk in de gaten houden.
Dave verontschuldigde zich dat hij en Chuck niet met hen mee konden, en ze spraken af dat ze elkaar na hun dienst zouden ontmoeten bij een barbecue vlak bij het Flamingostrand.
'Flamingostrand?' vroeg Dominique.
'Die leven in het wild op Bonaire en andere eilanden,' vertelde Chuck, 'maar hier hebben ze bij de resorts een paar tamme flamingo's rondlopen.'
'Volgens mij zijn die inmiddels behoorlijk arrogant,' zei Dave grijn-

zend, 'want dat zouden best weleens de meest gefotografeerde vogels ter wereld kunnen zijn.'

Todd stond op en dronk zijn bierglas leeg. 'Het kan in elk geval niet missen. Barbecue. Flamingostrand. Later!' Hij pakte een van de polsbandjes aan van Dave. Zonder verder te groeten liep hij de lounge in, richting de grote achterdeuren van het hotel, die toegang gaven tot Enlightenment Island. Door de metershoge ruiten zagen de blauwe zwembaden en de groene grasvelden er aanlokkelijk uit.

Marc dronk snel zijn glas leeg, pakte zijn polsbandje aan en ging na een haastige groet achter zijn vriend aan.

Dave keek hen na en wisselde een blik met Dominique.

'Ik geloof dat het de bedoeling is dat jullie met ze meegaan,' zei hij cynisch.

Dominique hield haar hoofd schuin. 'Ja. Sorry.'

'Geeft niet.' Dave stak zijn hand op en draaide zich om. 'Tot later.'

27

Ze bleven staan bij de overweldigende aanblik die hen buiten wachtte: de enorme terrassen van het hotel, drie zwembaden met strakke, frisgroene grasvelden eromheen, en daarachter de bijna onwerkelijk blauwe zee en de witte stranden. Enlightenment Island strekte zich uitnodigend voor hen uit.

Overal om hen heen waren vrolijke mensen die dronken uit longdrinkglazen, zich uitstrekten op ligstoelen, praatten en lachten aan tafeltjes onder parasols, naar een zwembad renden met een opgerolde handdoek onder hun arm of wandelden over de paden langs het gras en zich koesterden in de laatste zonnestralen. Jonge mensen, oude mensen, stelletjes, ouders met kinderen: ze hadden allemaal duidelijk geld genoeg voor een vakantie in dit paradijselijke hotel en trokken zich niets aan van de rest van de wereld.

'Wauw, wat is het hier mooi,' zei Lilian.

Dominique knikte goedkeurend. Ze was met haar ouders, en vooral met haar vader, op tal van plekken in de wereld geweest, maar Aruba kwam het dichtst bij haar idee van de perfecte vakantiebestemming.

Een eindje voor hen uit hadden Todd en Marc een barbecuebuffet gevonden. Marc wenkte hen, terwijl Todd al aanviel en een bord volladde met spareribs en hamburgers.

'Lekker,' zei hij met volle mond tegen Dominique, toen die bij hem kwam staan en hem geamuseerd aankeek.

'Het zal best, lieve jongen,' antwoordde ze glimlachend. 'Maar ik wacht nog even.'

Toch pakte ze een paar stukjes ananas en mango van de volgeladen tafel, die door een viertal hotelmedewerkers steeds werd aangevuld. Ook Lilian beperkte zich tot wat salade en fruit. Met stijgende verba-

zing keek ze toe hoe Marc in hoog tempo grote stukken vlees wegwerkte.
'Ik had trek,' meldde hij ten overvloede en veegde het vet rond zijn mond weg met de rug van zijn hand.
'Zoiets vermoedde ik al,' zei Lilian droog. Terwijl ze een stukje stokbrood belegde met wat kaas, keek ze over de tafel heen naar Dominique.
Ze vermoedde dat haar vriendin verliefd aan het worden was op Todd. Zijzelf vond de breedgeschouderde Amerikaan ook wel aantrekkelijk, maar kon zich toch niet voorstellen dat ze op hem zou vallen.
Lilian draaide zich om naar Marc, die zijn bord nog eens ophield bij de mannen achter het barbecuerooster. Hij was een heel andere jongen dan Todd. Ook sportief, maar niet met zulke spierbundels. Met Marc kon je praten, ze vond hem gevoelig en hij maakte haar aan het lachen. En toch had ze hem de avond tevoren niet mee laten gaan naar haar kamer.
Er speelde een vage glimlach om haar lippen toen ze eraan dacht hoe ze Marc die ochtend had aangetroffen. In de ligstoel bij het zwembad, met zijn benen opgetrokken in een foetushouding. Toen had ze hem wel kunnen kussen, zo lief als hij daar lag te slapen.
'Wat is er?' vroeg Marc, toen hij van zijn bord naar haar opkeek. 'Lach je om mij?'
'Misschien wel,' zei ze raadselachtig.
Hij keek haar even onderzoekend aan en wijdde zich toen weer aan de hamburgers op zijn bord. Met zijn vork verdeelde hij elke hamburger in vier stukken, die hij vervolgens in een sausje doopte en in zijn mond propte.
'Neem ook nog wat!' raadde hij haar tussen twee happen door aan.
Ze schoot in de lach. 'Bedankt voor het aanbod. Maar ik wil eigenlijk nog gaan zwemmen en dat doe ik niet graag met een volle maag.'
Hij haalde zijn schouders op. 'Moet je zelf weten. Ik zwem prima met een volle maag.' En hij nam nog een hap.
'Zullen we zo eerst wat gaan rondkijken?' stelde Lilian voor aan haar vriendin.

Ze had Engels gesproken, maar Dominique antwoordde in het Nederlands. 'Goed plan. Zo gauw de wilde dieren zijn uitgegeten, tenminste.'
Een oudere dame, die naast haar bezig was met het opscheppen van salade, keek glimlachend op. 'Je moet wilde dieren altijd goed voederen,' zei ze, met glinsterende ogen boven een leesbrilletje. 'Anders heb je kans dat ze jou verslinden.'
Dominique wierp een vertederde blik op Todd, die een tweegevecht met een grote sparerib winnend aan het afsluiten was. 'Eerlijk gezegd ben ik bang dat het een het ander niet uitsluit, mevrouw.'

28

Toen het bijna helemaal donker was geworden, dwaalde het viertal nog altijd langs de attracties van Enlightenment Island. Ze hadden op een enorm scherm een film gezien over de geschiedenis en achtergronden van Aruba, ze hadden gezwommen, langs de oceaan gelopen en genoten van de enorme luxe die hun geboden werd.
Ze streken neer op een van de terrasjes en bestelden een cocktail.
'Dit is het echte leven,' verzuchtte Lilian, terwijl ze met een gelukzalige blik achteroverleunde. 'Ik zou hier altijd wel willen blijven.'
'Anders ik wel,' beaamde Marc. 'Maar wij moeten over twee dagen alweer terug naar huis.'
'Wat?' zei Dominique geschrokken. Ze keek Todd verwijtend aan. 'Daar heb je helemaal niks over gezegd!'
'Nee? Maar het is wel zo. Ik kan het ook niet helpen, we zijn hier maar een weekje,' reageerde hij luchtig en pakte de geplastificeerde menukaart van het tafeltje. 'Zouden ze hier ook nog wat te eten hebben?'
Dominique stompte hem kwaad tegen zijn schouder. 'Jij denkt alleen maar aan eten!'
Er verscheen een grote grijns op zijn gezicht. 'Dat is niet waar, en dat weet je best.'
Ondanks zichzelf moest Dominique grinniken. Ze keek een beetje schuldig naar Lilian.
Op dat moment kwam een ober aan hun tafel, die vier cocktails met parapluutjes voor hen neerzette. Bij het zien van de twee zei hij verrast: 'Hé, jullie zijn het. Heeft Dave jullie inderdaad polsbandjes bezorgd? Hij zei al dat hij dat zou doen.'
Pas toen zagen Dominique en Lilian wie hij was: Jerome, een van de studenten die ze op hun eerste avond hadden ontmoet in Oranjestad,

in het groepje van Dave en Chuck. In zijn strakke oberuniform zag hij er totaal anders uit dan die avond, toen had hij een T-shirt, een afgeknipte spijkerbroek en een paar afgetrapte sandalen aangehad.
'Ja, dat is gelukt.' Dominique liet hem haar polsbandje zien. 'En die dingen zijn echt ongelofelijk. We krijgen hier alles gratis.'
'Jullie wel, want jullie hebben gouden bandjes,' zei Jerome. 'Maar jullie vrienden niet.' Hij wees op de polsbandjes van Todd en Marc. 'Zij hebben wel toegangsbandjes, maar andere. Ze zouden eigenlijk voor hun consumpties moeten betalen.'
'O?' reageerde Marc verbaasd. 'We hebben nog nergens iets hoeven betalen. En we zijn hier al een paar uur.'
Jerome glimlachte. 'Dan heb je geluk gehad. De meesten van mijn collega's doen niet zo moeilijk als iemand met een gouden bandje iets bestelt voor een zilveren bandje. Zeker niet als er zulke mooie meisjes bij zijn.'
'Kijk eens aan,' zei Dominique, met een triomfantelijke blik naar Todd. 'Dan mogen jullie ons wel dankbaar zijn.'
Todd nam een slok van zijn cocktail en vond het verstandig om niet te antwoorden.
'Zijn jullie al op het eiland geweest?' vroeg Jerome.
De anderen keken hem niet-begrijpend aan.
'We zijn hier toch op het eiland?' vroeg Todd verbaasd.
Jerome schoot in de lach. 'Nee, een eiland is helemaal omgeven door water, weet je nog wel? Dit is het schiereiland, dat gewoon tegen het hotel aan ligt. Van hieraf kun je met een watertaxi naar Enlightenment Island. Dat kan ik jullie echt aanraden, want het is prachtig.'
De anderen lachten nu ook.
'Dus dit is nog niet eens het echte eiland?' Marc maakte een gebaar naar de luxe om zich heen. 'Hoe moet het echte Enlightenment Island dan wel niet zijn?'
'Misschien is dat eiland alleen maar wat zand en palmen,' zei Todd peinzend. 'Zouden we daar eigenlijk wel wat te drinken kunnen krijgen?'
'Bedankt, Jerome,' zei Lilian. 'Hoe komen we daar?'

Hij wees. 'Daarheen. Het wijst zich vanzelf.'
'Wat een eikels zijn wij,' merkte Marc lachend op. 'Stel je voor dat we gewoon waren weggegaan. Dan hadden we dat hele eiland niet eens gezien.'
'Net iets voor ons,' stemde Todd in en hij stond op. 'Zullen we dan maar?'

29

Een watertaxi bracht het viertal naar de overkant. Vanuit de boot zagen ze al de verlichte terrassen en stranden van Enlightenment Island dichterbij komen. Achter hen baadden de Ocean View-suites van het hotel in een zee van schijnwerperlicht, terwijl er aan de andere kant van het schiereiland een lichtshow werd uitgevoerd.

Toen de watertaxi aanlegde, ging er een gejuich op aan boord. In een recordtempo liep de boot leeg. Dominique en Lilian en hun vrienden volgden de stroom mensen, de steiger af. Overal om hen heen waren vrolijke jonge mensen. Een lacherig meisje van hun leeftijd had een zestal cocktailparapluutjes in haar haren gestoken. Ze hing aan de arm van een slechts in een zwembroek gehulde, slungelige jongen met een brilletje en strak achterovergekamd haar, die haar af en toe kuste alsof dat iets was waarover hij niet hoefde na te denken.

Op een pleintje met verschillende bars en terrassen stond een groot bord met een plattegrond van het eiland. Er waren twee grote, hoefijzervormige stranden, zagen ze: Iguana Beach voor gezinnen en Flamingo Beach voor volwassenen.

'Dat is duidelijk,' zei Todd. 'Voor mij overdag geen strand met gillende kinderen, die over je handdoek rennen met emmertjes en schepjes.'

'Moet je zien,' wees Lilian, 'ze hebben ook een Spa Cove. Dat lijkt me wel wat!'

'Ja, ik wil een massage!' riep Dominique en klapte verheugd in haar handen.

'Eerst nog wat drinken?' stelde Marc voor.

Alle terrassen waren overbezet, dus haalden ze een paar drankjes en gingen op het dichtstbijzijnde strand in het zand zitten. Dominique kroop helemaal tegen Todd aan. En Lilian verzette zich niet toen Marc

een arm om haar heen sloeg en haar naar zich toe trok.
'Ik wil ook nog wat van die lichtshow zien, hoor,' protesteerde Dominique plagerig, toen Todd haar maar bleef zoenen.
Nadat ze hun drankjes op hadden, liepen ze twee aan twee omstrengeld langs een van de grote stranden naar de Spa Cove: een aan de zeezijde neergezet, laag gebouwtje met zowel binnen als buiten massagetafels, douches en bubbelbaden. Op vertoon van hun polsbandjes werden ze uitgenodigd om op twee massagetafels te gaan liggen. De beheerder weigerde echter een uitzondering te maken voor de zilveren bandjes van de jongens.
Omdat ze geen zin hadden om ervoor te betalen, zagen Todd en Marc af van een massage.
'Wij gaan daar zitten,' riep Marc en wees op een terrasje met grote, kleurige parasols.
'We vinden jullie wel,' antwoordde Dominique loom, terwijl ze haar hoofd op haar gevouwen armen legde.
'Zouden ze nog weten dat ze zonder ons voor hun drankjes moeten betalen?' vroeg Lilian grinnikend. Ook zij strekte zich uit op een massagetafel.
Naast hen kwamen twee jonge vrouwen staan, die hen begroetten en vervolgens zwijgend masseerden, met gebruik van een geurig soort olie. Dominique en Lilian lieten het zich welgevallen. Ze sloten hun ogen en hadden niet de minste behoefte om te praten.
Toen ze ruim een halfuur later bij de jongens op het terrasje aankwamen, waren die druk in gesprek met een paar landgenoten.
'Do en Lil, dit zijn Elaine, Greg, Matt en Cheyenne,' stelde Todd de twee jonge, gebruinde stellen aan hun tafel voor. 'Ze komen ook uit Texas,' zei hij, waaraan hij in één adem verontwaardigd toevoegde: 'En we hebben moeten betalen voor ons bier!'
'Ik vroeg me al af waarom je geen cocktail dronk,' zei Dominique plagerig.
'Chey vertelde net dat er straks een groot strandfeest is op Flamingo Beach. Daar gaan wij toch ook heen?' vroeg Marc.
Lilian knikte. 'Daar hebben we afgesproken met Chuck en Dave voor

later op de avond.'
'Gaan jullie ook mee?' vroeg Marc aan de andere Texanen.
'Niet nu. We zien jullie straks daar wel,' antwoordde Greg.
Marc drong niet meer aan. Hij sloeg zijn arm om Lilians schouders. Samen liepen ze het strand op.

30

De in het licht van schijnwerpers badende hotels op de wal staken fel af tegen de donkere avondlucht. De witte branding van de oceaan leek ook licht te geven. De lampen rondom de U-bocht van het strand waren uitgegaan tegen de tijd dat op diverse plekken grote kampvuren werden ontstoken.

Het was iets koeler dan vlak na de zonsondergang, maar nog niet zo fris dat Lilian het jammer vond dat ze geen truitje of een vest had meegenomen. Daarvoor zat ze ook veel te dicht bij het enorme kampvuur. Zijzelf had liever wat meer afstand genomen, maar Marc was een echte jongen: als er ergens vlammen waren, moest hij daar vlakbij zijn om er dingen in te kunnen gooien.

Met een fles witte wijn tussen hen in zaten ze onderuit in het zand. De kurk was inmiddels in het kampvuur verdwenen. Om de beurt namen ze een slok.

'Ik kan niet geloven dat ik over een paar dagen alweer thuis zit,' zei Marc.

'En ik kan niet geloven dat jullie dat niet tegen ons gezegd hebben,' antwoordde Lilian. 'Do baalde echt ontzettend toen ze dat hoorde.'

'Jij niet dan?' Hij keek haar in haar ogen en lachte zijn aanstekelijke glimlach. 'Ik weet dat Do gek is op Todd. Maar jij toch ook wel een beetje op mij?'

'Een beetje,' gaf ze toe en ze bood geen weerstand toen hij haar kuste. Met zijn vrije hand pakte Marc de wijnfles en drukte die achter zich diep in het zand. Toen gebruikte hij diezelfde hand om Lilians haren naar achteren te strijken. Voorzichtig drukte hij zijn lichaam dichter tegen het hare. Anders dan de avond tevoren, in het huis, duwde ze hem niet van zich af.

Overal om hen heen waren stelletjes en groepjes jongeren. Er klonken uiteenlopende soorten muziek door elkaar vanuit iPods en mobieltjes. Verderop, bij de bars en de terrassen, was een discotheek met een lichtshow.

Aan de andere kant van het vuur, vanuit een ondiepe zandkuil die door Todd was gegraven, zag Dominique hoe haar vriendin zich liet veroveren. Todd, die vlak naast haar lag, zei waarderend: 'Marc gaat ervoor, Do. Zo meteen haalt hij het tweede honk. Denk je dat het derde honk er vandaag ook in zit?'

'Hm, ik weet het niet,' antwoordde Dominique nadenkend.

Hij nam een slok wijn en gaf haar de fles, waarna ze zijn voorbeeld volgde. Zijn hand, die op haar zij rustte, gleed onder haar T-shirt.

Ze hield hem tegen met haar elleboog. 'Todd!' zei ze, op een gemaakt verwijtende toon.

Met zijn gezicht vlak bij het hare grijnsde hij breed. 'Je bent toch niet bang wat de mensen wel niet zullen denken? Die hebben allemaal wel wat anders te doen dan kijken naar wat wij aan het doen zijn. En als we ze storend beginnen te vinden, gaan we toch gewoon naar dat mooie huis van jou?'

Hij haalde iets uit zijn broekzak en hield het haar voor. Ze zag meteen dat het net zo'n pilletje was als hij haar gisteren had gegeven. Ze aarzelde. Wat was dat eigenlijk voor spul?

'Wil je het wel of niet?' vroeg hij.

'Jij?'

'Ik neem er zeker eentje. Alles is beter als je een van die krengen achter je kiezen hebt.'

Dominiques blik ging even naar Lilian, die nog altijd lag te zoenen met Marc. Toen keek ze weer naar het pilletje. Gisteravond was alles anders geworden nadat ze dat pilletje van hem had aangenomen. Haar lichaam leek veel gevoeliger, ze beleefde alles intenser. En de seks was oneindig veel beter geweest dan met haar vorige vriendje. Zonder verder na te denken nam ze het pilletje uit zijn hand, deed het in haar mond en spoelde het weg met een grote slok wijn.

'Misschien is het inderdaad niet zo'n slecht idee om naar dat mooie

huis van mij te gaan,' zei ze uitdagend en drukte zich omhoog uit het zand.
'En zij dan?' vroeg Todd, met een hoofdbeweging naar Lilian en Marc.
'Die twee redden zichzelf wel. Volgens mij is het beter als we Lilian een beetje de ruimte geven. En ze vinden de weg naar huis heus wel.'
Todd had geen verdere aanmoediging nodig. Hij sprong overeind en trok haar mee.
Lilian had niet in de gaten dat ze vertrokken.

31

De zon scheen genadeloos tussen de niet goed dichtgetrokken gordijnen door. Dominique probeerde tussen de bezwete lakens tevergeefs weg te draaien voor de warmte op haar naakte lichaam, en vooral op haar gezicht.

Nog nauwelijks wakker gluurde ze tussen haar wimpers door. Gelukkig, ze had een glas appelsap op haar nachtkastje neergezet. Ze kwam op een elleboog omhoog, pakte het glas en nam gretig een slok die ze vervolgens luid proestend uitspuugde op de vloer naast het bed, waar ook haar kleren lagen.

'*What's up*, Do?' hoorde ze achter haar rug. 'Voel je je wel goed?'

Ze zette het glas terug, draaide zich om en trok een vies gezicht. 'Gatverdamme, man! Whisky!'

Todd grijnsde. 'Nou en? Niks mis mee, toch?'

Hij pakte eenzelfde glas dat aan zijn kant van het bed op het nachtkastje stond. Tot afgrijzen van Dominique nam hij er vervolgens een forse slok uit. En het leek hem nog te smaken ook.

Met een wegwerpgebaar vluchtte ze het bed uit. In de badkamer dronk ze twee grote glazen water achter elkaar leeg. Daarna ging ze op de wc zitten, met haar ellebogen steunend op haar knieën en haar hoofd in haar handen.

Toen ze gisteren met de jeep bij het huis waren aangekomen, hadden ze whisky mee naar de slaapkamer genomen. De fles moest ook nog ergens staan, waarschijnlijk aan Todds kant. Ze hadden gevreeën dat de vonken er afvlogen. Nooit geweten dat je van seks zoveel energie kon krijgen.

Ze liep de slaapkamer in, rekte zich uit en vroeg: 'Wat was dat eigenlijk voor pilletje dat je me gegeven hebt?'

Todd lag breeduit in bed, met zijn armen onder zijn hoofd. 'Zeg niet dat je ze niet kent. Dat zijn *lovehearts*.'
'Lovehearts?'
'Ja, *smilies*. M'n broer noemt ze ook wel PlayStations.'
'Nooit van gehoord.'
'Tuurlijk wel. Volgens mij zijn ze zo'n beetje in Holland uitgevonden.'
Ze keek hem niet-begrijpend aan.
'Kom op, Do. Ecstasy natuurlijk.'
Ze had het eigenlijk al vermoed, maar toch schrok ze ervan. Xtc, dat was toch harddrugs? Zwaar verboden in elk geval. Ze wist dat er illegaal in werd gedeald in sommige discotheken waar ze weleens kwam.
Tijdens een raveparty had een jongen haar en haar vriendinnen eens een paar van die pillen aangeboden, maar die hadden ze toen niet genomen.
En nu had ze twee nachten lang seks gehad met deze Amerikaan, steeds onder invloed van xtc.
Todd keek haar onderzoekend aan. 'Heb je daar een probleem mee?'
Ze ging op de rand van het bed zitten. 'Een beetje wel, eerlijk gezegd. Ik ben eigenlijk tegen drugs. Of in elk geval tegen harddrugs.'
'Kom op! Smilies zijn niet echt harddrugs, volgens mijn broer. Gewoon pretpillen, om lekker uit je dak te gaan. Daar word je echt geen junk van, hoor!'
Dominique herinnerde zich een serie foto's die haar vader op internet had laten zien, toen ze een jaar of vijftien was. Het waren politiefoto's van steeds dezelfde Canadese vrouw, die verslaafd was aan heroïne. De eerste keer dat ze wegens prostitutie was opgepakt, oogde ze nog als een knappe jonge studente. Maar in de zes jaar daarna, waarin ze nog een twintigtal keren was opgepakt, zag je haar zienderogen achteruitgaan. Totdat ze een ingevallen, bijna tandeloos gezicht had, als van een bejaarde. 'Dat gebeurt er met je, als je drugs gebruikt,' had haar vader haar voorgehouden.
'Iedereen gebruikt ze!' hield Todd vol.
'Heb je die pilletjes uit Texas meegesmokkeld?'

Hij lachte schamper. 'Kom nou, ik ben toch niet gek! Dan pakken ze je beslist.'
'Dus je hebt ze hier gekocht?'
'Tuurlijk. Aruba is toch van Nederland? Ik heb gehoord dat je bij jullie gewoon drugs in winkels kunt krijgen.'
Ze zuchtte. Op dit moment had ze geen zin om te praten over coffeeshops en gedoogbeleid.
Todd draaide zich naar haar toe en aaide over haar verwarde haren. 'Je bent toch niet bang dat je seks niet lekker vindt zonder lovehearts, hè?'
Glimlachend gaf ze hem een zoen. 'Dat zal wel meevallen, toch?'
'Gaan we meteen proberen, dan zul je zien dat het daar niet aan ligt.'
Hij wachtte niet op haar antwoord, maar trok haar naar zich toe.

32

Dominique wist niet hoe lang ze na haar vrijpartij met Todd nog geslapen had, maar toen ze eindelijk gedoucht had en in bikini de woonkamer binnenkwam, was het al halverwege de middag.
Todd, in zwembroek en T-shirt, had al aangekondigd dat hij het die dag erg rustig aan ging doen.
'Honger!' kondigde hij aan en hij dook de koelkast in, waar hij even later weer uitkwam met een pak melk en alle ingrediënten voor een megasandwich.
'Ik ga eieren bakken. Wil jij ook?' vroeg Dominique terwijl ze het koffiezetapparaat aanzette.
'Altijd!'
'Met bacon?'
'Tuurlijk!'
'En kaas?'
'Waarom niet?'
Toch weerhield het vooruitzicht van een uitsmijter Todd er niet van een sandwich te verorberen waarop hij zoveel beleg had gestapeld, dat hij nauwelijks een hap kon nemen.
Dominique bekeek het geamuseerd. Ze beperkte zich, onder het bakken van de eieren, tot het drinken van een kop koffie.
Ze zette twee borden op tafel, waarna ze de gebakken eieren op boterhammen liet glijden.
Todd bestrooide zijn uitsmijter kwistig met peper en zout, waarna hij de boterhammen op elkaar vouwde, met de eieren ertussen. Vervolgens viel hij meteen aan, alsof hij in geen dagen had gegeten.
Dominique was tegenover hem aan tafel gaan zitten. Zij at met vork en mes, kleine hapjes tegelijk.

Er stond nog geen vuile vaat op het aanrecht. Omdat Angie gezegd had dat ze meestal pas kwam schoonmaken als ze er zeker van was dat Dominique en Lilian weg waren, ging ze ervan uit dat Lilian nog niet had gegeten.

Ze keek op de klok: het was al halfvier geweest.

'Lilian houdt het nogal uit,' zei ze. 'Zou ze Marc hebben meegenomen?'

Todd grijnsde. 'Ik zei toch dat hij het derde honk zou halen? Ik wist het!'

Dominique kon niet ontkennen dat ze benieuwd was hoever haar vriendin was gegaan met haar nieuwe verovering. Voor de zekerheid deed ze de grote schuifdeur open om bij het zwembad te kijken, maar daar was niemand.

Ze liep door naar de garage en zag daar alleen de jeep op de oprijlaan staan waarmee zij en Todd vannacht thuis waren gekomen. Dan had Lilian dus een taxi terug naar het huisje genomen, concludeerde ze. Maar met of zonder Marc, dat was de vraag.

Terug in de kamer twijfelde ze of ze op Lilians deur zou kloppen. Ze keek de gang in.

Todd las haar gedachten. 'Stoor ze nou maar niet,' zei hij, terwijl hij z'n arm uitstak om de afstandsbediening van de breedbeeld-tv van een bijzettafeltje te pakken. 'Die twee hebben hard gewerkt. Dan hebben ze wel wat slaap verdiend.'

Dominique ging in de stoel naast die van Todd zitten. Samen keken ze lui naar het beeldscherm, terwijl Todd van de ene zender naar de andere zapte om maar zo veel mogelijk reclames te ontlopen.

Na een halfuur werd Dominique toch ongedurig. Ze stond op. 'Ik ga ze toch maar even roepen,' kondigde ze aan. 'Want eigenlijk wil ik zo langzamerhand wel wat plannen maken voor vanavond. Ik bedoel: als jullie morgen al weggaan, moeten we er nu toch een feestje van maken, of niet?'

Todd haalde zijn schouders op en bleef naar de televisie kijken. 'Tuurlijk.'

Dominique ging naar Lilians kamer en luisterde aan de deur. Binnen was niets te horen.

Die twee slapen nog, concludeerde ze. Even overwoog ze om weer terug te gaan naar Todd en gewoon te wachten tot ze zouden komen. Maar toen bedacht ze dat Lilian in haar geval allang voor de deur zou hebben gestaan.

En dus klopte ze aan.

Toen er geen antwoord kwam, klopte ze nog een keer; ditmaal harder. Nog steeds niets.

Dominique aarzelde. Ze kon toch niet zomaar naar binnen gaan. Stel je voor dat die twee net... Maar die gedachte verwierp ze meteen weer: als dat zo was, had ze beslist iets gehoord.

En dus klopte ze een derde keer. Na nog even gewacht te hebben – je weet immers maar nooit – deed ze de deur open en stak haar hoofd naar binnen.

De gordijnen waren open en het bed van Lilian zag er onbeslapen uit. Een beetje teleurgesteld liep ze terug naar de woonkamer.

'Ze zijn er niet,' meldde ze.

Todd keek op. 'O, vandaar.'

'Vandaar wat?'

'Dat we ze nog niet gezien hebben.'

'Ja, hè hè!' reageerde ze een beetje kribbig. 'Maar dat had ze weleens even mogen melden.'

Hij schoot in de lach. 'Wanneer dan? Toen wij aan het rotzooien waren, zeker? En bovendien: waarom zou ze? Jij bent haar moeder toch niet?'

'Nee, natuurlijk niet, maar...'

'Dan moet je ook niet zeuren,' onderbrak hij haar. 'Zeurende vrouwen zijn vreselijk.'

'Bijna net zo erg als lompe mannen,' kaatste ze terug. 'Je kunt toch wel begrijpen dat ik het niet prettig vind als ik niet weet waar m'n vriendin is? We zijn samen op vakantie, verdorie!'

Todd zuchtte verveeld. 'Ik ben met Marc op vakantie, maar mij hoor je toch ook niet? Daar ga ik me echt niet druk om maken. Ze zijn vast in onze hotelkamer.'

'Misschien moeten we ze dan toch maar even bellen,' opperde ze.

Op dat moment klonk er een luide ringtone.
Todd haalde zijn mobieltje uit zijn zak, keek op de display en stak zijn hand op. 'Daar heb je Marc.'
Hij bracht het toestel naar zijn oor en bleef Dominique aankijken.
'Yo, man, hoe gaat ie?'
Hij luisterde even en knikte naar Dominique. 'In het hotel, dat dachten we al. Zeg, zullen we wat afspreken voor... laten we zeggen: over een uurtje.'
Weer luisterde hij.
'Ja, op dat pleintje waar we pas ook gezeten hebben. Dan drinken we eerst wat en gaan we daarna naar dat Italiaanse tentje.' Hij knikte ongeduldig zijn hoofd. 'Ja, man, natuurlijk ben ik op tijd. Om een uur of zes. Als jij eerder bent, moet je maar vast een tafeltje vrijhouden.'
Hij verbrak de verbinding en grijnsde naar Dominique. 'Alles in orde. We hebben nog een uur.'
Voordat ze kon reageren, tilde hij haar op en droeg hij haar naar de slaapkamer.

33

Todd parkeerde de gehuurde jeep bij zijn hotel, waarna Dominique en hij innig omstrengeld te voet door het centrum van Oranjestad liepen. Daar leek een permanente vakantiesfeer te heersen.
'Ik zou hier best aan kunnen wennen,' zei Todd, waarna hij zijn zonnebril omhoogschoof om haar te kunnen kussen zonder dat hun brillen tegen elkaar klikten.
Dominique kuste hem terug en drukte zich dichter tegen hem aan. Ze voelde zich prettig bij deze reusachtige Amerikaan, die het volkomen vanzelfsprekend scheen te vinden dat de wereld hem zoveel moois bood. Todd maakte zich nergens druk om, en dat werkte aanstekelijk op de mensen om hem heen.
Het was even over zes toen ze arriveerden op een pleintje waar vooral jonge mensen de terrassen bevolkten. Overal klonk muziek, er werd gepraat en gelachen, en op straat waren een paar geschminkte mannen levend standbeeld aan het spelen.
'Hier ben ik van de week een paar keer met Marc geweest,' zei Todd, terwijl hij rondkeek. 'Zo te zien zijn ze er nog niet.' Hij wees op een vrij tafeltje. 'Laten wij maar vast gaan zitten.'
Ze namen plaats. Bij de direct toeschietende ober bestelde Todd voor zichzelf een biertje en ook vroeg hij om een bakje pinda's. Dominique nam een cola light.
Toen de ober wegliep om hun bestelling te halen, zei ze: 'Ik moet die whisky van gisteravond nog verwerken. Niet te geloven dat jij al aan het bier gaat.'
Hij grijnsde. 'Meisjes zijn niks gewend. Bovendien moet ik het er vanavond van nemen voor we vertrekken.'
Dat wist ze maar al te goed. En ze zag er vreselijk tegen op, hoewel ze

deze jongen nog maar zo kort kende. Het liefst had ze hem de rest van de vakantie bij zich gehouden.

'Zien we elkaar nog terug?'

Hij keek haar afkeurend aan. 'Wat hadden we nou afgesproken? Geen sentimenteel gedoe, dame! Wat op Aruba gebeurt, blijft op Aruba, toch?'

'Ja, maar...'

Todd boog zich naar haar toe en legde zijn vinger op haar lippen. 'Sst. Verpest het nou niet. Tot nu toe vind ik dit echt de beste vakantie die ik ooit gehad heb.'

Blijkbaar vond hij het allemaal niet zo dramatisch. En hij had gelijk natuurlijk, het was beter om te genieten van de uren die ze nog wel samen hadden. Ze zou zich niet laten kennen.

Luchtig keek ze om zich heen. 'Waar blijven ze nou?'

Hij grinnikte. 'Heb je ineens niet meer genoeg aan mijn gezelschap?'

De ober kwam met een dienblad balancerend op zijn vingertoppen tussen de andere tafeltjes door naar hen toe en zette met een zwierig gebaar de glazen voor hen neer.

'Ik wil Lilian wel weer eens zien, want ik heb haar veel te vertellen. En bovendien,' vervolgde ze plagerig, 'zij is er na morgen nog wel en jij niet meer. En van haar weet ik tenminste zeker dat ik haar nog terugzie.'

'O, krijgen we dat weer,' antwoordde hij met zijn mond vol pinda's. 'Denk niet aan morgen, leef nu!'

Op dat moment kwam Marc het pleintje op lopen. Hij had een hand in de zak van zijn korte broek en een opgevouwen krant in de andere. Toen hij hen zag zitten, zwaaide hij en kwam naar hen toe.

'Er zijn tornado's in Kentucky en Indiana,' meldde hij, terwijl hij neerplofte in een van de stoelen en zijn zonnebril en krant op het tafeltje neergooide. 'Het schijnt dat ze ook verwacht worden in Alabama en Tennessee.' Zijn gezicht stond bezorgd. 'In Nashville woont familie van me. Niet best.'

Voordat Todd daarop kon reageren, zei Dominique: 'Rot voor je. Maar waar heb je Lilian gelaten?'

'Ja, beest, zeg niet dat ze nog uitgeteld in onze hotelkamer ligt!' riep Todd zo hard, dat mensen van de andere tafeltjes naar hen keken.
Maar Marc keek hen niet-begrijpend aan. 'Lilian? Is die dan niet bij jullie?'

34

'Hoe bedoel je?' zei Dominique scherp.

Todd zag hoe ze schrok, dus zei hij op verwijtende toon tegen Marc: 'Hé, *dude*, dit is niet grappig. Vertel op, waar is Lilian?'

'Echt, ik zweer je: ik weet het niet.' Hij boog zich voorover, naar hen toe. 'Ik dacht dat ze naar huis was gegaan.'

'Wanneer?' vroeg Dominique.

'Gisteravond.'

Ze hield zijn blik vast. 'Wanneer gisteravond?'

Marc hief zijn handen met een verontschuldigend gebaar. 'Nadat jullie waren weggegaan.'

'Ho, wacht even,' zei Dominique. 'Jij bent dus de hele nacht niet bij haar geweest?'

Marc lachte vreugdeloos. 'Nee, dat klopt. En geloof me, dat lag echt niet aan mij.'

'Wilde ze niet met je mee?' vroeg Todd.

'Ik dacht eerst van wel,' antwoordde Marc. 'Maar op een gegeven moment was ze gewoon weg.'

'Gewoon weg?' Dominiques stem klonk kwaad. 'Hoe kan ze nou ineens "gewoon weg" zijn?'

Marc wreef in zijn ogen en bleef even met zijn handen voor zijn gezicht zitten. Vervolgens keek hij Dominique recht aan.

'Oké, Lil en ik lagen dus bij dat kampvuur. Het ging geweldig. Nou ja, je hebt ons gezien.' Hij glimlachte, maar ging snel verder, toen hij zag dat haar gezicht strak bleef. 'Ik dacht echt dat ze me zou vragen om mee te gaan naar jullie huis. Maar toen merkten we dus dat jullie er niet meer waren. En ik zag dat sms'je van Todd.'

Dominique keek even naar Todd, die knikte en zei: 'Klopt. Toen wij

op de boot stonden te wachten, heb ik hem ge-sms't dat wij de jeep meenamen.'
'Precies,' ging Marc verder. 'En omdat ik toch naar de wc moest, ben ik meteen even achter jullie aan gegaan om te kijken of we met jullie mee konden rijden. Maar toen ik bij de steiger aankwam, was de watertaxi net weg. Ik zag jullie nog op het dek staan.'
'En toen ben je teruggegaan?' vroeg Dominique.
'Ja, natuurlijk.' Marc leunde weer achterover. 'Bij onze plek en de terrassen zag ik haar niet. Ik ben nog gaan zoeken op het strand en bij de wc's, maar ze was nergens te bekennen.'
'Dan had je haar toch gewoon kunnen bellen?' zei Todd.
'Ja, dat heb ik natuurlijk geprobeerd. Maar ze nam niet op. En ze reageerde ook niet toen ik haar sms'te. Ik heb bij alle kampvuren gekeken, en ook de disco en alle terrassen afgezocht, maar ik kon haar niet vinden. Nou, en toen was het voor mij duidelijk.'
'Want...?' drong Dominique aan.
Hij haalde zijn schouders op. 'Ze wilde gewoon niet dat ik met haar meeging. Dus is ze alleen weggegaan. Dat was nogal een domper, moet ik zeggen, zeker na de manier waarop ze me op het strand gekust had. Als ze echt niet meer dan dat wilde, had ze me dat toch gewoon kunnen vertellen?'
'Had ons even gebeld!' riep Dominique verwijtend.
'O, natuurlijk!' Hij snoof. 'Om wat te zeggen? Jongens, Lilian is zonder mij vertrokken. En nog veel plezier verder! Ik baalde al erg genoeg.'
Dominique ging niet in op zijn zelfmedelijden. 'Ik snap het niet. Bij ons in het huis is ze ook niet geweest. Waar kan ze dan naartoe zijn gegaan?'
'Ik weet het niet,' zei Todd. 'Misschien is ze iemand tegengekomen die ze kende.'
'Een van die andere vrienden van jullie,' suggereerde Marc. 'Die werken hier toch?'
Dominique gaf geen antwoord, maar pakte haar mobiel en drukte de sneltoets met het nummer van Lilian in. Ook na twee keer proberen kreeg ze geen verbinding.

Dus sms'te ze haar: LIL, BEL ME! DO.
Ze wachtten een paar minuten, maar er kwam geen reactie.
De ober kwam bij hun tafeltje staan, haalde de lege glazen van Dominique en Todd weg en vroeg opgewekt wat ze wilden drinken. Todd en Marc bestelden een biertje. Dominique schudde afwezig haar hoofd.
Haar gedachten tuimelden over elkaar heen. Wat moest ze doen? Stel dat Lilian een leuke jongen was tegengekomen – misschien een van de Amerikanen of Canadezen die ze eerder hadden ontmoet – en met hem was meegegaan, dan zou ze het vast vervelend vinden als zij nu een beetje de bezorgde vriendin ging uithangen. Maar aan de andere kant: ze maakte zich echt zorgen, omdat ze sinds de vorige avond niets meer van haar had gehoord. En dat was niks voor Lilian.
Todd sloeg zijn arm om haar heen. 'Maak je niet druk, ze duikt wel weer op.'
'Ja, ze is vast bij een van haar andere vriendjes,' zei Marc. Hij glimlachte. Maar zijn ogen stonden koud.

35

'Zullen we toch maar even wat gaan eten?' stelde Todd twee biertjes later voor.

Dominique schudde beslist haar hoofd. 'Nee, ik wil eerst naar dat hotel.'

'Naar het Enlightenment Hotel?' vroeg Marc verbaasd. 'Wat wil je daar doen?'

'Aan onze vrienden daar vragen of Lilian gisteren met een van hen is meegegaan.'

Ze stond op. Toen ze zag dat Todd ook overeind kwam, zei ze snel: 'Nee, blijven jullie maar hier. Ik vind jullie straks wel weer.'

Gehaast liep ze in de richting van de boulevard. Ze wilde liever niet dat Todd en Marc met haar meegingen, omdat ze bang was dat Chuck en vooral Dave dan gereserveerder zouden reageren dan wanneer ze alleen kwam. Bovendien maakte ze zich gewoon zorgen en wilde ze Lilian snel vinden.

Ze was zo diep in gedachten dat ze bij het oversteken van de boulevard bijna werd aangereden door een rode sportwagen, die meteen heftig begon te toeteren. Bij wijze van verontschuldiging stak ze haar hand op, zonder zelfs maar om te kijken.

Het Enlightenment Hotel lag in de late namiddagzon te schitteren. Het was er net zo druk als de dag ervoor. Op weg naar de grote schuifdeuren van de hoofdingang verstuurde Dominique een sms'je naar Dave: BEN IN HAL HOTEL. MOET JE EVEN SPREKEN. DO.

In de luxueuze hal van het Enlightenment Hotel ging ze op een bank, die om een fontein gebouwd was, zitten wachten. Binnen een paar minuten kwamen Dave en Chuck de hal in. Ze waren weer in uniform. Dominique stond op en ging naar hen toe.

‘Als het weer om polsbandjes gaat: dat lukt me echt niet elke dag, hoor!’ waarschuwde Dave.
Ze glimlachte vluchtig. ‘Dat begrijp ik ook wel. Daar kom ik niet voor.’
Chuck lachte. ‘Aha, je wilde ons gewoon graag zien!’
‘Ook. Maar ik wilde vooral graag weten of Lilian gisteravond met een van jullie is meegegaan.’
Dave hoorde de serieuze toon in haar stem en legde een hand op de arm van Chuck, toen die opnieuw een grap wilde maken.
‘Hoezo?’
‘Nou, het kon zijn dat ze iemand van jullie groepje was tegengekomen.’
‘Nee, wij hebben gisteren met z’n allen nog lang in de kroeg gezeten,’ vertelde Chuck. ‘Ik was een van de laatsten die wegging. En ik heb Lilian niet gezien.’
Dave keek haar onderzoekend aan. ‘Jullie waren hier gisteren toch met twee Amerikaanse vrienden? Waarom vraag je dit niet aan hen?’
Dominique sloeg haar ogen neer. ‘Ik was bij Todd. En ik dacht dat Lil met Marc was meegegaan. Maar ik heb hem net gezien en volgens hem is hij haar gisteravond kwijtgeraakt.’
‘Waar?’ wilde Dave weten.
‘Op het eiland.’
‘Pff,’ deed Chuck. ‘En heb je geprobeerd haar te bellen?’
‘Ja, natuurlijk,’ antwoordde ze, licht geïrriteerd. ‘Ik ben dan wel blond, maar aan zulke dingen denk ik ook nog wel.’
Chuck hief zijn handen. ‘Rustig maar. Ik probeer alleen maar te helpen.’
‘En nu?’ vroeg Dave.
Ze haalde haar schouders op. ‘Ik weet het echt niet.’
‘Wil je soms even op het eiland kijken?’ bood Dave aan. ‘Ik kan met je mee als je wilt, ik heb toch zo pauze.’
‘Ik denk niet dat ze daar nog is,’ zei Dominique ontmoedigd. ‘Hoewel: dat kan natuurlijk ook best. En daar hebben we haar natuurlijk voor het laatst gezien. Dus oké, waarom niet.’
‘Meld jij dat ik even weg ben?’ vroeg Dave aan Chuck.

Daarna nam hij Dominique mee naar de steiger, waar de watertaxi net was weggevaren. Om de wachttijd te verkorten, bood Dave haar iets te drinken aan op een van de vele terrasjes.
'Dus het is serieus met die Todd?' vroeg hij, toen ze even later aan een tafeltje zaten.
'Een beetje,' antwoordde ze. Merkwaardig genoeg voelde ze de neiging om zich tegenover hem te verontschuldigen. Alsof hij ergens recht op had omdat hij haar het eerst had gezien. 'Laten we het erop houden dat het een vakantieliefde is.'
'Sportieve jongen.'
Ze knikte. 'Hij doet aan football.'
'Daar interesseren jullie je toch niet voor, in Europa?'
Ondanks haar bezorgdheid moest ze grinniken. Dat had ze de eerste avond ook al zo leuk gevonden aan Dave: hij maakte haar moeiteloos aan het lachen.
'Het zijn niet direct zijn prestaties in het veld waar ik het meest van onder de indruk ben.'
Nu was het de beurt aan Dave om in de lach te schieten. Hij keek haar waarderend aan. 'Dus je bent zelf behoorlijk de beest aan het uithangen en nu ben je bang dat Lilian hetzelfde aan het doen is?'
'Ja, ik maak me zorgen. Kun je dat begrijpen?'
Hij knikte en keek naar de oceaan. 'De boot komt er zo weer aan. Laten we maar vast daar gaan staan, want hij loopt altijd snel vol.'
Ze dronk snel haar glas leeg en ging met hem mee.
Op de boot keek ze onwillekeurig weer naar het hotel, dat majestueus aan het water lag, met uitzicht op het eigen eiland. Opnieuw was ze onder de indruk.
Dave kende de weg op Enlightenment Island, dus hij ging haar voor in de richting van de stranden. 'Ik neem aan dat jullie op Flamingo Beach zijn geweest?' vroeg hij over zijn schouder. 'Want Iguana Beach is meer iets voor gezinnen met kinderen.'
Ze liep wat sneller door, zodat ze op gelijke hoogte kwam. 'Klopt.'
Ze liepen een tijdje zwijgend verder en keken in het rond. Dit eiland was gemaakt voor vakantiegangers. Zon, zee en ontspanning waren

op een perfecte manier bij elkaar gevoegd. Hier was niemand ongelukkig.
'Kijk, hier zijn Lil en ik ook geweest,' zei Dominique, wijzend op de Spa Cove, waar onder een overkapping van palmbladeren ook nu mensen op de massagetafels behandeld werden.
'Dat verbaast me niets. Handig hè, die gouden polsbandjes?'
'Heb ik je daar eigenlijk al behoorlijk voor bedankt?'
'Niet nodig.' Hij wees. 'Hier begint Flamingo Beach. Waar hebben jullie gezeten?'
'Daar in de bocht.'
Dave keek om zich heen. 'Wil je het hele strand af lopen? Dan moeten we hier eerst dit ene stuk van het hoefijzer doen en dan weer terug.'
'Niet nodig,' zei ze op haar beurt. 'Laten we maar gewoon even kijken waar we gisteren geweest zijn.'
Al snel vonden ze de plaats waar de avond tevoren het grote kampvuur was geweest. De vuurplaats was dichtgegooid, maar de ondiepe kuil waarin Dominique met Todd had gelegen was nog te zien.
'Daar lagen Lil en Marc.' Ze wees en keek rond. Pas nu vroeg ze zich af wat ze hier eigenlijk deed. Had ze soms verwacht dat Lilian er op haar zou zitten wachten? Ineens voelde ze zich dom. Als Lilian contact met haar zou willen opnemen, zou ze haar wel bellen of sms'en. Maar als ze op de een of andere manier haar mobiel zou zijn kwijtgeraakt, zou ze natuurlijk naar het huisje gaan. En daar zou ze Dominique nu niet aantreffen.
'Ik ga terug naar het huisje,' zei ze beslist.
'Oké. Weet je zeker dat je hier niet nog wat verder wilt rondkijken?' vroeg Dave verwonderd.
'Nee, dat heeft geen zin.'
Ze begon meteen te lopen in de richting waar ze vandaan kwamen.
'Wil je ook niet even de flamingo's zien?' drong hij aan, nadat hij haar met een kort sprintje had ingehaald.
Ze glimlachte. 'Die kom ik binnenkort nog wel een keer bekijken. Samen met Lil.'
'Mag ik dan mee?'

'Natuurlijk. Het is jouw feestje.'
Op de boot liet Dave heimelijk zijn blik over haar lichaam gaan en over haar blonde haar, dat wapperde in de wind. 'Blijft die Todd nog lang?'
Haar blik bleef gevestigd op de kust. 'Die Todd gaat morgen weer terug naar de States. Hoezo?'
'Gewoon. Interesse.'
Ze keek even opzij. 'En hoe lang blijf jij nog?'
'Ik werk hier de hele zomer. En jij?'
'Ik ben hier nog maar net. Lil en ik blijven vier weken.'
Terwijl de watertaxi aanlegde, stelde hij voor: 'Misschien kunnen we dan nog een keer wat afspreken.'
'Tuurlijk. Waarom niet? Maar eerst wil ik Lilian vinden.'
'Oké, het heeft geen haast.'
Samen met haar liep hij naar het hotel.
'Heb je vervoer?'
'Ik neem wel een taxi,' antwoordde ze wat kortaf.
'Die roep ik dan wel even voor je,' zei hij snel.
Bij de hoofdingang floot hij op zijn vingers, waarna er direct een taxi kwam voorrijden.
Toen Dominique was ingestapt en de taxi in noordelijke richting de boulevard op reed, keek Dave haar nog lang na.

36

Dominique liet de taxi stoppen voor het hek van het resort. Ze betaalde en stapte uit.

In het hokje bij de slagboom zat Harry met zijn voeten op de wankele tafel een krant te lezen.

Hij groette haar toen ze binnenkwam.

'Hallo Harry, heb jij vandaag mijn vriendin soms gezien?' vroeg Dominique in het Engels.

Hij liet zijn stoel op vier poten landen en legde de krant op de tafel. 'Vandaag? Nee, voor zover ik me kan herinneren niet. Ik geloof dat ik haar voor het laatst heb gezien toen ze gisteravond wegging, samen met u.'

Ze bedankte hem en liep door naar het huisje. Binnen riep ze Lilians naam en keek ze in alle kamers, maar haar vriendin was nergens te vinden. Alles was nog precies zoals ze het die middag had achtergelaten, alleen waren de keuken en de woonkamer schoongemaakt en was Dominiques bed verschoond.

Teleurgesteld liet ze zich neervallen in een van de gemakkelijke stoelen. Ineens voelde ze zich ontzettend alleen. Wat moest ze doen?

Met een zucht leunde ze achterover. Marc had Lilian sinds gisteravond niet meer gezien en ze had ook het groepje Amerikanen en Canadezen niet opgezocht. Wie kenden ze nog meer op Aruba?

Ze pakte haar mobiel, zocht het nummer van Leroy op en klikte het aan. Vrijwel onmiddellijk kreeg ze verbinding.

'Yes?'

'Leroy, met Dominique. Uit huisje 19.'

'Ja, dat zag ik. Wat is er?'

Dominique haalde diep adem. Zijn toon stond haar niet aan, maar dit

was niet het moment om ruzie te gaan maken.
'Heb jij gisteravond of vandaag mijn vriendin misschien gezien?'
'Lilian? Nee, niet gezien. De laatste keer...'
'Ja, ik weet wanneer je ons voor de laatste keer bekeken hebt. Dag.'
Ze klapte haar mobiel dicht en hield het ding een tijdje tegen haar voorhoofd gedrukt, terwijl ze met gesloten ogen nadacht.
Hoe kon ze op zoek gaan naar Lilian zonder dat er meteen groot alarm geslagen werd? En vooral: zonder dat Lilians ouders erachter zouden komen dat ze geen idee had waar haar vriendin was? Want dan was het einde zoek en konden ze waarschijnlijk de rest van de vakantie wel vergeten. Lilian zou het haar nooit vergeven als haar ouders uit bezorgdheid hier opeens op de stoep zouden staan.
Ze stond op en liep naar de grote tafel, waarop een stapeltje papieren lag. Te midden van de folders en tijdschriften had ze daar op de eerste dag van hun verblijf een lijstje met belangrijke telefoonnummers gezien. Het alarmnummer was 911, net als in films, zag ze. Maar dat was dus niet de bedoeling. Gelukkig stond er ook een algemeen informatienummer van de politie op het lijstje. Ze besloot meteen te bellen.
Een vrouwenstem heette haar in drie talen welkom namens de politie van Aruba en vroeg of ze haar van dienst kon zijn.
'Hallo, mijn naam is Dominique Werner. Ik ben hier op vakantie, samen met mijn vriendin Lilian de Groot. Omdat ik haar vandaag de hele dag nog niet heb gezien, vroeg ik me af of haar misschien iets overkomen is. Hebt u misschien iets over haar gehoord?'
'Hoe zei u dat de naam van uw vriendin was?'
'Lilian de Groot.'
'U bent Nederlandse?'
'Ja.'
'En in welk hotel verblijft u?'
'We zitten in een resort bij Bon Bini Beach. In een huisje.'
'En wat is de geboortedatum van uw vriendin, mevrouw?'
'26 september 1990.'
'Ogenblikje, ik ga het even voor u navragen.'
Ze werd in de wacht gezet en luisterde minutenlang naar het soort

muziek dat ook wel in liften te horen is, tot de wachtmuziek even abrupt ophield als die begonnen was.
'Bedankt voor het wachten. Ik heb het even nagevraagd, maar er is niets over uw vriendin bekend. Hoe lang is ze al vermist?'
'Ik zei niet dat ze vermist was. Ik heb haar alleen sinds gisteravond niet meer gezien.'
'U kunt een vermissing pas opgeven na vierentwintig uur. Hoe laat hebt u uw vriendin gisteravond nog gezien?'
'Ik heb haar voor het laatst gezien om een uur of elf, misschien halftwaalf. Maar ik wil helemaal geen aangifte doen!'
'Oké. Goed. Mocht u dat later eventueel wel willen, dan kan dat dus pas na vierentwintig uur.'
'Dat was me inmiddels duidelijk. Dank u.'
'Graag gedaan. Goedenavond nog.'
Met een zucht legde Dominique haar mobieltje op de tafel. Haar bezorgdheid werd alleen maar groter. Meteen pakte ze de telefoon weer op om te controleren of er misschien een sms'je van Lilian was binnengekomen. Toen dat niet zo bleek te zijn, probeerde ze haar maar weer eens te bellen. Maar ze kreeg geen contact.
Ze schrok op toen er een auto naast het huis stopte. Meteen stormde ze naar de achterdeur.
Todd en Marc, die net om de hoek van het huis kwamen, zagen de teleurstelling op haar gezicht.
'Sorry, wij zijn het maar,' zei Todd verontschuldigend, terwijl hij een grote arm om haar schouders sloeg.
'En?' vroeg Marc. 'Heb je nog iets gehoord?'
Ze schudde haar hoofd en ging hen voor naar binnen.
'Wel leuk dat jullie even langskomen.' Ze keek hen kleintjes aan en trok een grimas. 'Ik kan haar nergens vinden. Wat moet ik doen?'
'In elk geval rustig blijven.' Todd pakte een banaan van de fruitschaal en begon die te pellen. 'Het heeft geen enkele zin als jij jezelf hier een beetje zit op te fokken. Je zult zien, op een gegeven moment staat ze ineens weer voor je.'
'Denk je dat echt?'

'Tuurlijk. En in de tussentijd blijf ik bij je.' Als om te onderstrepen dat hij nergens naartoe ging, nam hij een flinke hap van de banaan.
Dominique keek Marc aan. 'Blijf jij ook?'
'Dat lijkt me niet zo, eh, verstandig. Ik ga weer terug naar Oranjestad. Dan kom ik Todd morgen wel ophalen.' Hij stak een waarschuwende vinger op naar zijn vriend. 'Todd, we moeten anderhalf uur van tevoren op het vliegveld zijn om in te checken. Dus ben ik hier uiterlijk om kwart voor twaalf. Maar dan moet je wel meteen mee.'
'Geen probleem,' vond Todd. 'Dan zie ik je morgen. En bedankt.'
'Oké, tot morgen.'
Met hun armen om elkaar heen geslagen volgden Dominique en Todd hem naar de jeep.
Marc stapte in. Voordat hij de sleutel in het contact stak, zei hij: 'Als ik wat van haar hoor of zie, laat ik dat natuurlijk meteen weten. Ik zou het waarderen als jullie hetzelfde doen.'
'Spreekt vanzelf,' zei Todd. 'Ciao.'
Marc startte de auto en reed achteruit de oprit af. Op het weggetje aangekomen stak hij groetend zijn hand op, claxonneerde en verdween in de richting van de slagboom.
'Zullen we maar wat gaan zwemmen?' stelde Todd voor. 'Anders zitten we hier maar een beetje te wachten.'
Hoewel Dominique totaal geen zin had om te zwemmen, liep ze naar haar slaapkamer om haar bikini aan te trekken. Ondanks haar bezorgdheid grinnikte ze toen ze merkte dat Todd met haar meeliep om haar daarbij te helpen.

37

De volgende morgen werd Dominique wakker doordat de bel snel achter elkaar dwingend werd ingedrukt. Ze maakte zich los uit Todds armen, schoot snel een korte broek en een T-shirt aan en haastte zich naar de voordeur.

Het was Marc.

'Waar blijft Todd nou?' vroeg hij geërgerd.

Achter Dominique verscheen Todd in de hal met alleen een onderbroek aan. Hij gaapte hartverscheurend en krabde in zijn haar.

'Moeten we weg?' vroeg hij schaapachtig.

'Ja, man, schiet op.' Marc liep langs Dominique naar binnen toe en ging vlak voor Todd staan. 'We moeten op weg naar het vliegveld nog even naar het hotel om uit te checken en onze spullen op te halen. Ik heb onze koffers al voor ons weg laten zetten, want we moesten de kamer uiterlijk om twaalf uur verlaten.'

'Hoe laat is het dan?' wilde Todd weten.

'Kwart voor twaalf. Zoals afgesproken. Maar jij staat nog niet klaar.'

'Shit. Sorry.'

Todd haastte zich terug naar de slaapkamer en kwam even later gekleed, maar zichtbaar ongewassen terug. In de huiskamer pakte hij zijn zonnebril, zijn telefoon en zijn portemonnee. Hij keek zoekend rond.

'Vergeet ik nou nog iets?'

'Ja, mij,' zei Dominique en trok een pruillip.

Hij grijnsde, trok haar naar zich toe en kuste haar zo langdurig dat Marc ongeduldig begon te kuchen.

Todd liet Dominique los en keek nog een keer om zich heen.

'We gaan,' zei Marc en hij liep de deur uit.

Voordat Todd hem volgde, kuste hij Dominique nog een keer. Daarna ging hij op een holletje achter zijn vriend aan.
Dominique stond in de deuropening te zwaaien, toen de jeep toeterend wegreed. Todd zat op zijn knieën omgedraaid in de passagiersstoel naar haar te zwaaien totdat de auto om de hoek uit het zicht verdween.
Pas toen ze de voordeur achter zich had dichtgedaan en naar de keuken liep, merkte ze dat ze huilde.
Ze veegde haar tranen af en schonk zichzelf een glas sap in, dat ze achter elkaar opdronk. Lusteloos belegde ze een paar sneden brood, die ze staand bij het aanrecht opat. Het eten smaakte haar niet, maar ze slikte het werktuigelijk door.
Op haar mobiel was nog altijd geen bericht van Lilian binnengekomen. Wel een sms'je van Todd, dat bestond uit een heleboel x'jes. Maar daar had ze helemaal niks aan: hij liet haar gewoon alleen.
Ze ging met opgetrokken benen in een van de fauteuils zitten. Ineens vond ze de kamer groot en leeg. Nog nooit had ze zich zo eenzaam en verlaten gevoeld.
Toen de tranen opnieuw kwamen, deed ze geen moeite om ze weg te vegen.

38

'Is alles goed, miss?'

Geschrokken keek Dominique op. Ze ontspande toen ze de schoonmaakster zag.

'Hoi Angie. Ik had je niet gehoord.'

'Sorry, ik dacht dat u was weggegaan met die twee mannen. Zal ik later terugkomen?'

Dominique maakte een vermoeid gebaar. 'Nee, ga je gang. Ik heb geen last van je.'

Angie pakte buiten haar dweilkarretje en reed dat de keuken in. Terwijl ze een emmer liet vollopen, vroeg ze: 'Gaat het? U hebt gehuild.'

'Nou, eigenlijk gaat het helemaal niet goed. Mijn vriendin – Lilian, weet je nog – heb ik al sinds eergisteravond niet meer gezien. Ik heb echt geen idee waar ze is. En ik ben vreselijk bezorgd.'

Ze was helemaal niet van plan geweest haar zorgen te delen met de schoonmaakster van het huisje, maar ze voelde zich zo ellendig dat ze blij was dat ze met iemand kon praten.

'Is ze weggegaan?' vroeg Angie ernstig.

'Nee. We waren op Enlightenment Island. Ik was er met een van die Amerikaanse jongens en Lil met die andere. Op een gegeven moment moest hij naar de wc en is hij meteen even naar de steiger gelopen, om te kijken of hij Todd en mij nog kon inhalen, want wij waren al weggegaan. Nou, en toen hij terugkwam, was ze nergens meer te bekennen.'

Angie luisterde zwijgend.

Dominique maakte een wanhopig gebaar. 'Ik weet echt niet wat ik moet doen. Ze is niet meer terug geweest in het huisje. Niemand die we kennen heeft meer iets van haar gezien of gehoord.' Ze hield haar mobiel omhoog. 'Ze reageert niet op sms'jes of telefoontjes. Helemaal niks.'

'Misschien is ze terug naar huis?'

Getroffen keek Dominique haar aan. Daar had ze nog niet aan gedacht. Ze kon zich niet voorstellen dat haar vriendin vertrokken zou zijn zonder dat tegen haar te zeggen.

Met Angie in haar kielzog ging ze naar de kamer van Lilian. Alles stond daar nog net zo als de dag tevoren. Dominique zocht in de koffer van Lilian en haalde daar het tasje uit waarvan ze wist dat Lilian daar haar papieren in bewaarde. Ze voelde een golf van teleurstelling toen daar Lilians paspoort en vliegticket in bleken te zitten.

'Dan is ze dus nog op het eiland,' zei ze hardop, terwijl ze het tasje weer dichtritste.

'Of ze is met een boot weggegaan, zonder paspoort,' suggereerde Angie behulpzaam.

Dominique keek haar vol afgrijzen aan. 'Maar met wie dan?'

Ze wachtte niet eens op een antwoord, maar stormde terug naar de woonkamer. Haar hart bonsde en ze kon niet meer helder denken. Met de toppen van haar vingers masseerde ze haar voorhoofd. Ze moest iets doen! Maar wat?

'Miss, misschien moet u de politie bellen,' zei Angie, die vlak naast haar was komen staan.

Als ze de politie zou inschakelen, werd het een ramp, daarvan was Dominique overtuigd. Dan waren de gevolgen niet meer te overzien. Maar wat was het alternatief? Zelf zoeken? Terwijl ze het eiland nauwelijks kende?

Angie bleef gespannen naar haar kijken, terwijl Dominique na een besluiteloze minuut haar telefoon pakte en een nummer opzocht. Het duurde even voordat er werd opgenomen. Toen vroeg ze: 'Leroy? Kun je me komen ophalen?'

39

'Zeg het maar,' zei Leroy, nadat Dominique bij hem achter in de taxi was gestapt. 'Waar moet ik je heen brengen?'
'Naar de politie.'
Hij draaide zijn hoofd naar haar toe.
'Wat?'
Ze trok een grimas.
'Lilian is nog steeds niet terug.'
'Dat is niet best,' zei hij ernstig.
Hij reed weg en zwaaide bij de slagboom plichtmatig naar Harry. Op de achterbank zat Dominique zich op te vreten van de zenuwen. Hoe kon dit toch allemaal gebeurd zijn? En nu waren Todd en Marc ook nog weg! Ze hadden haar gewoon alleen gelaten, terwijl ze wisten dat Lilian verdwenen was. Nu moest ze in haar eentje naar de politie. En erger nog: straks zou ze ook Lilians ouders moeten waarschuwen.
Met gesloten ogen liet ze haar hoofd op de leuning van de achterbank rusten. Ze huilde geluidloos.
Leroy zette de auto even later stil voor de deur van het lage politiebureau aan de Wilhelminastraat.
'Moet ik met je mee?' vroeg hij.
'Nee, bedankt. Dit moet ik zelf doen.'
Ze glimlachte triest naar hem en stapte uit. In de hal meldde ze zich bij de balie, waar een jonge vrouw in een uniformoverhemd haar vroeg waarmee ze haar van dienst kon zijn.
'Ik wil een vermissing opgeven,' zei Dominique.
'Van wie of wat?'
'Van mijn vriendin Lilian de Groot. Ze is Nederlandse. Eenentwintig jaar oud.'

De jonge vrouw keek haar ernstig aan. 'Eigenlijk moet u daarvoor bij ons bureau Jeugd en Zeden zijn. Maar ik zal iemand voor u roepen.'
Ze verdween door een van de deuren en kwam even later terug met een dikke, donkere man die zich voorstelde als sergeant Snellen en haar uitnodigde met hem mee te lopen. De lijvige man ging haar voor naar een kamertje waarin een tafel en vier stoelen stonden en waarin alle ramen schuilgingen achter gesloten luxaflex. Aan het plafond draaide traag een grote ventilator.
De politieman bood Dominique een stoel aan en ging een kan water halen, waaruit hij haar ongevraagd wat inschonk in een plastic bekertje. Pas daarna ging hij zelf ook zitten. Onder zijn oksels waren vochtplekken te zien op zijn witte uniformoverhemd. Uit een laatje pakte hij een schrijfblok, dat hij voor zich neerlegde, en uit zijn borstzakje haalde hij een pen, die hij eerst even uitprobeerde op het papier. Toen die bleek te werken, vroeg hij met zijn pen in de aanslag aan Dominique wie ze was en wat de reden was dat ze hier zat. Ze vertelde het hem in zo kort mogelijke bewoordingen.
'Het gaat dus om een vermissing?'
'Ja, van Lilian de Groot, Nederlandse, eenentwintig jaar oud.'
'Ogenblikje,' zei de sergeant. Hij pakte een nieuw vel papier en zette de datum bovenaan. 'Hebt u misschien een identiteitsbewijs van degene om wie het gaat?'
Zwijgend schoof Dominique het paspoort van Lilian naar hem toe.
Sergeant Snellen nam alle gegevens eruit over, bladerde het paspoort een keer helemaal door en gaf het toen weer terug.
'Goed, en wanneer is Lilian Maria de Groot voor het laatst gezien?'
'Twee dagen geleden, op Enlightenment Island,' vertelde Dominique.
Hij keek haar even aan, schreef haar antwoord op en vroeg toen: 'Was u op dat moment bij haar?'
'Ja. Dat wil zeggen: ik ging weg met een Amerikaanse vriend en zij bleef daar met een andere Amerikaanse vriend.'
'Hoe laat was dat ongeveer?' vervolgde de politieman.
'Om een uur of elf, halftwaalf 's avonds.'
'En daarna hebt u niets meer van haar gehoord?'

‘Nee, helemaal niks.’
‘En u bent hier samen met haar op vakantie.’
‘Ja, we zitten samen in een huisje.’
‘Waar?’
‘In het resort bij Bon Bini Beach. Huisje 19.’
De lijvige politieman schreef alles rustig op in een schools handschrift. Toen hij klaar was, schoof hij het schrijfblok met de pen erop naar haar toe.
‘Ik wil graag dat u al uw contactgegevens voor mij noteert. Ook die van die twee Amerikaanse vrienden.’
‘Ik heb alleen de nummers van hun mobieltjes,’ zei ze, al schrijvend. ‘En ze zijn inmiddels naar Amerika vertrokken.’
‘Wanneer?’
‘Vandaag.’
‘Hm, dat kan de boel compliceren.’
Hij keek haar even onderzoekend aan, knikte toen en wees naar het schrijfblok.
‘Alles wat u weet.’
Dominique pakte haar mobiel en noteerde de namen en nummers van Todd en Marc. Daarbij schreef ze dat de twee in Austin, Texas, woonden.
De man nam het schrijfblok weer in ontvangst van Dominique. ‘Heeft de familie ook geen contact gehad met het vermiste meisje?’
‘Niet dat ik weet. Ik heb hen nog niet gesproken. Maar Lilians paspoort en al haar spullen lagen nog in het huisje.’
‘Dan spreek ik dit met u af.’ De man zette een streep onder de notities op het blok. ‘Wij gaan op onderzoek uit. Voor alle zekerheid zal ik een opsporingsbevel laten uitgaan en alle bevoegde instanties op het eiland op de hoogte stellen van deze vermissing. En dan stel ik voor dat u contact opneemt met de ouders van de vermiste.’
‘Ze heet Lilian.’
Er klonk meer ergernis door in de stem van Dominique dan haar bedoeling was.
De politieman bekeek haar even bedachtzaam, voordat hij verderging.

'Juist. In de tussentijd zou u me zeer helpen als u me alles vertelt wat voor ons van nut zou kunnen zijn bij de opsporing van Lilian. Hoe bent u bijvoorbeeld op Enlightenment Island gekomen? Logeerden uw Amerikaanse vrienden daar soms?'

Ze kreeg een rood hoofd. 'Een paar andere vrienden van ons, Amerikanen en Canadezen, werken bij dat hotel. Zij hebben gezorgd dat we het eiland op konden.'

Weer schoof hij het blok naar haar toe. 'Schrijft u de gegevens van die vrienden ook even voor me op, wilt u?'

Dominique pakte haar mobiel en noteerde de nummers van het groepje van Dave en Chuck.

Toen ze klaar was en het blok had teruggegeven, las de politieman langzaam alles door wat ze had opgeschreven. Hij knikte haar vriendelijk toe.

'Wij gaan aan de slag. Ik kan u verzekeren dat we er alles aan zullen doen om uw vriendin terug te vinden.' Hij stond op. 'Maar mocht ze straks weer gewoon terugkomen, dan moet u ons dat direct melden. Uit ervaring weet ik dat jonge vrouwen die hier op Aruba worden losgelaten vaak onbezonnen dingen doen. Maar ze duiken bijna altijd weer op.'

Dominique gaf geen antwoord, maar stond met een strak gezicht op.

De politieman ging haar voor naar de hal, waar hij haar zijn kaartje gaf en afscheid van haar nam.

Toen Dominique eenmaal weer buiten stond, was ze vooral boos. Hoe durfde die man? Jonge vrouwen die hier op Aruba worden losgelaten? Het leek bijna alsof hij haar aangifte eigenlijk niet serieus nam. Alsof het volkomen normaal was dat Lilian verdwenen was.

De taxi van Leroy stond nog te wachten. Vinnig stapte ze in. Ditmaal ging ze naast hem zitten.

40

'Hoe ging het?' vroeg Leroy voorzichtig.

'Klote! Wat zijn dat voor politiemensen hier? Ik heb geen enkel vertrouwen in die lui!'

Hij glimlachte. 'Het is maar een klein eiland, dus moet je van de politie ook niet al te veel verwachten.'

'Maar dit is toch niet te geloven!' barstte ze uit. 'Die vent zei eigenlijk dat ik maar moest gaan zitten afwachten of ze terugkomt.'

'En dat ben jij niet van plan, zeker?'

'Natuurlijk niet! We moeten haar vinden.'

Hij maakte een machteloos gebaar.

'Mij best, maar waar gaan we haar zoeken dan?'

'Ik heb echt geen idee. Jij kent Aruba beter dan ik. Waar zou ze kunnen zijn?'

Leroy startte de auto en reed weg. 'Waar heb je haar voor het laatst gezien?'

'Op Enlightenment Island.'

Hij floot tussen zijn tanden. '*Nice*! Daar ben ik ooit één keer geweest, toen ik een invalide klant moest begeleiden. Prachtig daar. Maar daar kunnen alleen gasten van dat hotel heen, toch?'

Dominique knikte ongeduldig. 'Ja, maar wij waren daar ook. Dat was dus eergisteren. Ik denk niet dat ze daar nog zit. Maar waar zou ze dan heen gegaan kunnen zijn?'

Leroy keek haar even van opzij aan, over de rand van zijn scheve zonnebril. 'Behalve het uitgaansleven van Oranjestad in, bedoel je?'

'Echt, ik weet het niet. Je moet me helpen, Leroy, we moeten Lilian vinden. En snel. Hoe moeilijk kan dat zijn? Ik bedoel: zo groot is Aruba toch ook weer niet?'

'Dertig kilometer lang en maximaal negen kilometer breed. Plek genoeg om lastig vindbaar te zijn. Heel lastig.'
Ze zuchtte. 'Goed, ik begrijp het al. Hoeveel kost het om ervoor te zorgen dat je wél behulpzaam bent?'
'Nu beledig je me! Ik ben juist heel erg behulpzaam, ik...'
'Is honderd dollar genoeg? Of tweehonderd?'
'Tweehonderd is prima,' zei hij haastig. 'Ik heb ook mijn kosten, weet je. En als ik met jou rondrijd, kan ik geen andere klanten meenemen.'
Weer onderbrak ze hem: 'We zullen zo even moeten stoppen bij een geldautomaat, want ik heb niet veel cash. Ik kan het ook door mijn vader naar je laten overmaken.'
'Nee, nee, cash is prima!'
Zwijgend zat ze naast hem tot de taxi stilhield voor een bankgebouw. Met de creditcard van haar vader pinde Dominique driehonderd dollar, waarvan ze er tweehonderd bij Leroy in zijn hand stopte.
'Zullen we dan nu echt gaan zoeken?' vroeg ze.
'*Sure*!'
Langzaam reed Leroy langs de pleinen en terrassen in de uitgaanswijk achter de boulevard. Dominique speurde te midden van de wandelende, pratende, winkelende, drinkende en lachende vakantiegangers. Af en toe meende ze de vertrouwde gestalte van haar vriendin te ontdekken, maar steeds bleek het iemand anders te zijn.
De haperende airco in de taxi kon niet verhinderen dat het bloedheet werd in de auto. Dus deden ze alle raampjes open, maar dat bracht ook niet veel verkoeling, omdat ze zo traag rondreden.
'Dit schiet niet op,' besloot ze na een halfuurtje. 'Zo vinden we haar nooit.'
Leroy gebaarde naar de wolkeloze lucht. 'Om deze tijd liggen de mensen op de stranden, of ze winkelen in de stad, of ze gaan ergens wat eten en drinken. Het zijn de heetste uren van de dag.'
'Er moet een andere manier zijn. Kom op, jij kent Aruba!'
Hij keek even peinzend voor zich uit. Toen haalde hij zijn schouders op en zei: 'Het is te proberen.'
'Wat is te proberen?'

Maar Leroy gaf geen antwoord. In plaats daarvan stuurde hij de auto doelgericht door de smalle straatjes van Oranjestad, vanuit het toeristengebied naar de woonwijken. Hij stopte in een straat met louter woonhuizen zonder voortuinen, met ramen waaruit wasrekken hingen en daken vol schotelantennes. Nadat hij geparkeerd had, gaf hij Dominique met een hoofdbeweging te kennen dat ze met hem moest meekomen.

Ze stapten uit, liepen een hoek om en passeerden een braakliggend terrein dat dienstdeed als speelterrein voor een stel jongetjes met crossfietsen. Daarnaast stond een gebouwtje dat eruitzag als een soort langgerekte schuur. Het lag een tiental meters van de weg af.

Voor de deur was een wit plastic tafeltje neergezet, met daarop een paar blikken bier en een volle asbak. Aan het tafeltje zaten twee zwaargebouwde mannen op vervaarlijk doorbuigende plastic stoelen. Ze onderbraken hun gesprek niet toen Leroy aan hun tafel verscheen.

Dominique bleef half achter Leroy staan en keek wat ongerust om zich heen. Deze wijk kende ze alleen omdat ze er eerder met de andere taxichauffeur was geweest. Ze voelde zich niet op haar gemak en vroeg zich af wat haar begeleider van plan was.

Toen de twee mannen eindelijk klaar waren met hun conversatie en verveeld naar Leroy keken, zei deze een paar woorden tegen hen in het Papiamento. Daarbij wees hij met zijn duim naar Dominique.

De mannen keken langs hem heen en namen haar van onder tot boven op. Toen ging een van hen staan, zodat de doorgang naar de deur niet langer versperd was.

Leroy knikte gedienstig en gebaarde naar Dominique dat ze hem moest volgen.

Toen ze de houten deur door waren, keek Dominique verbaasd om zich heen. De inrichting van de schuur leek nog het meest op die van een café. De ene lange kant werd bijna helemaal ingenomen door een bar, waarvoor een twaalftal barkrukken stonden die overtrokken waren met rode kunststof. Slechts twee van die krukken waren bezet. Achter de bar was een gezette barman glazen aan het poetsen. Aan de andere kant stond een pooltafel, waaraan een paar spelers bezig waren.

Leroy liep naar de barman en vroeg hem iets. De man wees naar het schemerige gedeelte achterin, waar een vijftal tafeltjes te zien was, allemaal bezet.
Iedereen in de bar keek naar Dominique, terwijl ze achter Leroy aan naar een van de tafeltjes achterin liep.
Daar zaten twee mannen van middelbare leeftijd met twee uitdagend geklede jonge vrouwen. De vrouwen zaten aan weerszijden van de dikste van de twee mannen, die zijn armen achter hen op de rugleuning van hun stoelen had gelegd. De andere man had dezelfde vierkante bouw als de twee mannen die ze voor de deur had gezien.
De dikke man vroeg iets in het Papiamento aan Leroy, die hem omstandig antwoord gaf, met veel gebaren. Toen keek de dikke man naar Dominique. 'Dus jouw vriendin is weg?'
Ze schrok even, omdat ze niet verwachtte in haar eigen taal te worden aangesproken. 'Dat klopt,' zei ze snel. 'Ik heb haar al sinds eergisteren niet meer gezien. En ik maak me grote zorgen.'
Zijn blik bleef even op haar borsten hangen, voordat hij ook de rest van haar lichaam bekeek. 'Van jouw leeftijd, ook Nederlandse?'
Dominique knikte en voelde zich steeds onzekerder worden. Dat werd nog verergerd doordat de twee jonge vrouwen aan weerszijden van de man tegen elkaar begonnen te fluisteren en giechelend naar haar keken.
'Naam?' vroeg de man.
'Die van mij of van mijn vriendin?'
'Allebei.'
'Ik ben Dominique Werner. En mijn vriendin heet Lilian. Lilian de Groot.'
Zonder dat de dikke man daarom had gevraagd, maakte de vierkante man aan de andere kant van de tafel een aantekening op de achterkant van een bierviltje.
'Waar ben je te bereiken?' vroeg de dikke man, terwijl hij bestraffend naar de twee jonge vrouwen keek, die wat al te luidruchtig werden.
De twee vrouwen vielen meteen stil en bleven Dominique misprijzend aankijken.

Dominique gaf haar mobiele nummer, dat ook op het bierviltje werd genoteerd.
'Heb je een foto?'
Ze knikte en pakte een foto van haarzelf en Lilian uit het mapje met papieren, dat ze had meegenomen toen ze naar de politie ging.
De dikke man wierp een korte blik op de foto en gaf die toen aan de man tegenover hem.
'Dollars, euro's of florins?'
Ze keek hem niet-begrijpend aan.
'Hoe wil je betalen?'
'Waarvoor?' vroeg ze en keek verbaasd van hem naar Leroy, die een dringende grimas trok, als teken dat ze zich nu niet ineens kon terugtrekken.
'Mijn mannen kunnen uitkijken naar jouw vriendin, maar dat kost natuurlijk geld,' zei de dikke man op verveelde toon.
Dominique dacht snel na. Dit zinde haar helemaal niet, maar ze had niet veel keus. Kennelijk vond Leroy dit een goede manier om uit te zoeken waar Lilian kon zijn. En ze wist niet hoe de dikke man zou reageren als ze zou zeggen dat ze geen gebruik wenste te maken van zijn diensten. Dan moet het maar, besliste ze; met de creditcard van haar vader was op dit moment geld haar minste probleem.
'Ik heb dollars,' zei ze zo stoer mogelijk. 'Hoeveel kost het?'
Er gleed een tevreden trek om de mond van de dikke man. 'Tweehonderd dollar per dag. Bij vooruitbetaling.'
De twee jonge vrouwen begonnen weer heftig met elkaar te fluisteren, voor de buik van de dikke man langs.
'Je kunt veertig dollar krijgen, en geen cent meer.'
Leroy keek geschrokken naar haar en de vierkante man met het bierviltje wierp een verbaasde blik in haar richting.
De dikke man schoot in de lach. 'Aha, een zakenvrouwtje! Dat mag ik wel: iemand die het lef heeft om met Fernandes te onderhandelen. In mijn eigen *cas*, nog wel!'
De lach verdween net zo plotseling als hij verschenen was. 'Over mijn tarieven valt niet te onderhandelen, meisje.' Zijn toon klonk nu drei-

gend. 'Omdat ik je mag, maak ik er honderdvijftig dollar per dag van. Dat is mijn laatste bod.'
Dominique rechtte haar rug. Ineens voelde ze zich een stuk zekerder. Deze omstandigheden kende ze. De eerste keer dat ze erbij was toen haar vader onderhandelde, was ze geschrokken. Ze waren in een winkeltje op een overdekte markt in Egypte, waar ze vriendelijk werden ontvangen met zoete thee. Daarna begonnen de onderhandelingen. Het leek wel of de twee mannen ruzie hadden, zo verontwaardigd praatten ze af en toe met elkaar. Er werd gedreigd, gevleid en op twee momenten was haar vader met een verongelijkt gezicht weggelopen, waarna de handelaar hem weer had teruggehaald. Uiteindelijk waren ze het eens geworden over een prijs en leken ze allebei tevreden. Sindsdien had ze tijdens andere vakanties vaker zulke onderhandelingen meegemaakt en ook zelf de technieken gebruikt die ze van haar vader afkeek.
'Heel vriendelijk,' zei ze afgemeten. 'Maar honderdvijftig dollar per dag is uitgesloten. Het is dat Leroy hier zo'n hoge dunk van je heeft, anders zou ik nu vertrokken zijn. Je kunt tachtig dollar van me krijgen. Na afloop. En dan wil ik geen flauwekul, maar een gedetailleerd verslag van wat jullie gedaan hebben voor mijn geld.'
Het werd stil om hen heen. Leroy leek in elkaar te krimpen.
De dikke man haalde zijn armen achter de twee vrouwen vandaan en ging rechtop zitten. Zijn gezicht stond ernstig.
'Ik zal eerlijk tegen je zijn. Het is slecht voor het toerisme op Aruba als hier jonge vrouwen verdwijnen. Zo simpel ligt dat. En wat slecht is voor Aruba, is slecht voor mij en mijn business. Want ik bén Aruba. Maar laat ik je één ding zeggen: als Fernandes iets belooft...' Hij drukte met drie vingers op zijn borst. '... dan gebeurt dat ook. Dus als ik jou zeg dat mijn mannen op zoek gaan naar jouw vriendin, dan wil ik niks horen over gedetailleerde verslagen aan het einde van de dag. Dat is allemaal onzin! Voor dat soort bullshit ga je maar naar de politie! Alsof die wat voor je kunnen doen!'
Ze liet de tirade over zich heen komen en vroeg rustig: 'Dus?'
'Dus gaan mijn mannen naar jouw vriendin op zoek. Ik hoop dat ze

haar snel vinden, maar dat kan ik niet garanderen. Honderdtwintig dollar per dag. Vooruit te betalen.' Hij stak zijn hand naar haar uit.
Dominique schonk geen aandacht aan de uitgestoken hand, maar bleef hem aankijken. 'Honderd. En dat betaal ik je nu vooruit.'
Geërgerd trok hij zijn hand terug. Hij dacht even na, haalde diep adem en stak zijn hand toen toch weer uit. 'Akkoord. Je kunt betalen bij Pepe hier. Je hoort van me als ik wat weet.'
Ze schudde de hand en gaf de honderd dollar aan de vierkante man.
De dikke man had inmiddels alleen nog aandacht voor de twee giechelende vrouwen, die hij stevig tegen zich aan drukte.
Samen met Leroy liep Dominique naar buiten.
Toen ze eenmaal in de taxi zaten, schoot Leroy uit zijn slof: 'Ben je helemaal gek geworden? Weet je wel wie dat is?'
Ze keek hem rustig aan. 'Jazeker, dat is Fernandes. Hij ís Aruba. En hij gaat ons helpen om Lilian te vinden.'

41

Dominique was bang. Sinds Leroy haar bij het huisje had afgezet, had ze wel honderd keer op haar mobiel gekeken om te zien of ze al een bericht had van Lilian. Of misschien van Fernandes. Intussen was het al laat in de middag, maar er was nog altijd niets. Alleen een sms'je van Stefanie, die haar verzocht haar vader te bellen. Dat zou wel over die mannen gaan, die aan de deur waren geweest. Toch stelde ze dat telefoontje nog even uit.

Net als het bellen van Lilians ouders.

Stel je voor dat ze nu ineens toch opduikt, hield ze zichzelf voor. Dan heb ik voor niks paniek gezaaid.

Ze had al geprobeerd haar zinnen te verzetten met zwemmen en televisiekijken, maar niets hielp. Ze hield het gewoon niet meer uit.

Tussen de spullen van Lilian had ze het kaartje gevonden van Leandro, de taxichauffeur die hen eerder een keer naar Oranjestad had gebracht. Omdat ze geen zin had om nog een keer met Leroy mee te rijden, belde ze hem met het verzoek haar te komen ophalen.

Ze stond al klaar bij de slagboom van het resort toen de taxi kwam aanrijden. De man met de zwierige snor en het kale hoofd stapte uit, begroette Harry in zijn hokje en hield vervolgens galant het achterportier open voor Dominique.

'Naar Oranjestad,' zei ze, toen ze eenmaal zat en de taxi wegreed. 'En deze keer graag in één keer naar het toeristengebied.'

Hij keek via de achteruitkijkspiegel naar haar. 'Komt in orde, miss.'

'O, en Leandro?'

'Ja?'

'Weet jij wie Fernandes is?'

Geschrokken keek hij om, waardoor de auto op het bochtige weggetje

bijna een enorme cactus raakte.
'Fernandes? U bedoelt toch niet Enrique Fernandes?'
'Ik bedoel een dikke man die doet alsof het hele eiland van hem is. Heeft zijn eigen lijfwacht.'
Zijn ogen schoten heen en weer tussen de weg en de achteruitkijkspiegel. 'Natuurlijk ken ik Fernandes. Hoezo?'
'Ik ben vandaag bij hem geweest.'
'Bij Fernandes?' vroeg hij ongelovig.
'Ja, dat zeg ik toch. Ik heb een probleem en hij helpt me dat op te lossen. Denk jij dat hij dat kan?'
'Fernandes. Ha!' Hij maakte een waarschuwend handgebaar. 'Als Fernandes helpt een probleem op te lossen, heb je een nieuw probleem: Fernandes zelf!'
Ze keek zwijgend naar buiten, terwijl de auto vanaf het slingerweggetje de grote doorgaande weg op reed.
'Maar stel dat ik informatie zou willen hebben over een bepaald persoon,' vervolgde ze toen. 'Ben ik dan bij Fernandes aan het juiste adres?'
'Informatie?' Zijn ogen bleven nu star op de weg gericht. 'Fernandes kent heel veel mensen hier. En hij weet ook precies waar hij iets moet halen, als hij het zelf al niet heeft. Voor informatie is hij de juiste man. Maar hij is ook duur, dat is zeker.'
'Bedankt, dat wilde ik weten.'
Toen hij haar liet uitstappen bij een van de pleintjes in de buurt van de boulevard, gaf ze hem ditmaal een extra grote fooi.
'Dank, miss, dank!' zei hij verheugd. 'Kan ik u misschien vanavond weer komen ophalen?'
Daar had Dominique nog niet over nagedacht. 'Ik bel je wel.'
'Heb je enig idee hoe laat?' vroeg hij, met een frons tussen zijn wenkbrauwen.
Maar ze had hem al de rug toegekeerd.
Een beetje besluiteloos liep Dominique tussen de vele toeristen door. Ze was het huisje met succes ontvlucht, maar had geen plannen gemaakt voor wat ze zou kunnen gaan doen in de stad. Het was nog

steeds warm, en honger had ze niet. Ze ging op een terrasje zitten en bestelde koffie.
Nadenkend keek ze naar de vrolijkheid om haar heen. In Oranjestad kende ze eigenlijk niemand, behalve de groep Amerikanen en Canadezen. En zij werkten in hotels en waren meestal pas in de loop van de avond vrij, hadden ze verteld.
Nadat ze haar koffie op had, begon ze doelloos door de stad te lopen, hopend een glimp van Lilian op te vangen. Maar hoe ze ook zocht, haar vriendin was nergens te vinden. Het begon al te schemeren toen ze uiteindelijk vermoeid ergens neerstreek en een witte wijn bestelde.
Het had geen zin, besefte ze. Als ze nu nog langer wachtte met het bellen van Lilians ouders en haar eigen vader, zouden ze terecht heel kwaad op haar zijn.
Ze had haar mobiel al in de hand, toen ze zich bedacht. In haar adressenlijst zocht ze het nummer van Snellen op, dat ze er die ochtend in had gezet.
Nadat ze was doorverbonden, meldde hij zich. 'Snellen.'
'Dag, meneer Snellen, met Dominique Werner. Ik wilde vragen of er al nieuws is over mijn vriendin.'
'Mevrouw Werner, goed dat u belt. Ik ben net bezig met de voorlopige onderzoeksresultaten van mijn team.'
'Ja?'
'Mijn mannen hebben navraag gedaan in het Enlightenment Hotel en de banden van de beveiligingscamera's opgevraagd. Die zijn ze nu aan het bekijken.'
'Oké.'
'En ze hebben een eerste zoektocht gedaan op Enlightenment Island. Daar hebben ze de mobiele telefoon van uw vriendin gevonden.'
'Haar mobieltje?' vroeg Dominique geschrokken.
Een paar mensen aan andere tafeltjes keken naar haar, maar ze had het niet eens in de gaten.
Vandaar dat Lilian haar niet teruggebeld of ge-sms't had, besefte ze nu. Ze was haar mobiel kwijt! Maar tegelijkertijd bedacht ze: Lilian was zo goed als getrouwd met haar mobiel. No way dat ze het niet

binnen korte tijd in de gaten zou hebben gehad dat ze het ding kwijt was.
'Haar mobiel, inderdaad. We hebben het hier nu voor onderzoek.'
'En Lilian?'
Ze schrok er zelf van dat haar stem zo angstig klonk.
'Helaas nog geen nieuws. We hebben het deel van het strand waar de mobiele telefoon gevonden is afgezet en laten daar nu de technische recherche verder onderzoek doen. Maar dat kan nog even duren.'
Omdat Dominique die informatie nog aan het verwerken was, gaf ze geen antwoord.
'Bent u daar nog?'
'Ja, sorry. Bedankt. Kunt u het me direct laten horen als u meer weet?'
'Vanzelfsprekend. Goedenavond.'
Zonder terug te groeten verbrak ze de verbinding. Als verdoofd keek ze naar haar eigen mobiel.
Lilians mobieltje was gevonden, zonder een spoor van Lilian zelf. Wat moest ze daarvan denken? Ze huiverde en dwong zichzelf niet meteen toe te geven aan haar angst. En toch moest ze onder ogen zien dat er misschien iets ergs was gebeurd. Iets heel ergs.
Ze bestelde nog een witte wijn en probeerde te beslissen wat ze moest doen. Nu kon ze er niet meer omheen: ze zou Lilians ouders moeten bellen. Die arme mensen! Wat zouden ze schrikken. En misschien zouden ze wel kwaad zijn op haar, omdat ze pas zo laat belde.

42

Het was inmiddels avond geworden toen ze afrekende en opstond. Pas toen besefte ze dat ze niet gegeten had en dat de witte wijn hard aankwam op een lege maag. Had ze er nou drie gehad, of vier? Een beetje onvast ter been liep ze tussen een paar tafeltjes door de stoep op. Daar keek ze wat onzeker om zich heen.

Eigenlijk moest ze gewoon terug naar het huisje, maar tegelijkertijd zag ze daar als een berg tegen op, omdat ze daar dat afschuwelijke telefoontje zou moeten plegen. Veel liever zou ze eerst met iemand praten. Het zou haar zo opluchten als ze gewoon even haar hart zou kunnen luchten. Dave en de anderen waren om elf uur klaar met hun werk, wist ze. Daarna zakten ze af naar hun vaste stek, La Mamba. Maar misschien waren ze er nu al wel. Al zou het er maar eentje zijn!

Ze besloot er voor alle zekerheid even te gaan kijken. Maar door de wijn liet haar coördinatie te wensen over.

Het pleintje waarop ze stond kwam haar bekend voor. Maar hoe kwam ze vanaf daar ook al weer bij La Mamba? Ze keek naar de verschillende zijstraten, liep er eentje in en keerde vervolgens toch weer terug, omdat ze bleef twijfelen.

Een vriendelijke stem naast haar vroeg: 'Kan ik je misschien helpen?'

Ze keek dankbaar naar degene die haar in haar moedertaal had aangesproken. Het was een blonde jongeman met een zonnebril op, een wit jasje aan en een hoedje achter op zijn hoofd.

'Ik wil naar La Mamba,' zei ze en hoorde zelf dat haar stem er door de wijn niet verstaanbaarder op was geworden.

'La Mamba? O, daar kom ik vaak!' Hij lachte zijn tanden bloot. 'Ik loop wel even met je mee. Ik heet trouwens Felix.'

'O, Felix, dat is aardig van je,' antwoordde ze met een dubbele tong.

'Ik heet Do.'
'Nou, Do, kom op dan!'
Hij hield haar een arm voor, maar toen hij merkte hoe wankel haar stap was, sloeg hij een arm om haar schouders.
Zo liepen ze samen door een van de straten die parallel aan de boulevard twee pleintjes met elkaar verbond. Dominique lette allang niet meer op haar omgeving en liet zich willoos meevoeren. Ook toen Felix haar een steegje in duwde, met de mededeling dat ze een kortere weg namen.
Het steegje was nauwelijks verlicht. Alleen aan het begin en bij de volgende straat, enkele tientallen meters verderop, hingen lampen. Links en rechts stonden vuilcontainers. Uit een ervan vluchtten een paar ratten toen ze erlangs liepen.
Halverwege het steegje bleef Felix stilstaan. Voordat Dominique kon vragen waarom hij dat deed, duwde hij haar ruw tegen een bakstenen muur. Hij drukte zijn lippen op de hare en perste zijn tong haar mond binnen.
Ze wist niet hoe ze moest reageren. Pas toen zijn hand onder haar T-shirt gleed, haar bikinitopje omhoog duwde en haar borst beetpakte, begon ze zich te verzetten.
Het lukte haar niet om te schreeuwen en hij was veel sterker dan zij. Terwijl hij haar tegen de muur bleef drukken en met zijn ene hand haar hoofd aan haar haren achterover trok, ging hij met zijn andere hand haar korte broek en vervolgens haar bikinibroekje in. Hoewel ze tegenspartelde, kwam die hand steeds lager.
Op het moment dat zijn vingers tussen haar benen waren, beet ze uit alle macht in zijn tong.
Hij brulde en gaf haar een harde stomp in haar buik, waardoor ze vooroversloeg. Maar toen hij haar haren losliet om naar zijn gekwetste tong te grijpen, maakte ze van de gelegenheid gebruik om weg te rennen, nog altijd gebukt door de pijn in haar ingewanden.
Ver kwam ze niet. Ze struikelde en kwam met haar knieën in iets weeks terecht. In het schemerduister zag ze dat ze op het karkas van een hond was gevallen.

Dominique gilde lang en doordringend.
Felix kwam naar haar toe en sloeg haar met de vlakke hand tweemaal hard in haar gezicht. Meteen hield ze op met gillen. Ze snikte zachtjes en schoof, nog steeds op haar knieën, opzij. Bij de dode hond vandaan.
'Je bent een teef, weet je dat?' zei hij schor en begon zijn broek los te knopen. 'Maar ik weet wel raad met mokkels zoals jij.'
Op dat moment maakte zijn lichaam een rare beweging naar voren. Geschrokken keek hij om, net op tijd om een vuist recht op zijn gezicht af te zien komen. Hij werd vol geraakt en viel tegen de muur. In paniek stond hij op. Jankend van kwaadheid rende hij naar de andere kant van de steeg, waar hij even omkeek, voordat hij om de hoek verdween. Dominique zag dat hij bloedde uit zijn neus en mond.
'Hé, gaat het? Ik hoorde je schreeuwen. Jezus, ik was net op tijd, geloof ik.'
In verwarring keek Dominique op naar een jongeman in een oranje hemd. Het duurde een paar seconden voordat ze zijn gezicht kon thuisbrengen: hij was de donkerharige jongen met de zonnebril die met zijn voetbalminnende vrienden bier had zitten drinken op een terras toen zij en Lilian net waren aangekomen op Aruba.
Hij boog voorover en hielp haar voorzichtig overeind. 'Weet je nog wie ik ben? Niels, uit Zwolle. We hebben elkaar een paar dagen geleden ontmoet.'
'Ja, ik weet het nog. Ik... dankjewel. Ik was zo bang! Die klootzak wilde...'
'Stil maar.' Hij klopte op haar rug. 'Ben je in orde?'
Ze liet hem los, zette een paar haastige stappen naar de muur en gaf heftig over. Nadat ze haar hele maaginhoud had uitgespuugd, veegde ze haar mond af en draaide ze zich met een verontschuldigende grimas om.
'Nu wel. Bedankt.'
'Heeft hij je pijn gedaan?'
'Een beetje. En ik ben gevallen. Op een dode hond.' Ze keek vol afgrijzen naar het beest, dat anderhalve meter bij haar vandaag lag, en daarna naar haar knieën, die besmeurd waren met smurrie.

‘Kom maar,’ zei hij. ‘Dan gaan we je even opknappen. Mijn vrienden zitten weer bij diezelfde tent, hier om de hoek. Ik was er net naar op weg.’

Langzaam lopend nam hij haar mee, de steeg uit.

Dominique voelde zich geradbraakt, moe en nog steeds misselijk.

Ze haalde het kaartje van Leandro uit haar broekzak en vroeg aan Niels: ‘Vind je het erg om deze taxi voor me te bellen? Ik voel me echt te beroerd om nu nog mee naar de kroeg te gaan.’

‘Weet je het zeker? Misschien doet een borrel je wel goed.’

Ze glimlachte flauwtjes. ‘Die borrel neem ik dan thuis wel. Nadat ik een warm bad heb genomen.’

Niels knikte begrijpend en terwijl hij haar bleef ondersteunen, pakte hij met zijn vrije hand zijn mobiel en toetste het nummer van het kaartje in.

Hij bleef bij haar wachten tot Leandro met zijn taxi voor kwam rijden en haar voorzichtig hielp met instappen.

43

Toen de taxi voor de slagboom van het resort stopte, was het wachthuisje leeg.

Leandro toeterde tweemaal, maar Harry was nergens te zien, dus stapte Leandro uit en deed zelf de slagboom omhoog.

Ze reden door.

'Die dikke is vast wat te eten gaan halen,' suggereerde Leandro.

Dominique reageerde nauwelijks. Ze wilde zo snel mogelijk in bad en daarna naar bed.

Bij het huisje aangekomen zagen ze waarom Harry niet in zijn wachthokje had gezeten: hij stond op de oprit met zijn geweer in de aanslag tegenover twee mannen, van wie er eentje een pistool in zijn hand had, dat hij op Harry's hoofd gericht hield.

Dominique herkende die twee mannen: het waren Fernandes en Pepe. Snel stapte ze de taxi uit.

'Harry, het is in orde!' riep ze.

Zonder zijn blik van het tweetal af te wenden, antwoordde hij: 'Helemaal niet. Weet je wie dit zijn?'

'Ja, ik ken deze twee mannen. Ze komen voor mij. Sorry dat ik het niet heb gemeld.'

Het leek alsof Harry het jammer vond dat hij de mannen niet te pakken kon nemen. Met tegenzin liet hij zijn geweer zakken. Hij draaide hen zijn brede rug toe en liep weg. In het voorbijgaan zei hij tegen Dominique: 'Kijk uit met die kerels. Die heb ik hier liever niet op het terrein. Altijd moeilijkheden.'

Dominique verontschuldigde zich nogmaals tegenover Harry. Vervolgens betaalde ze Leandro en vroeg ze de twee mannen om met haar mee te lopen naar de achterkant van het huis, waar ze uit het zicht stonden.

Fernandes keek naar het zwembad en de garage. Hij knikte waarderend. 'Nice!'

'Bedankt,' zei ze en bleef op de veranda staan, met haar armen over elkaar. Tegenover deze man moest ze grenzen trekken, begreep ze intuïtief. Met opzet vroeg ze hem en zijn metgezel niet binnen. 'Hebben jullie nieuws over mijn vriendin?'

'Wat is er met jou gebeurd?' vroeg Fernandes.

'Niks.'

'Lieg niet tegen me. Je hebt blauwe plekken en schaafwonden. En je kleding is kapot en je stinkt als een open riool. Wie heeft dat gedaan?'

Dominique zuchtte diep. Ze wilde het niet vertellen, maar ze moest het kwijt. Zelfs al was het aan deze man, die ze allerminst vertrouwde. 'Ik had te veel gedronken. En toen heeft een of andere kerel, van wie ik dacht dat hij me wou helpen, me betast en geslagen. Ik had pure mazzel dat een jongen die ik ken me kwam helpen, anders had hij me verkracht.'

Fernandes wisselde een snelle blik met Pepe, die schuin achter hem bleef staan. 'Wie was die kerel?'

'Ik ken hem niet. Hij zei dat hij Felix heette.'

'Amerikaan? Nederlander?'

'Nederlander, geloof ik. Hij sprak in elk geval Nederlands.'

'Hoe ziet hij eruit?'

Dominique beschreef de man zo goed mogelijk, waarna Fernandes een veelbetekenende blik op Pepe wierp, die knikte.

'Komt in orde,' zei de dikke man. 'Die Felix komt hier niet ongestraft mee weg.'

'Maar dat hoeft toch helemaal niet!'

Hij wuifde haar protesten weg. 'Dit is mijn stad, miss. Ik beschouw het als een persoonlijke belediging als zo'n *lowlife* een goede klant van me lastigvalt.'

Meteen kwam hij ter zake. 'Heb je het geld?'

Dominique trok verbaasd haar wenkbrauwen op. 'Ik heb je vanmiddag al betaald, toch?'

Hij snoof vervaarlijk. 'Dat was voor vandaag. Mijn mannen zijn direct

op pad gegaan. Maar als je wilt dat ze dat morgen ook doen, zul je vooruit moeten betalen.'
Na wat er zojuist was voorgevallen, had Dominique geen zin om in discussie te gaan met deze man, die zo duidelijk met zijn macht te koop liep. Maar ze wilde beslist ook niet over zich heen laten lopen. Ze had die avond voor alle zekerheid nog geld gehaald bij een betaalautomaat. Toch was ze niet van plan hem dat zomaar te geven.
'Als jullie al zo druk bezig zijn geweest, wat hebben jullie dan ontdekt?' vroeg ze. Ondanks haar beroerde toestand voelde ze iets van haar oude flair terugkomen.
'Jullie zijn met vier man naar Enlightenment Island geweest,' vertelde Fernandes op een licht verveelde toon, alsof hij een verplicht nummer afdraaide. 'Jij, je vriendin en twee Amerikanen. Jij bent als eerste weggegaan, samen met een van die Amerikanen. Volgens mijn bronnen is je vriendin op het eiland gebleven, samen met die andere Amerikaan. Later is die Amerikaan alleen de boot op gegaan.'
Dominique was onder de indruk, maar dat wilde ze beslist niet laten merken. Dus antwoordde ze op al even verveelde toon. 'Dat had ik je allemaal zelf ook kunnen vertellen. Heb je niks beters?'
Hij keek haar scherp aan. 'Mijn bronnen zeggen dat je vriendin waarschijnlijk niet van het eiland af is gegaan. In elk geval niet die avond. En niet met de boot van het hotel.'
Dat nieuws moest Dominique even verwerken. Ze slikte, dacht na en gaf Fernandes toen een biljet van honderd dollar uit haar portemonnee.
'Zorg dat ik waar voor m'n geld krijg,' zei ze schor.
Hij knikte, stopte het biljet in de binnenzak van zijn jasje en gaf Pepe een teken dat ze vertrokken.
Dominique keek de mannen na. Toen ze bijna de hoek om waren, riep ze: 'Fernandes!'
De dikke man keek om.
'Bedankt,' zei ze zacht.
Hij tikte met zijn vingers tegen zijn denkbeeldige pet en grijnslachte, zodat te zien was dat hij een paar gouden kiezen had.
'Graag gedaan, miss. Later!'

44

Zo gauw de mannen verdwenen waren, ging Dominique het huisje binnen. Hoe moe ze ook was, ze keek toch nog even in de slaapkamer van Lilian, maar daar was niets veranderd.

Nadat ze gecontroleerd had of alle buitendeuren waren afgesloten, nam ze eerst een snelle douche om de ergste viezigheid van haar lijf en uit haar haren te spoelen. Daarna liet ze het enige bad in huis met veel badschuim vollopen. Ze checkte nog een keer haar mobiel, hoewel ze wist dat Lilian haar zonder telefoon niet zou kunnen sms'en, en liet zich toen langzaam in het hete badwater zakken.

Genietend sloot ze haar ogen. Alle pijn en vermoeidheid leken te verdampen. Met haar hoofd tegen de rand van het bad geleund liet ze zich omvatten door het helende water. Ze dacht aan wat er in het steegje gebeurd was. En aan wat er had kunnen gebeuren als Niels niet op tijd te hulp was geschoten.

Onwillekeurig moest ze denken aan Todd: zou ze hem ooit nog zien? Zijn idee van een vrije, blije vakantieliefde had haar in het begin heel aantrekkelijk geleken. Maar nu was hij weg en zat zij hier nog op het eiland, dat ineens een stuk minder vrij en blij was.

Niet alleen doordat Todd weg was, maar vooral ook doordat Lilian was verdwenen. Waar kon ze toch zijn? Als ze iemand ontmoet had, zou ze toch allang wat hebben laten weten. Ook zonder haar mobiel. Of het moest natuurlijk zo zijn dat ze dat niet kón doen.

Ondanks de warmte van het water rilde Do bij de gedachte dat iemand Lilian tegen haar wil bij zich kon hebben. Dat ze afgezonderd was van de buitenwereld, overgeleverd aan iemand anders. Maar wie zou dat dan moeten zijn? En hoe zou zo iemand haar hebben kunnen meenemen?

Dominique durfde bijna niet te denken aan een nog veel ergere mogelijkheid: dat Lilian iets was overkomen. En dat ze er zelfs misschien niet eens meer was.
Ineens zat ze met wijdopen ogen rechtop in het water. Terwijl ze bijna aan het wegdommelen was, had ze plotseling een beeld gezien van Lilians lichaam dat naakt, besmeurd en bebloed op een rotsige bodem lag. En ze was zo bleek geweest, zo intens bleek, dat de kleur van haar huid bijna doorschijnend had geleken.
Op datzelfde moment besloot Dominique dat ze direct Lilians ouders moest bellen. Ze kon en mocht niet langer wachten op de politie en op Fernandes en zijn mannen.
Ze stond op uit het bad, sloeg een grote handdoek om haar lichaam en een kleinere om haar haren.
Hardop zei ze tegen zichzelf: 'Je bent een stommeling, Do, je had al veel eerder alarm moeten slaan. Dit is gewoon niet eerlijk tegenover Lils ouders en de andere mensen die van haar houden. Je bent een egoïstische trut!'
Terwijl ze naar de huiskamer liep, lieten haar voeten natte afdrukken achter. Ze pakte haar telefoon, plofte in een van de gemakkelijke stoelen neer en trok haar benen onder zich. Toen haalde ze een paar keer diep adem, voordat ze een van de sneltoetsen indrukte.
Het duurde even voordat er werd opgenomen en aan de andere kant van de lijn een bekende, maar slaperige stem klonk.
Nog steeds bang en onzeker, maar ook een beetje opgelucht zei ze: 'Ha pap, met Do. Ik moet je iets vertellen.'
'Hee, Do. Ik ben net terug in Nederland, je belt me wakker. Maar dat geeft niet: ik ben blij je te horen. Jij belt natuurlijk over die twee mannen.'
'Die twee mannen?' Ze dacht aan Fernandes en Pepe. Zou Harry hem gebeld hebben?
'Ja, die twee Amerikanen die bij jullie aan de deur zijn geweest. Daar heb je Stefanie over ingelicht, en als het goed is, heeft ze daar later weer contact met jou over opgenomen.'
Zijn stem had wat ongeduldig geklonken, zoals hij wel vaker praatte

als ze iets niet snel genoeg begreep. Normaliter kreeg hij haar daarmee op de kast, maar nu schonk ze er geen aandacht aan.
'Nee, daarvoor bel ik niet. Het gaat om Lilian.'
Even bleef het stil. 'Wat is er dan? Hebben jullie ruzie gekregen?'
'Nee, nee. Ze is weg, papa. Ik kan haar nergens vinden.'
'Kom nou, weg! Zo'n vaart zal dat toch niet lopen, meisje. Lilian is volwassen, die is niet zomaar weg.'
'Echt, pap, ze is weg. Ik heb nu al twee dagen niets van haar gezien of gehoord.'
'Twee dágen? Ben je helemaal gek geworden, Dominique? Twee dagen? En dan bel je me nu pas?'
'Ja, pap, maar ik ben vanochtend al wel naar de politie geweest.'
'Dat is in elk geval wat. Dus ze zijn de zaak al aan het onderzoeken.'
'Ja,' zei ze kleintjes. 'Ze hebben haar mobiel gevonden, pap. Verder niks.'
'Goeie god.' Hij zweeg even. 'En haar ouders? Ga me nou niet vertellen dat je haar ouders nog niet hebt ingelicht, Do!'
Ze begon zachtjes te huilen. 'Niet zo boos doen, pap, ik vind het al erg genoeg.'
Vanaf de andere kant van de oceaan klonk een knetterende vloek. 'Dit is toch werkelijk niet te geloven, Do! Ik kan niet naar je toe komen, want ik zit hier helemaal vast. Ik zal regelen dat de ouders van Lilian kunnen komen. Stefanie slaapt natuurlijk nog, het is hier verdorie vijf uur 's morgens. Maar goed, dan boek ik zelf wel een vlucht voor ze. Bel jij Lilians ouders zelf, of doe ik dat?'
'Dat zal ik wel doen,' antwoordde ze zacht.
Weer vloekte haar vader. 'Die arme mensen. Ze zullen zich rot schrikken. Ik moet er niet aan denken dat... Zeg ze in elk geval maar dat ze op mijn kosten naar Aruba kunnen, businessclass. En ik betaal hun verblijf ook. Ik zal straks Stefanie laten weten dat ze alles voor ze moet regelen.'
'Oké, pap.'
'Vervelend dat ik zelf absoluut geen tijd heb. Ik kan wel informeren of Van Dorp de komende dagen in de gelegenheid is om je een beetje bij te staan. Wil je dat?'

Thomas van Dorp was een oude studievriend en collega van haar vader. Hij en zijn vrouw Regina kwamen vaak bij hen over de vloer en ze waren een paar keer met hen op vakantie geweest toen haar ouders nog getrouwd waren. Dat beide mannen in de loop der jaren zeer succesvol waren geworden in zaken, had hun vriendschap nooit in de weg gestaan.
'Is oom Thomas hier?'
'Dat weet ik niet, maar hij is vaak in die regio. Een van zijn mensen zit zelfs bij mij in dat huisjesproject. Ik zou het een geruststellend idee vinden als hij kon helpen om jou op te vangen. Ik bel hem wel even. Zo zie je wat een goed netwerk van vertrouwde mensen waard is.'
Ze zweeg.
'Nu ga ik ophangen, Do. Ik vraag Thomas om jou te helpen. Maar je moet mij op de hoogte houden, hoor je! Ik wil alles weten. O, en Dominique?'
'Ja, pap?'
'Doe geen domme dingen.'
'Nee, pap. Dag.'
'Tot zo snel mogelijk.'
En hij hing meteen op.
Licht verdoofd bleef Dominique een tijdje zitten. Het was een pak van haar hart dat ze haar vader eindelijk had ingelicht. In elk geval stond ze er nu niet meer alleen voor.
Maar ze moest nog wel een van de moeilijkste telefoontjes van haar leven plegen.
Ze wachtte tot het in Nederland zeven uur 's ochtends was voordat ze belde.

45

De volgende morgen werd ze doodmoe wakker. Het duurde even voordat het volledig tot haar doordrong waar ze was en wat haar allemaal was overkomen. Ze huiverde bij de herinnering aan het telefoongesprek met Lilians ouders. Ze had hen om beurten aan de lijn gehad. Net als bij haar vader sloeg hun aanvankelijke ongeloof om in woede, en daarna in paniek. Henk de Groot lukte het nog om haar beheerst vragen te stellen, maar zijn vrouw begon vrijwel meteen te huilen en tegen Dominique te schreeuwen. Het had Do de grootste moeite gekost om tijdens het gesprek niet zelf ook in huilen uit te barsten. Nadat ze uiteindelijk had opgehangen, met de belofte dat haar vader hun diezelfde ochtend nog zou bellen en alles voor hun directe overkomst zou regelen, waren de tranen alsnog gekomen.

Pas toen ze zich had gedoucht en aangekleed, voelde ze zich een beetje beter. Tot haar verbazing had ze trek, dus maakte ze een paar fors belegde boterhammen voor zichzelf klaar. Terwijl ze zich door haar ontbijt heen werkte, controleerde ze haar mobiel. Er was een hele serie berichten. Twee van haar vader: eentje om te melden dat hij een vlucht had geboekt voor Lilians ouders en dat hun tickets klaarlagen op Schiphol, een tweede om haar te waarschuwen dat ze op Thomas moest wachten. Er was ook een berichtje van oom Thomas zelf om te melden dat hij aan het begin van de middag bij haar langskwam.

Als hij die middag voor de deur zou staan, mocht ze de boel hier eerst weleens een beetje opruimen, bedacht ze meteen. En ze moest natuurlijk Leroy naar het vliegveld sturen.

Voordat ze Leroy belde, bekeek ze de rest van de sms'jes. Stefanie berichtte dat ze een hotel had geboekt voor de ouders van Lilian. En er was ook een vinnige boodschap van Lilians moeder, waarin ze nog

een keer uitsprak dat ze het ongelofelijk stom en onverantwoord van Dominique vond dat ze hen nu pas gewaarschuwd had.
Dominique las het beschaamd. Natuurlijk had het arme mens volkomen gelijk, dacht ze: waarom had ze Lilians ouders niet eerder op de hoogte gebracht? Ja, ze wist zelf wel waarom. Ze had de vakantie niet in gevaar willen brengen. En ze was er al die tijd van uitgegaan dat Lilian wel weer terug zou komen. Maar daardoor had ze twee volle dagen voorbij laten gaan...
Om minder te hoeven piekeren, begon ze haar taken af te werken. Eerst belde ze Leroy, die haar verzekerde dat hij op tijd zou klaarstaan om de ouders van Lilian op te halen.
Vervolgens ging ze opruimen. In haar ijver begon ze zelfs het kookeiland en het aanrecht schoon te maken.
Totdat ze een zachte stem achter zich hoorde, die zei: 'Maar miss, dat is toch helemaal niet nodig? Dat is mijn werk!'
Dominique draaide zich om. 'Sorry, hoor, ik was even bezig en toen kwam van het een het ander. Het is echt niet zo dat ik jou werkloos wil maken, maar mijn oom komt vandaag. Misschien kun je voor alle zekerheid een van de kamers voor hem in orde maken, voor het geval hij blijft overnachten?'
'Zal ik doen, miss.'
Angie verdween het huis in.
Beroofd van haar werkzaamheden keek Dominique op de klok. Het was halftwaalf. Het duurde nog minstens twee uur voordat Thomas zou komen.
Ze liep naar de schuifdeuren en leunde met haar hoofd tegen het kozijn. Het zwembad en de ligstoelen lagen er verlaten bij. Bij een van de stoelen zag ze een flesje zonnebrand van Lilian staan, en ze moest haar opkomende tranen wegslikken.
Haar gemijmer werd verstoord door de ringtone van haar mobiel. Ze haastte zich om op te nemen. Misschien was het toch Lilian, dacht ze hoopvol. Of haar vader. Of Leroy. Of Todd.
Maar de stem die zich meldde was die van Dave.
'Do, hoe is het met je?' vroeg hij bezorgd.

Even dacht ze dat hij wist wat er de vorige avond met haar gebeurd was. Door alles wat er sinds haar thuiskomst was voorgevallen, had ze de aanranding in de steeg uit haar gedachten gebannen. Pas nu voelde ze weer de blauwe plekken, de krassen op haar benen en het beurse gevoel in haar maagstreek.
'O, het gaat goed, hoor. Niels was er gelukkig net op tijd bij.'
'Wie?'
Toen besefte ze dat hij niet wist waar ze het over had.
'Sorry, laat maar. Het gaat klote. Lilian is nog steeds weg.'
'Ja, dat begreep ik. In het hotel kwamen allemaal politiemensen langs, die vragen hebben gesteld. Ze wisten de namen van Chuck en mij, en vroegen ons het hemd van het lijf. Morgenochtend moeten we op het bureau komen om verder te worden ondervraagd.'
'Dat had ik je even moeten melden, ja. Ik heb ze jullie namen gegeven. Als getuigen.'
'Prima. Ik hoop dat ze haar gauw vinden. Zal ik naar je toe komen? Ik hoef pas aan het eind van de middag weer te werken.'
'Nee, doe maar niet,' antwoordde ze haastig. 'Het komt nu niet zo goed uit. Ik bel je nog wel, Dave.'
'Do, wacht even, ik...'
Maar ze had al opgehangen. En toen hij het nog een tweede en een derde keer probeerde, nam ze niet meer op.
Dominique keek toe hoe Angie de huiskamer snel en efficiënt aan kant maakte, en daarna als een reinigende wervelwind door de keuken ging. Toen ze vertrokken was, bleef Do een tijdje nadenkend onderuitgezakt zitten in een van de gemakkelijke stoelen.
Ze moest in slaap gevallen zijn, want ze schrok wakker toen er een gestalte voor het raam stond, die een schaduw over haar gezicht wierp. Even dacht ze dat oom Thomas al was aangekomen, maar toen ze beter keek, zag ze dat het Pepe was. Snel ging ze naar de schuifdeur en deed die een eindje open. Hij stak zijn arm uit, stopte iets in haar hand en meldde: 'Fernandes zegt: het is geregeld.' Hij draaide zich direct om en vertrok weer.
Verwonderd keek ze wat hij haar had gegeven: een hoedje. Het was

niet van haar of van Lilian, maar het kwam haar wel bekend voor. Toen zag ze het. De avond daarvoor had de man die haar wilde aanranden, Felix, dat op gehad. En nu zat er bloed op. Was dat haar bloed, of van hemzelf?
Het was beter als niemand anders dat hoedje zag. Ze deed het in een plastic boodschappentasje, dat ze onder in de vuilniscontainer stopte.

46

Toen de lange gestalte, die toebehoorde aan een man van middelbare leeftijd met een perfect gebit en grijzende slapen, uit de taxi stapte, rende Dominique naar buiten.

'Oom Thomas!'

Hij beantwoordde haar groet met een warme omhelzing. 'Dag meisje. Dat is lang geleden, zeg.'

Ze nodigde hem uit om binnen te komen, maar hij weigerde.

'Ik ken deze huisjes al. Ik ben hier weleens met je vader geweest. En wij moeten sowieso nu eerst naar de politie. Kijken of we daar de zaak een beetje kunnen versnellen. Kom je mee? De taxi staat er nog.'

Onderweg had Thomas nauwelijks oog voor het landschap. Hij werkte in een hoog tempo een paar telefoontjes af. Pas daarna richtte hij zich weer tot Dominique, die naast hem op de achterbank zat.

'Vertel me eerst even wat je precies gedaan hebt, Do, sinds Lilian verdwenen is.'

'Ik ben de volgende dag naar het hotel en het eiland gegaan waar we haar voor het laatst hebben gezien. Natuurlijk heb ik haar overal gezocht. Gisterochtend ben ik naar de politie geweest. En verder heb ik overal navraag naar haar laten doen.'

'Je hebt overal navraag naar haar laten doen?'

Zijn stem klonk zo verbaasd, dat ze op het punt stond om hem te vertellen van Fernandes. Maar dat leek haar niet verstandig. In plaats daarvan zei ze: 'Ik heb de eerste avond na haar verdwijning bij de politie geïnformeerd of Lilian misschien ergens in een ziekenhuis of zoiets was opgenomen.'

'Waarom heb je haar toen niet meteen als vermist opgegeven?'

'Dat kon toen nog niet, dat mocht pas na vierentwintig uur!'

Hij zag de tranen in haar ogen en zuchtte. 'Hoe dan ook, vannacht komen de ouders van Lilian hier aan. Ik heb van Charles begrepen dat Stefanie een kamer voor ze heeft geboekt in het Marriott, dat is altijd goed.'

Dominique knikte en staarde dof voor zich uit.

Thomas sloeg een arm om haar heen. 'Je ziet er trouwens niet uit, Do, zo moe en bleek. Hoe voel je je?'

Het liefst had ze hem verteld over Lilian en Todd en Marc en Dave en Chuck en Fernandes en Pepe, en alles wat ze de afgelopen paar dagen had meegemaakt. Maar ze wist niet waar ze moest beginnen, haar gedachten draaiden voortdurend rond in dezelfde kringetjes. Terwijl de tranen over haar wangen begonnen te lopen, zei ze: 'Ach, het is zo erg! Ik ben zo vreselijk bezorgd om Lil!'

Hij drukte haar tegen zich aan en hield zijn wang tegen haar haren. 'Stil maar, meisje, het komt wel goed. We vinden haar wel.' Nadat hij haar een tijdje had laten snikken, voegde hij daar op zachte, licht verwijtende toon aan toe: 'Maar waarom heb je er zo lang mee gewacht om ons allemaal in te lichten?'

Als antwoord begon ze opnieuw te huilen.

De taxichauffeur keek via zijn achteruitkijkspiegel naar hen. Toen hij zag dat Thomas dat in de gaten had, richtte hij zijn ogen snel weer op de weg.

'Is het nog ver?' vroeg Thomas.

'Het hoofdbureau zit midden in de stad, meneer. We zijn er bijna.'

De taxi leverde hen voor de hoofdingang af. In de hal legde Thomas zijn visitekaartje op de balie en zei tegen de baliemedewerkster dat hij ogenblikkelijk met hoofdinspecteur Snellen wilde spreken.

'Het is sergeant Snellen, meneer,' antwoordde de jonge vrouw, niet onder de indruk. 'Ik zal hem even voor u roepen.'

Het duurde niet lang voordat Snellen naar hen toe kwam. Hij schudde Thomas en Dominique de hand en nam hen mee naar de kamer waar hij de dag tevoren met Dominique had gepraat.

'Wij willen graag volledige openheid van zaken,' kondigde Thomas aan, toen hij was gaan zitten. 'Hoever bent u met uw onderzoek?'

Snellen keek naar Dominique, zag haar blauwe plekken en schaafwonden en vroeg: 'Bent u gevallen?'
'Zoiets, ja,' antwoordde ze kort.
'Kunnen we alstublieft verder?' vroeg Thomas ongeduldig. 'We willen erg graag weten hoe het onderzoek verloopt.'
Snellen richtte kalm zijn blik op hem. 'Neem me niet kwalijk, uw naam was...?'
Thomas legde weer zijn kaartje op tafel en schoof het naar de politieman.
'Van Dorp, ik ben een collega van Dominiques vader en vertegenwoordig hem hier op zijn verzoek.'
'En de ouders van het vermiste meisje?'
'Die komen vanavond laat aan.'
Snellen knikte. 'Dan wil ik morgenochtend graag met die ouders spreken.'
'Vanzelfsprekend. Ga ik voor u regelen. Maar wat hebt u inmiddels ontdekt over Lilian?'
Snellen keek van de een naar de ander voordat hij antwoordde: 'Zoals ik al aan mevrouw Werner heb gemeld, hebben mijn mannen gisteren de mobiele telefoon van de vermiste aangetroffen op Enlightenment Island. We hebben dat deel van het eiland afgezet en de technische recherche heeft er een grondig onderzoek verricht, maar zonder resultaat.'
'Hebt u heel Flamingo Beach afgezet?' vroeg Dominique verbaasd.
'Nee, de andere kant van het eiland.'
Ze keek hem onzeker aan. 'Maar daar zijn we toch helemaal niet geweest?'
'Nee, maar daar hebben we wel die mobiele telefoon gevonden.'
'En wat hebt u vervolgens gedaan?' vroeg Thomas met een frons.
'Die hele kant van het eiland afgezocht. En met duikers laten zoeken voor de kust,' antwoordde Snellen rustig. 'Geen resultaat. Verder zijn we nog bezig met het bekijken van de opnamen van alle beveiligingscamera's in het hotel. Daaruit blijkt tot nog toe dat de twee jongedames met hun Amerikaanse vrienden naar het eiland zijn gegaan, maar

dat van die vier uiteindelijk slechts drie het eiland weer met de veerboot hebben verlaten. Eerst twee, toen één.'

Dat klopt, dacht Dominique. Precies wat Fernandes haar verteld had. Maar dat zei ze natuurlijk niet.

Thomas tikte met zijn vingers op de armleuning van zijn stoel. 'En nu?'

'Misschien krijgen we nog meer duidelijkheid aan de hand van de resterende opnamen van de beveiligingscamera's. We gaan natuurlijk met de ouders praten. En ik wil graag uw toestemming om het huisje waar de beide dames verblijven te laten onderzoeken op mogelijke sporen.'

'Natuurlijk.' Thomas keek opzij. 'Dat is geen probleem, toch, Dominique?'

Ze schrok op uit haar gepeins.

'Nee hoor. Wanneer komt u?'

'Ik stuur vanmiddag nog een mannetje bij u langs.'

'Prima.'

Toen ze weer buiten stonden, keek Thomas op zijn horloge.

'Vind je het erg als ik nu eerst nog even naar mijn hotel ga? Ik moet nog wat zakelijke dingen regelen. Maar ik zorg dat ik vanavond op tijd bij jou ben, voordat de ouders van Lilian komen.'

'Geen punt, ik red me wel,' antwoordde ze. 'Zullen we samen eten?'

Weer keek hij op zijn horloge.

'Oké, als we dat hier even in de stad kunnen doen, om een uur of acht. Dan red ik het allemaal net.'

'Prima. Zal ik je afhalen in je hotel?'

'Nee, ik kom wel rechtstreeks naar het restaurant, dat scheelt tijd. Zullen we bij La Grotta afspreken? Daar hebben ze goeie pizza's.' Toen hij haar bedenkelijk zag kijken, voegde hij daaraan toe: 'Het is hier een paar straten vandaan. En anders weet de taxichauffeur het wel.'

Ze glimlachte. 'Goed, dan zie ik je vanavond om acht uur daar.'

Hij gaf haar een snelle zoen. 'En let op jezelf, hè!' riep hij over zijn schouder, terwijl hij haastig wegliep.

Dominique zwaaide hem na, hoewel hij niet meer omkeek.

47

In het huisje inspecteerde Dominique de kamer van Lilian grondig, maar ze kwam niets tegen wat ze graag eerder wilde zien dan de politie. Ze liet zich in de woonkamer in een stoel vallen en wachtte. Het duurde tot het eind van de middag voordat een jonge agent met een groot fototoestel zich bij het huisje meldde. Hij had een blauw jack aan waar achterop met grote letters TR stond. Terwijl hij systematisch Lilians spullen doorzocht, dacht Dominique ineens aan het bebloede hoedje van Felix dat ze onder in de vuilniscontainer had gestopt. Als die agent dat tegenkwam, zouden er weleens vragen gesteld kunnen worden die ze niet makkelijk kon beantwoorden. In elk geval niet zonder te vertellen over Fernandes en Pepe...

Snel ging ze naar de container, om opgelucht te constateren dat die inmiddels was geleegd.

'Angie, je bent geweldig!' zei ze zachtjes.

Nadat de agent een aantal foto's had gemaakt in Lilians slaapkamer en in de woonkamer, vertrok hij weer met de belofte dat al het nieuws in 'de zaak Lilian' direct doorgebeld zou worden.

Om kwart voor acht liet Dominique zich door Leroy afzetten bij La Grotta. Thomas arriveerde precies om acht uur, nog altijd enigszins gehaast. Hij leek met zijn hoofd nog volledig bij zijn werk te zitten. Tijdens de pizzamaaltijd stond hij twee keer op om een zakelijk telefoontje af te handelen, waarvoor hij zich na afloop omstandig verontschuldigde tegenover Dominique. Maar die was zulke dingen wel gewend van haar vader.

Na het eten besloten ze koffie in het huisje te drinken. Daar pleegde Thomas nog één telefoontje, voordat hij een stuk meer ontspannen bij Dominique op de veranda kwam zitten.

Om de ouders van Lilian zo snel mogelijk naar Aruba te laten gaan, had Charles Werner een vlucht voor hen geboekt via Florida. Dat maakte in aankomsttijd een paar uur uit. Ze hadden de mogelijkheid met beide handen aangegrepen toen die hen werd voorgesteld. Daardoor stonden ze midden in de nacht op het Queen Beatrix-vliegveld, waar Leroy hen ophaalde. In plaats van zich rechtstreeks naar het Marriott Hotel te laten brengen, gingen ze eerst naar het huisje, waar Dominique en Thomas hen opwachtten.

Hoewel ze zich voorbereid had op het ergste, schrok Dominique toch toen de ouders van haar vriendin binnenkwamen. Lilians vader was lijkbleek en Lilians moeder had een holle, wezenloze blik. Allebei oogden ze zeer vermoeid.

Ze begroetten Thomas, die ze al jaren kenden. Daarna gingen ze de woonkamer in. De moeder van Lilian luisterde niet eens toen Thomas haar iets te drinken aanbood. Ze greep Dominique bij haar schouders.

'Do, hoe heb je dit kunnen laten gebeuren? Waarom heb je ons niet meteen gewaarschuwd?'

Ongemakkelijk stamelde Dominique: 'Ik dacht dat ze terug zou komen. En ik...'

'We nemen je dit zeer kwalijk, Dominique,' zei Lilians vader. 'Zoiets moet je meteen melden. Twee dagen! Wie weet wat er in de tussentijd wel niet gebeurd kan zijn!'

Dominique begon te huilen en duwde de handen van Lilians moeder van haar schouders. 'Echt, ik dacht dat ze met Marc mee was. En dat wilde ik niet...'

'Wie is Marc?' vroeg Lilians vader scherp.

'Een Amerikaanse jongen die we hier hebben leren kennen.'

'En jij dacht dat ze zomaar met zo'n jongen zou meegaan?' De stem van Lilians moeder klonk snijdend hard.

'Niet zomaar, maar ik dacht...'

Lilians vader draaide zich schamper lachend om. 'Schei nou toch uit, Do! Je denkt toch niet dat Lil zomaar met een wildvreemde Amerikaan zou meegaan!'

'Hij was helemaal niet wildvreemd!' barstte ze uit. 'We kenden hem en

Todd best goed, want we trokken al dagen met ze op.'
'Wie is Todd nou weer?' onderbrak Lilians moeder haar ruw.
'Todd was met mij. Hij was hier op vakantie met Marc.'
'Was?' Lilians moeder komt vlak voor haar staan. 'Waar zijn die Marc en Todd dan nu?'
'Naar huis. In Texas.'
Lilians moeder zuchtte diep, sloot haar ogen en bracht haar hand naar haar gezicht. Haar man kwam naast haar staan en sloeg zijn arm om haar schouders toen hij zag dat ze begon te huilen.
'Misschien is het beter als we allemaal eerst wat proberen te slapen,' zei Thomas, die zich tot dan toe diplomatiek op de achtergrond had gehouden. 'Het is een lange dag geweest en we zijn allemaal erg moe.'
'Ik wist het!' Lilians moeder stak een verwijtende vinger uit naar Dominique. 'Ik had haar nooit met jou moeten laten meegaan, met je mooie praatjes! Jullie zijn verdorie nog maar kinderen!'
'Kom, kom, Gerda,' suste Thomas. 'Do en Lil zijn allebei volwassen meiden.'
'Ja, dat blijkt,' zei Lilians vader kil. 'Daarom is Lilian nu weg.'
Thomas maakte een berustend gebaar. 'Henk, dit heeft geen zin. Natuurlijk heeft Do fouten gemaakt. Maar we krijgen Lilian niet terug met verwijten aan elkaars adres.'
Lilians moeder sloeg haar handen voor haar ogen en huilde met gierende uithalen. Toen Dominique dat zag, begon ze ook weer te huilen.
'Nu is het genoeg geweest,' besloot Thomas. 'Henk en Gerda, jullie moeten nu echt gaan slapen, want we worden over een paar uur alweer op het politiebureau verwacht.'
Hij wendde zich tot Dominique. 'Do, je gaat nú naar bed.'
Gehoorzaam en met gebogen hoofd verliet ze de kamer.
Lilians moeder ging op de punt van de grote tafel zitten. Haar gezicht zag grauw.
'Dit is een nachtmerrie,' zei ze toonloos. 'Dit kan allemaal niet waar zijn. Waar is onze Lilian?'
Haar man wist niet wat hij moest zeggen en wierp een hulpeloze blik op Thomas.

‘Ik vind het vreselijk. Maar we zullen er alles aan doen om haar zo snel mogelijk weer terug te krijgen,’ zei Thomas. ‘Jullie blijven vannacht hier, jullie kunnen in Lilians kamer slapen.’
‘Maar we hebben toch een kamer in het Marriott?’ protesteerde Lilians vader zwakjes.
‘Ik bel ze wel even.’ Thomas pakte zijn mobiel en zocht een nummer op terwijl hij naar de voordeur liep. ‘En ik laat jullie koffers alvast op de kamer brengen.’
Buiten riep hij Leroy, die tegen zijn auto geleund stond te roken. ‘Verandering van de plannen. Ze blijven nu hier overnachten. Breng hun spullen maar naar binnen. En zorg dat je hier morgenochtend om halfnegen bent. We gaan met z’n allen naar het politiebureau.’

48

De volgende ochtend, na het gesprek met sergeant Snellen, kon Lilians moeder niet veel meer dan alleen nog maar huilen. Haar man drukte haar voortdurend tegen zich aan, maar aan zijn trillende onderlip was te zien hoe moeilijk ook hij het had. Dominique voelde intens medelijden met deze twee mensen. Ze hadden de politieman alle informatie gegeven die hij nodig had. Maar eigenlijk waren ze op zoek naar hoop, die hij hen niet kon geven.

Nu stond de lijvige sergeant met een aanzienlijk slankere, ondergeschikte collega te wachten tot de vier Nederlanders klaar waren om met hen mee te gaan.

Door zachte aandrang van Thomas van Dorp lieten Lilians ouders zich naar buiten leiden. Daar wachtte niet alleen Leroys taxi, maar ook een patrouillewagen van de politie op hen.

Dominique was maar al te blij dat ze bij de twee politiemannen mocht instappen. Niet alleen omdat de taxi op weg naar het politiebureau overvol was geweest, maar ook omdat ze niet meer tegen het verdriet van Lilians ouders kon.

'We gaan eerst naar het hotel en het eiland,' besloot sergeant Snellen, die voorin had plaatsgenomen naast zijn jongere collega. 'Daar moet u ons precies laten zien waar u bent geweest.'

Dominique knikte vanaf de achterbank.

Ze reden weg, met de taxi van Leroy vlak achter hen.

Aangekomen bij het Enlightenment Hotel, parkeerde de politiewagen plompverloren voor de hoofdingang. De toesnellende portier durfde er niets van te zeggen toen sergeant Snellen uitstapte en met een breed gebaar zijn zonnebril opzette. Maar hij dirigeerde Leroys taxi wel naar het parkeerterrein, nadat eerst Thomas en Lilians ouders waren uitgestapt.

Dominique ging de anderen voor door de hal. Vanwege de twee geuniformeerde mannen trok hun groepje veel bekijks van de gasten.
Bij de liften stond Jerome, de bebrilde student uit het groepje van Dave, met een verrijdbaar wagentje vol koffers. Hij stak zijn hand op naar Dominique, die zijn groet beantwoordde met een glimlach.
'Hier zijn we geweest,' vertelde ze. 'We hadden hier afgesproken met onze Amerikaanse vrienden, die een paar polsbandjes van het hotel voor ons hadden geregeld.'
'Waren dat dezelfde Amerikanen die zijn meegegaan naar het eiland?' wilde Snellen weten.
'Nee, we kregen de bandjes van een paar Amerikaanse jongens die hier in het hotel werken. Dave, Chuck en Jerome, u hebt ze al ondervraagd. Todd en Marc gingen met ons mee. Zij kregen ook polsbandjes, maar andere dan wij. Daarna zijn we naar het eiland gegaan,' vertelde Dominique.
Het groepje volgde Dominique naar buiten. Thomas keek appreciërend rond, maar zei niks. Dominique leidde hen langs de plekken waar Lilian, de jongens en zij hadden gebarbecued en gedronken.
Terwijl ze bij de steiger stonden te wachten op de watertaxi, wees ze naar het terrasje bij de bomen. 'Daar hebben we ook nog gezeten.' Pas toen ze zag dat Snellen dit feit ook direct noteerde, besefte ze dat ze daar de volgende dag ook met Dave was geweest. Dat liet ze maar zo.
De ouders van Lilian hadden duidelijk geen oog voor de schoonheid van het Caribische eiland. Zij wilden alleen maar zo snel mogelijk naar de plek waar hun dochter voor het laatst gezien was.
Op het eiland ging Dominique de anderen weer voor. Bij de Spa Cove bleef ze staan. 'Hier hebben Lil en ik een massage gehad. Op die banken, daar buiten. Todd en Marc zijn toen daar op dat terrasje wat gaan drinken, en wij zijn naderhand bij hen gaan zitten. Dat was met een groepje Amerikanen.'
'Diezelfde van het hotel?' vroeg Snellen.
Dominique schudde haar hoofd. 'Nee, een paar mensen die ze hier waren tegengekomen. Twee mannen en twee vrouwen uit Texas. Ik

weet alleen nog dat een van die vrouwen, een blondine met erg witte tanden, Cheyenne heette.'
Snellen schreef het op, terwijl zijn collega foto's maakte. 'En daarna?' vroeg hij.
'Daarna gingen we naar Flamingo Beach.'
Ze kwamen aan bij de hoefijzervormige baai. Er waren nog niet veel badgasten. En te midden van de zwemmers liepen zes statige, roze flamingo's door de branding. Een van hen hield zijn kop ondersteboven in het ondiepe zeewater.
Even bleef Dominique verbaasd staan kijken. Die beesten scharrelden hier echt rond! Toen Lilians moeder haar passeerde, vervolgde Dominique snel haar rondleiding. 'Kijk, daar verderop, in die bocht, hebben we 's avonds bij het kampvuur gezeten. In die kuil daar, waar je nog wat zwarte resten ziet, was het vuur. Todd en ik zaten daar. En aan de andere kant zaten Lilian en Marc.'
'Alleen?' vroeg Lilians moeder.
'Nee, er waren echt tientallen mensen. En muziek. En lichtjes. De zon was net onder, we hadden al gekeken naar de zonsondergang.'
'Kun je ons precies laten zien waar Lilian en Marc gezeten hebben?' drong Snellen aan.
Dominique liep even zoekend rond en wees toen. 'Daar moet het geweest zijn. Want toen ik later langs die palmboom wegliep naar de boot, zag ik ze nog.'
Op een teken van Snellen maakte de jongere politieman weer een paar foto's. Lilians vader bekeek de plek nauwkeurig, maar zei niets.
'En toen?' vroeg Snellen.
'Toen zijn Todd en ik weggegaan, terug naar het huisje. Terwijl ik wegging, zag ik Lil en Marc dus daar liggen. Dat was de laatste keer dat ik Lilian gezien heb.'
Snellen keek zijn collega vragend aan. 'Andy?'
'Hier zijn geen beveiligingscamera's. In het hotel wel, en ook bij de steiger van de watertaxi,' rapporteerde de jonge politieman. 'We hebben bijna alle opnames bekeken en we zullen op basis van wat mevrouw Werner zojuist heeft verteld dit deel van het eiland grondig af-

zoeken naar mogelijke sporen en bewijzen.'

Snellen knikte en bladerde in zijn notitieboekje. 'Ik ga navragen of er getuigen zijn die bij het kampvuur aanwezig zijn geweest. En eens zien of ik een Amerikaanse vrouw kan vinden die Cheyenne heet.'

'En wij?' vroeg Thomas.

'Ik stel voor dat u met mevrouw Werner naar uw vakantiewoning teruggaat,' zei Snellen. 'Dan kom ik later op de dag bij u langs voor verder onderzoek. Zorg dat uw mobiel aanstaat, zodat ik u kan bereiken.'

49

De ochtend kroop voorbij. Dominique had al drie keer koffiegezet toen eindelijk de bel ging. Vanuit de woonkamer haastte Thomas zich erheen. Dominique kwam uit de keuken. Ze waren op hetzelfde moment bij de voordeur, gaven elkaar eerst voorrang en legden toen tegelijkertijd hun hand op de knop.

Zenuwachtig lachend trok Dominique de deur open. Daar stonden echter niet Snellen en zijn collega's, zoals ze verwachtte, maar de twee Amerikaanse mannen in pak, die een paar dagen eerder ook al naar haar vader hadden geïnformeerd.

De oudste van de twee mannen stond vlak voor de deuropening, terwijl zijn breedgeschouderde partner weer schuin achter hem stond. De grijze ogen van de oudere man keken langs Dominique heen naar Thomas.

'Charles Werner, neem ik aan?'

'Nee, mijn naam is Van Dorp,' antwoordde Thomas koeltjes. 'Ik ben een collega van de heer Werner. En u bent?'

'Miller, Drugs Enforcement Administration. En dit is mijn collega Zubowski.'

'DEA, zegt u? Mag ik even uw legitimatie zien?' Nog steeds in het Engels vroeg hij aan Dominique: 'Do, wil je ons misschien even excuseren?'

Ze liet hen alleen. Op weg naar de woonkamer zag ze dat de twee mannen een identiteitskaart toonden. Thomas nodigde hen niet uit om binnen te komen, maar bleef demonstratief in de deuropening staan.

'Wie zijn dat?' vroeg Lilians moeder, toen Dominique de deur van de woonkamer achter zich had dichtgedaan.

'Twee mannen van de DEA.'
'De DEA?' Lilians vader keek haar aan. 'Dat is toch een Amerikaanse drugsbestrijdingsdienst? Waarom heeft de politie van Aruba die erbij gehaald?'
Dominique glimlachte flauwtjes. 'Nee, ze zijn hier niet vanwege Lilian. Deze twee mannen kwamen van de week ook al aan de deur. Ze willen eigenlijk papa spreken.'
'Waarom?' wilde Lilians moeder weten.
'Geen idee. Wilt u nog koffie?'
'Nee, ik heb genoeg koffie gehad.' Lilians moeder stond op, sloeg haar armen over elkaar en rilde, hoewel de temperatuur net zo prettig was als op andere dagen. 'Waar blijft die politieman toch?'
'Hij zal zo wel komen, schat,' verzekerde haar echtgenoot haar. 'Je hebt zelf gehoord dat hij nog allerlei mensen moest ondervragen. Wees blij dat die man dat zo grondig doet.'
Lilians moeder pakte een vest van haar stoel, sloeg dat om haar schouders en ging bij de schuifdeuren staan. Met niets ziende ogen staarde ze naar het zwembad. 'Ik heb een vreselijk slecht voorgevoel,' zei ze met een schorre stem.
'Kom, lieverd.' Haar man kwam achter haar staan en legde zijn handen op haar schouders. 'Zo'n vaart zal het allemaal niet lopen. Lilian is een grote meid, ze loopt echt niet in zeven sloten tegelijk. En de politie...'
'Ze is al drie dagen weg, Henk,' onderbrak ze hem. 'Drie hele dagen. God mag weten wat er in drie dagen wel niet allemaal kan gebeuren met een meisje van eenentwintig.'
Lilians vader wilde iets zeggen, maar zweeg bij nader inzien en zuchtte diep.
Dominique vond het vreselijk om hen zo te zien. Ze voelde zich schuldig, bezorgd, machteloos en verdrietig. Voor de zoveelste keer keek ze op de klok. Het was bijna twaalf uur. Waar bleven die politiemensen nou toch? En waarom stond Thomas zo lang te praten met die mannen van de DEA?
Het duurde lang voordat Thomas terugkwam.

'Wat was dat met de DEA, Thomas?' vroeg Lilians vader. Ook zijn vrouw draaide zich om.
'Zakengedoe,' zei Thomas met een weggooigebaar. 'Het bedrijf van Charles heeft de afgelopen paar maanden een paar keer farmaceutische producten aan ziekenhuizen geleverd, en daar hadden ze vragen over.'
Lilians vader snoof. 'Als de DEA er helemaal voor naar Aruba komt, zullen ze daar wel hun redenen voor hebben. Charles doet toch niks illegaals?'
Thomas schudde glimlachend zijn hoofd. 'Nee, dan ga je in dit vak niet lang mee. Maar het ging om leveringen van en naar Venezuela en Colombia. En omdat een belangrijk deel van de bedrijfsactiviteiten van WernComp in de Verenigde Staten plaatsvindt, wordt iedereen dan algauw heel erg voorzichtig. Als de naam Colombia zelfs maar valt, worden die Amerikanen echt volledig paranoïde. Dan kunnen ze alleen nog maar aan drugs denken. Niks om je druk over te maken.'
Voor iemand die zich niet druk maakte, schrok hij vervolgens behoorlijk toen er weer werd aangebeld. Even dacht hij dat de mannen waren teruggekomen. Tot hij door het raam aan de voorzijde zag dat er een auto van de Arubaanse politie op de oprit stond.
Even later stonden Snellen en zijn jongere collega in de woonkamer.
'En?' vroeg Lilians moeder met een angstig gezicht.
'Die Cheyenne-dame en de andere Amerikaanse gasten die jullie op Enlightenment Island zijn tegengekomen heb ik niet meer gevonden,' vervolgde Snellen. 'Die waren alweer uitgecheckt; we proberen contact met hen te leggen via hun Amerikaanse adressen. En we hebben via de boodschappendienst van het hotel wel een oproep geplaatst voor iedereen die op de betreffende avond bij dat kampvuur is geweest. Het is nog even afwachten of dat resultaten oplevert.'
Hij stapte opzij en gebaarde naar zijn collega. 'Andy heeft het onderzoek van de bewakingsbeelden afgerond.'
'Dat klopt,' zei de jonge man. 'We zijn nu klaar met het bekijken van alle beelden van die avond en de dagen erna, maar we hebben helaas geen nieuwe aanwijzingen gevonden. Zoals eerder gerapporteerd is

alleen te zien dat eerst Dominique Werner en haar Amerikaanse vriend terugkomen van het eiland. En een halfuur later, we hebben het dan over kwart voor twaalf 's avonds, keert ook de Amerikaanse jongeman terug die daarvoor nog samen met Lilian de Groot was. Maar zonder Lilian.'

Hij keek bijna verontschuldigend naar Lilians ouders. 'We hebben de beelden bekeken tot en met de laatste boot van die avond, of liever gezegd: nacht. Op basis hiervan moet onze voorlopige conclusie zijn dat uw dochter niet met de watertaxi van het eiland af is gekomen.'

'Momenteel zijn twintig van onze mannen elke vierkante meter op en rond het Enlightenment Island aan het uitkammen aan de kant waar haar mobieltje is gevonden,' meldde zijn collega.

'Eigenlijk zegt u dus dat ze nog op het eiland zou moeten zijn,' concludeerde Lilians vader met een somber gezicht.

'Dat is inderdaad mogelijk,' zei Snellen. 'Een andere mogelijkheid is dat ze op een andere manier van het eiland af is gegaan.'

'Met een boot, bedoelt u?' vroeg Lilians moeder, terwijl ze met beide handen de arm van haar man vasthield.

Snellen knikte. 'Met een boot, een helikopter, zwemmend, hoe dan ook. Dat moeten we nu nader onderzoeken.'

50

Na het vertrek van Snellen en zijn collega was Lilians moeder gaan slapen, omdat ze naar eigen zeggen barstende hoofdpijn had. Haar man en Thomas zaten te praten in de woonkamer.

Om het vreselijke afwachten wat minder erg te maken, ging Dominique zwemmen. Langzaam trok ze wat baantjes in het niervormige zwembad. Al vrij snel had ze eigenlijk geen zin meer. Maar vanwege de ernst van de situatie durfde ze eigenlijk niet te gaan zonnen, uit respect voor Lilians ouders.

Ze hees zich omhoog en zat even op de rand van het zwembad, tot ze de zon op haar schouders voelde branden. Besluiteloos liet ze zich weer het water in glijden. Met gesloten ogen dreef ze op haar rug, terwijl de zon de bovenkant van haar lichaam verwarmde. Weer gingen haar gedachten naar Lilian. Waar zou ze zijn? Stel je voor dat haar wat overkomen was. Of dat iemand haar iets had aangedaan... Nee, daar wilde ze niet aan denken. Ze haalde diep adem, gooide haar lichaam een halve slag om en dook naar beneden.

Onder water zwemmen had ze al heerlijk gevonden toen ze nog bezig was haar zwemdiploma's te halen. Ze had dan het idee dat ze de hele wereld achter zich liet en een ander soort werkelijkheid in ging, met vreemde geluiden en troebel zicht. Onder water was alles anders. Net alsof alles wat daar boven dat bewegende, heldere wateroppervlak gebeurde, niet echt bestond.

In de onderwaterwereld gingen geen broertjes dood en gingen je ouders niet uit elkaar. Je kon er op de bodem gaan zitten en je luchtwegen afsluiten en doen alsof je helemaal geen zuurstof nodig had. Ze had als kind vaak geoefend om lang op de bodem te blijven zitten. Zelfs zo lang dat haar vader en oom Thomas op een keer het water

ingedoken waren, omdat ze zich zorgen maakten om haar.
Hoewel Dominique al lang niet meer had geoefend, ging ze ook nu op de bodem van het zwembad zitten, met haar rug tegen een van de glooiende muren.
Toen Henri was omgekomen bij het auto-ongeluk had ze ook vaak zo gezeten. Gewoonlijk ging ze vaak naar het zwembad met haar vriendinnen, maar in die tijd ging ze er vooral heen om alleen te zijn. Als je onder water huilt, merk je het zelf niet eens, had ze zichzelf toen voorgehouden.
Ook nu gaf ze zich over aan onder water huilen. Om Lilian. Om Lilians ouders. Om de vakantie die alleen maar leuk en goed had moeten zijn. Om zichzelf. Nog altijd wel een beetje om Henri. Maar toch vooral om Lilian. Ze bleef zitten tot ze niet meer kon, ging naar boven om een paar lange ademteugen te halen en dook weer naar beneden.
Hoewel het haar daar niet om begonnen was, werd ze een stuk rustiger van het onder water zitten. Toen ze voor de zoveelste keer omhoogging, in de richting van de zon en de warmte, zag ze een gedaante bij het zwembad.
Eenmaal boven water gekomen gooide ze haar haren naar achteren, en haalde een hand over haar ogen.
'Ik was je even kwijt,' zei Thomas. 'Maar ik had kunnen weten dat je onder water zat.'
'Wat is er?'
Thomas maakte een hoofdbeweging naar achteren. 'Snellen is aan de lijn. Henk is nu met hem aan het praten. Ik dacht dat je dat wel zou willen weten.'
Ze knikte, hees zich uit het water en sloeg een handdoek om zich heen. Terwijl ze een kleinere handdoek in haar haren draaide en naast haar oom naar het huis liep, hield hij zijn mobieltje even omhoog en zei: 'Masurel belde me net om te zeggen dat hij bij de poort een man heeft tegengehouden.'
Ze keek hem onderzoekend aan. 'Masurel?'
'De portier.'
'O, Harry!' begreep ze. 'Wat voor man?'

'Een man van wie hij blijkbaar liever niet heeft dat die in zijn eentje over het resort loopt. En volgens hem is die man hier de afgelopen dagen eerder geweest, om met jou te praten. Samen met een andere man. Gewapend. Hoe zit dat?'
Ze voelde zich ongemakkelijk onder zijn blik. 'Dat is iemand die me geholpen heeft om naar Lilian te zoeken. Waar is hij? Heeft Harry hem weggestuurd?'
'Weet ik niet. Hij heeft hem in elk geval niet doorgelaten.'
'Misschien is hij er nog,' zei Dominique gehaast. Ze schoot haar slippers aan, griste haar portemonnee en telefoon mee en ging op een holletje in de richting van de oprit.
'Do! Dominique!' riep Thomas haar na. 'Wat ga je doen?'
'Ben zo weer terug!' schreeuwde ze over haar schouder.
Zonder vaart te minderen rende ze in een keer door naar de slagboom. Daar was Harry inderdaad in verhitte discussie met Pepe.
'Het is goed, Harry!' riep Dominique al van verre. 'Hij is hier weer voor mij!'
'Dat heb ik hem ook al twintig keer gezegd, maar die vetlap luistert gewoon niet,' brieste Pepe.
'Nou moet je echt ophouden, anders jaag ik je alsnog het terrein af!' antwoordde Harry kwaad.
'O ja? Jij en hoeveel anderen? Schei nou toch uit, man! Je mag dan wel breed zijn, maar dat is alleen maar vet.'
Harry greep het geweer dat achter hem tegen het portiershokje aan stond. 'Ik heb anders maar één vinger nodig om...'
'Hé, jongens, hou eens even op!' riep Dominique. 'Harry, Pepe komt gewoon even met mij praten en daarna gaat hij weer weg. Ik zou het op prijs stellen als je ons even alleen liet.'
Zachtjes mopperend verdween Harry het hokje in, waar hij in zijn stoel ging zitten en zijn krant demonstratief wijd voor zich opensloeg.
Dominique nam Pepe mee en vroeg toen ze buiten gehoorafstand waren: 'Heb je nieuws?'
Pepe keek om zich heen voordat hij antwoordde: 'Fernandes zegt dat je vriendin niet van het eiland af is gekomen.'

'Ja, dat weet ik inmiddels allang,' reageerde ze kribbig.
'Hij zegt ook dat ze nooit meer van dat eiland af zal komen,' ging Pepe onverstoorbaar verder.
'Wat? Hoe bedoel je?'
'En dat je moet zoeken naar een Nederlander.'
Ze staarde de hoekige man ongelovig aan, maar dat leek geen uitwerking op hem te hebben.
'Je bent gek!' riep ze, ineens kwaad. 'Fernandes lult maar wat! Hoe komt hij bij die onzin? Een Nederlander? Waarom zegt hij niet gewoon wie hij bedoelt?'
'Dat is het enige wat ik je kan zeggen: een Nederlander.'
'Gelul!'
'Fernandes zegt ook dat je hem nog tweehonderd dollar schuldig bent.' De vierkante man stak zijn hand uit. 'En dat jullie dan rond zijn.'
'Hoezo, "rond zijn"?' vroeg Dominique stekelig. 'Waar slaat dit op?'
Met nog altijd opgestoken hand zei Pepe: 'Fernandes komt zijn deel van de afspraak na. Hij vertelt jou wat je moet weten. Nu moet jij jouw deel van de afspraak ook nakomen. Tweehonderd dollar.'
Even overwoog ze om gewoon weg te lopen. Het was haar duidelijk dat Fernandes en zijn mannen in haar een goed slachtoffer zagen om gemakkelijk aan geld te komen. Maar tegelijkertijd wilde ze liever geen ruzie met dit soort criminelen. En die tweehonderd dollar was een kleinigheid vergeleken met de mogelijkheden die de creditcard van haar vader bood.
Dus haalde ze onwillig haar portemonnee tevoorschijn en telde tweehonderd dollar uit in de hand van Pepe.
'Zeg maar tegen Fernandes: bedankt voor niks!' zei ze venijnig, toen ze het laatste biljet neerlegde.
De vierkante man keek haar strak aan, terwijl hij het geld oprolde en in de borstzak van zijn overhemd deed. 'Fernandes doet altijd wat hij zegt. Je hebt het recht niet hem te beledigen.'
Ze stond op het punt een scherp antwoord te geven, maar bedacht bijtijds dat het geen enkele zin had om ruzie te blijven maken. Dus

stak ze haar hand op. ‘Oké, prima. Ik vind het mooi geweest. Laten we het daarbij houden.’
‘Tot ziens,’ zei Pepe eenvoudig. Hij draaide zich om, stapte in zijn auto, die hij even verderop in de schaduw van een boom had geparkeerd, en reed rustig weg.
Dominique keek hem bedachtzaam na. Toen ze zich omdraaide om terug naar het huisje te gaan, botste ze bijna tegen Thomas op, die vlak achter haar was komen staan.
‘Wie was dat?’ vroeg hij afgemeten. ‘En waarom gaf je die man geld?’
Dominique keek hem recht aan. Ze wilde niet meer liegen. ‘Dat was Pepe. En ik was hem geld schuldig. Dat kwam hij halen.’
Thomas bleef haar even vorsend aankijken, maar toen ze geen krimp gaf, zei hij: ‘Als ik merk dat je met het geld van je vader hebt lopen smijten, vorder ik die creditcard die hij je heeft meegegeven in. Begrepen?’
‘Ja.’
‘Kom,’ zei hij, terwijl hij zich omdraaide en groetend zijn hand opstak naar Harry, die nieuwsgierig zijn portiershokje uit was gekomen. ‘Ik wil weten wat Snellen te vertellen had.’
Dominique volgde hem naar het huisje. Op haar slippers kon ze zijn tempo maar nauwelijks bijhouden.
In de woonkamer stonden de ouders van Lilian zwijgend met hun armen om elkaar heen geslagen.
‘Wat is er?’ vroeg Dominique verschrikt. ‘Wat zei de politie?’
Lilians vader hief zijn hoofd van de schouder van zijn vrouw. Zijn ogen stonden vol tranen.
‘Ze hebben de kant van het eiland waar haar mobieltje lag helemaal afgezocht. En op het strand niks gevonden. Maar wel in het water. Daar lag haar zonnebril.’
‘Hoe weten ze dat het haar zonnebril is?’ vroeg Thomas.
‘Omdat haar initialen in een van de poten gekrast zijn,’ zei Lilians vader. ‘Er is geen twijfel mogelijk: het is haar bril.’

51

Dominique lag op haar bed met haar handen onder haar hoofd naar het plafond te staren. Ze had de aanblik van Lilians huilende ouders niet langer kunnen verdragen. Als ze naar haar keken, was het net alsof ze haar de schuld gaven van Lilians verdwijning.
Dat was ook niet zo vreemd. Zij was degene geweest die Lilian had meegenomen naar Aruba. Zij had Lilians ouders ervan overtuigd dat het veilig was. Zij had hier samen met Lilian gezeten en was samen met Lilian op pad gegaan. Zij had Lilian op Enlightenment Island achtergelaten, toen ze zelf met Todd wegging. En zij had zo lang gewacht voordat ze alarm had geslagen.
Natuurlijk, ze had verwacht dat Lilian terug zou komen. Dat ze even ergens heen was gegaan met een jongen. Als zijzelf dan in de tussentijd Lilians ouders zou hebben gewaarschuwd en voor niks paniek zou hebben gezaaid, hadden zowel zij als Lilian moeilijkheden gekregen en was hun mooie vakantie snel voorbij geweest.
En jazeker, ze had wel degelijk actie ondernomen. Ze had de politie gebeld. Ze had gezocht. En ze had Fernandes ingeschakeld, al had die man haar voornamelijk geld gekost en niks opgeleverd.
Maar toch vond Dominique dat het haar schuld was dat ze nu in deze situatie zaten. Lilian was al drie, nee, vier dagen weg, Lilians ouders waren ontroostbaar, haar vader was boos en oom Thomas besteedde kostbare tijd aan haar die hij eigenlijk nodig had voor zijn zaken.
Ze was nog steeds boos op Fernandes en Pepe. Wat bedoelden ze eigenlijk met: Lilian zal nooit meer van dat eiland afkomen? En met: zoeken naar een Nederlander? Ze hadden hier nauwelijks Nederlanders ontmoet. Behalve dan het groepje voetbaljongens, Niels en zijn vrienden Gerben en Rodney en die jongen die zichzelf de Babe Master

noemde. Fernandes zou toch niet een van die jongens bedoelen? Of misschien zelfs het hele groepje? Moest ze daar de politie over inlichten? En wat zou ze dan moeten zeggen? We hebben op een terrasje gezeten met een paar Nederlandse voetbalfans, en nu zegt Fernandes dat we op zoek moeten naar een Nederlander? Snellen zag haar aankomen!

Nee, van Fernandes moest ze het niet hebben, dat was wel duidelijk. Maar wat moest ze dan? Op zoek gaan naar die gasten en ze proberen uit te horen? Vrienden maken en ze in de gaten houden? Stel dat ze echt gevaarlijk waren. Ach, ze kon het zich niet voorstellen. Niels had haar nota bene geholpen toen ze aangerand werd!

Wat kon ze doen? Helemaal niks, alleen afwachten of er misschien nieuws kwam over haar beste vriendin, over wie ze zich nu zo vreselijk veel zorgen maakte.

Ze merkte dat er weer tranen over haar wangen liepen. Dit was echt vreselijk! Veel erger kon het niet worden.

Er werd op de deur van haar kamer geklopt. Nadat Dominique 'ja' had geroepen, kwam Thomas binnen, met haar zoemende mobiel in zijn hand.

'Hij gaat over,' zei hij verontschuldigend. 'Het kan belangrijk zijn, daarom...'

'Ja, bedankt.'

Ze ging rechtop zitten, veegde met haar arm haar tranen weg en pakte haar mobiel aan. Op de display zag ze dat het haar moeder was die belde.

'O, shit,' zei ze, voordat ze opnam.

Thomas, die net de kamer verliet, keek even om, maar sloot toch de deur achter zich.

'Met Do.'

'Hai Dominique, met mama. Hoe is het daar?'

Even aarzelde Dominique. Kon het zijn dat haar moeder iets gehoord had? Misschien via Lilians ouders?

'Ha, mam. Ach, Aruba, hè?' zei ze voorzichtig.

'Ik heb het er met Theo over gehad dat wij ook nodig een keer naar

de Antillen moeten. Het lijkt me daar prachtig. Je vader heeft me er nooit mee naartoe willen nemen.'
'Mama...'
'Ja, ja, ik weet het: geen kwaad woord over je vader. Maar ik ben je moeder en ik heb ook het recht om mijn gevoelens te uiten. En die zijn tegenover je vader nu eenmaal niet altijd even positief. Daar zul je aan moeten wennen, Dominique.'
Ze weet het niet, besefte Dominique op datzelfde moment.
'Je vader is geen heilige, dat zul je ooit ook wel inzien. Maar vertel eens: heb je het daar naar je zin?'
Dominique slikte.
'Je bent er met Lilian, hè? Ik heb haar moeder in geen eeuwigheid meer gezien. Terwijl we toch echt goed bevriend waren. Raar hoe zulke dingen kunnen lopen.'
'Lilians ouders zijn hier, mam.'
Even was het stil aan de andere kant van de lijn.
'Zijn Gerda en Henk daar? Op vakantie?'
'Nee, mam. Je snapt het niet. Oom Thomas is hier ook. Dat heeft papa geregeld.'
'Thomas van Dorp? Dominique... Wat...'
Dominique sloot haar ogen en stond op.
'Lilian is weg, mam. Al vier dagen. De politie is naar haar op zoek, maar ze hebben alleen haar mobiel en haar zonnebril gevonden. Op een eiland waar we geweest zijn. Daarom zijn Lilians ouders hier. En oom Thomas. We zijn allemaal vreselijk ongerust.'
Na opnieuw een korte stilte klonk de stem van haar moeder ijzig. 'Wat is dit, Dominique? Waarom weet ik hier niks van?'
'Het liep allemaal nogal raar. Ik heb heel lang gedacht dat Lil wel terug zou komen.'
'En toen heb je wel je vader gewaarschuwd. En Gerda en Henk. Maar mij niet?'
'Dat zeg ik toch: het liep allemaal nogal raar. Op een gegeven moment moest ik iets doen. En daarna ging alles zo snel.'
'Zo snel dat je niet eens vijf minuten de tijd had om je eigen moeder

op de hoogte te stellen. Dat zegt veel, Dominique. Heel erg veel. Dat mijn eigen dochter...'

'Mam!' schreeuwde Dominique. 'Dit gaat niet om jou! Niet de hele wereld draait om jou! Dit gaat om Lilian! Die is weg! Ze is weg, verdomme!'

'Maar Dominique, je had me toch...'

'Ach, hou toch op! Je begrijpt er niks van. Jij begrijpt echt nooit ergens iets van!'

En met een woedend gebaar drukte ze het gesprek weg. Toen even later haar mobiel weer begon te zoemen, zette ze hem helemaal uit.

Huilend van woede wierp ze zich op haar bed. Ze begroef haar hoofd in het kussen.

Een paar minuten later werd er weer op haar deur geklopt. Toen ze geen antwoord gaf, ging de deur op een kiertje open.

'Do, ik kreeg net een telefoontje van je moeder. Kunnen we daar even over praten?'

Ze snoot haar neus en haalde diep adem. 'Nee, daar wil ik niet over praten. Niet met jou, niet met papa, niet met haar. Het gaat nu om Lilian, oké?'

Hij nam haar peilend op. 'Oké. Maar je zult het er toch een keer over moeten hebben, meisje.'

'Prima, maar nu niet.'

Thomas knikte berustend en vroeg: 'Wil je nog iets hebben? Sap, thee, koffie?'

'Nee, laat me maar even met rust.'

Na een korte aarzeling sloot hij de deur.

52

Nadat ze een tijdje had liggen nadenken, controleerde Dominique op haar telefoon of er misschien een tweet van Lilian was binnengekomen. Het kon toch zijn dat Lilian, waar ze ook was, toegang had tot een computer, hield ze zichzelf voor. Daarna checkte ze de Facebookpagina van haar vriendin. Ze zag dat er een berichtje van Marc op het prikbord stond, maar al vier dagen niets van Lilian zelf. Voor alle zekerheid checkte ze ook nog even Lilians blog. Maar ook daar was niets veranderd.

Toen ze nog altijd geen teken van leven van haar vriendin had gevonden, gooide ze wat water in haar gezicht, haalde ze haar vingers door haar haren en ging ze naar de woonkamer.

Thomas glimlachte naar haar toen ze binnenkwam. De ouders van Lilian keken nauwelijks op, ze zaten lusteloos op de bank, hand in hand.

'Wil iemand misschien iets eten?' bood Dominique aan, terwijl ze naar de keuken liep.

Lilians vader stak afwerend zijn hand op en zijn vrouw zei: 'Ik moet er niet aan denken. Ik zou geen hap door mijn keel kunnen krijgen.'

Thomas kwam achter haar aan. 'Ik lust wel wat.'

Toen ze samen aan het aanrecht boterhammen stonden te smeren, zei Thomas zacht: 'Wat ik ervan begrepen heb, is dat de politie het onderzoek wil toespitsen op die Amerikaanse jongen met wie Lilian op het eiland was.'

'Marc? Die is toch in zijn eentje het eiland afgegaan? Daar hebben ze beelden van.'

'Klopt. Maar Snellen denkt dat hij Lilian misschien iets heeft aangedaan. En haar toen heeft achtergelaten. Of misschien zelfs in zee heeft...'

Dominique bracht haar hand naar haar hoofd. 'Dat kan ik me gewoon niet voorstellen. Marc is een heel lieve jongen. En hij is echt gek op Lil.'
Thomas glimlachte triest. 'Tussen mannen en vrouwen kunnen rare dingen gebeuren. Misschien hebben ze ruzie gekregen en is het uit de hand gelopen.'
Dominique moest het allemaal even tot zich laten doordringen. Marc was inderdaad met Lilian op het eiland achtergebleven. Als er iets met haar gebeurd was, zou het best kunnen dat...
Ze schudde de gedachte van zich af.
'Wat gaat er nu gebeuren?'
Thomas schonk zichzelf en haar een glas jus d'orange in.
'De politie van Aruba zoekt nog eens het hele Enlightenment Island af. Alle boten die er liggen worden nagekeken en alle boten die er horen te liggen worden nagetrokken. En er zijn overal op Aruba posters en opsporingsberichten verspreid met de foto van Lilian.'
'En Marc?'
'Voor zover ik begrepen heb, leggen ze contact met de Amerikaanse politie. Die moet in eerste instantie Marc ondervragen. Misschien brengen ze Marc wel hierheen, of gaat Snellen daarheen, ik weet het niet.'
Dominique dacht aan wat Pepe had gezegd: een Nederlander. Als ze dat hard kon maken, bleef Marc verder buiten schot. Ze wilde hem graag helpen, omdat ze zich niet kon voorstellen dat hij iets te maken had met de verdwijning van Lilian. Maar toch hield ze haar mond.
Thomas ruimde het brood op en nam zijn bord en glas mee naar de woonkamer. Dominique volgde hem. Ze gingen tegenover elkaar aan de eettafel zitten. Toen ze nog maar een paar happen genomen hadden, zei Lilians moeder: 'Nu ik jullie daar zo zie zitten eten, krijg ik toch ineens trek.' Dominique stond meteen op en hielp haar met brood klaarmaken. Even later zaten ze alle vier aan tafel.
Toen ze uitgegeten waren keek Thomas de tafel rond. 'Wat gaan wij nu doen?'
'Hoe bedoel je?' vroeg Lilians vader.

Thomas keek hem ernstig aan. 'We zitten hier nu wel, maar de zaak is in feite in handen van de politie. Er is weinig wat wij kunnen doen. En, hoe lullig dat ook klinkt: het leven gaat door. Ik kan bijvoorbeeld mijn zaak niet veel langer in de steek laten.'
Lilians moeder keek hem aan met ogen die vuur spuwden. 'Als jij zo nodig naar je bedrijf wilt, moet je dat vooral doen, Thomas. Wij blijven hier! In dit huis of in een hotel, dat kan me niet schelen! Maar we laten Lilian niet in de steek!'
'Rustig schat. Zo bedoelt hij het niet.' Haar man legde sussend een hand op haar arm. 'Hij hoeft hier toch niet bij ons te blijven? Als eigenaar kun je niet zomaar vrij nemen van je bedrijf.'
'Dank je, Henk, dat is precies wat ik wilde zeggen,' zei Thomas. 'Als het goed is, komt Charles hier zelf binnen enkele dagen naartoe. En hij heeft mij gevraagd jullie te zeggen dat jullie hier zo lang kunnen blijven als jullie willen. Charles betaalt vanzelfsprekend de verblijfkosten, en je hebt natuurlijk al je retourticket. Als ik ergens anders mee kan helpen – wat dan ook – dan moeten jullie het me direct laten weten!'
Lilians vader knikte hem waarderend toe. 'Dat zullen we niet vergeten. Dank je.'
'Graag gedaan, dat spreekt vanzelf. En wat doe jij, Dominique?'
'Ik blijf hier, als je het goedvindt. Ik wil er alles aan doen om Lil terug te vinden.'
'Prima, het is jouw beslissing.' Thomas stond op. 'Nu moet ik eerst een paar telefoontjes plegen. Het werk gaat door. Straks heb ik een videoconferentie met een paar internationale businesspartners vanaf mijn hotelkamer. En ik moet sowieso binnenkort naar Frankfurt.'
Ook Lilians vader ging staan. 'Oké, dan. Als je er geen bezwaar tegen hebt, checken Gerda en ik toch bij het Marriott in. Dan zitten we in de stad, vlak bij het politiebureau en dat eiland waar Lilian verdwenen is. En dan heeft Dominique hier ook geen last van ons.'
Dominique had voor de vorm kunnen protesteren door te zeggen dat ze het veel prettiger vond als Lilians ouders bij haar in het huisje bleven. Maar dat deed ze niet.

53

Dominique schaamde zich bijna om het aan zichzelf toe te geven, maar ze was enorm opgelucht toen Leroy die middag de ouders van Lilian kwam ophalen om hen naar het Marriott te brengen. Daar zouden ze hun spullen achterlaten en zich opfrissen, zodat ze nog een keer bij het politiebureau langs konden gaan voordat ze die avond met zijn vieren gingen eten.

Thomas las aan haar gezicht af hoe ze zich voelde en schoot in de lach. 'Als je misschien ambities mocht hebben om actrice te worden, dan kan ik je dat van harte afraden, Do.'

'Was het zo duidelijk?' vroeg ze geschrokken.

Hij trok haar naar zich toe en gaf haar een kus op haar wang. 'Nee, daar hebben ze niks van gemerkt. Ik kan me voorstellen dat je je een beetje opgelaten voelt in hun aanwezigheid. Maar die mensen gaan echt door een hel.'

'Dat weet ik ook wel.' Hoewel ze vond dat hij lekker rook, duwde ze hem van zich af. 'Ik vind het ook vreselijk. Maar het is net alsof ze mij verwijten dat ik er wel ben, terwijl Lilian verdwenen is.'

'En hoe gaat het met jou?'

Dominique liep naar de schuifpui en keek naar buiten, naar het zwembad. 'Klote. Gewoon klote. Ik moet de hele tijd aan Lilian denken en ik durf me nauwelijks voor te stellen waar ze is. En hoe het met haar gaat. Denk je dat ze misschien ontvoerd is?'

'Ik weet het niet. Ontvoerders willen meestal losgeld, of iets anders. En dat vragen ze doorgaans binnen de eerste vierentwintig uur.'

'Dus dan zou het niet om een ontvoering gaan... Maar wat dan?'

'Haar paspoort is nog hier, dus de kans dat ze Aruba heeft verlaten is heel klein. Of ze moet op een boot zijn gestapt. Maar anders zou ze

dus nog ergens op Aruba moeten zijn.'
Ze draaide zich naar hem om. 'Thomas, zeg eens eerlijk: denk jij dat ze dood is?'
Hij zuchtte. 'Hoe kun je mij dat nou vragen? Ik hoop en bid dat er niks met Lilian aan de hand is en dat ze heel gauw weer terugkomt. Maar we hebben al vier dagen niks van haar gehoord. En het is maar een heel klein eiland.'
'Maar het kan toch, dat ze bijvoorbeeld bij iemand is en dat ze al die tijd geen mogelijkheid heeft gehad om contact met ons op te nemen?'
Haar ogen stonden zo smekend, dat hij antwoordde: 'Ja, Do. Dat kan.'
Ze geloofde het zelf niet, maar wilde het ontzaglijk graag geloven.
Toen Thomas even later zijn koffer aan het inpakken was, liep ze zijn slaapkamer binnen en vroeg: 'Kan ik nog ergens mee helpen?'
'Nee, bedankt, ik red me wel.' Hij keek op. 'Maar je kunt me wel vertellen hoe je het met je moeder gaat aanpakken.'
'Alsjeblieft, zeg!'
'Nee, Do, ik meen het. Zo kun je niet met haar omgaan. Ze is en blijft je moeder.'
'Dat weet ik ook wel. Papa zegt dat ook steeds. Maar soms erger ik me zo wezenloos aan haar, dan word ik al chagrijnig als ik haar stem hoor.'
Hij grinnikte. 'Ik weet precies wat je bedoelt. Datzelfde heb ik soms met mijn eigen vrouw. Maar dan nog: je kunt je moeder niet zo buitensluiten.'
Dominique ging op de rand van het bed zitten. 'Dat aanstellerige gedoe altijd, weet je. Zeker sinds ze met die sukkel van een Theo is, daar word ik helemaal kregel van. En het moet altijd maar over haar gaan. Alsof haar leven zo interessant is!'
'Dat kan wel zijn, Do, maar ze voelt zich heel slecht behandeld door je, omdat je haar niet even hebt laten weten wat er hier aan de hand is. Ze wilde zelfs meteen hierheen komen.'
'Nee toch?'
Haar geschrokken reactie leek hem te amuseren.
'Nee, ze komt niet, want het bleek op zo korte termijn niet te regelen voor haar en Theo. Maar toch: je moet wat meer aan haar denken, Do.'

‘Begrepen, hoor. Is de preek nou klaar?’
Hij deed zijn koffer dicht en keek om zich heen. ‘Volgens mij zijn we hier klaar. Ik zal zo Leroy bellen dat hij ons moet komen halen.’
‘Hoe laat heb je die videoconferentie?’
Hij keek op zijn horloge. ‘Over een kleine twee uur. Dan kunnen we eerst nog even wat drinken in de stad. Of heb je geen zin om met je ouwe oom gezien te worden?’
Voor het eerst die dag schoot ze in de lach.

54

'Zit je ook weleens zo met je vader op een terrasje?' vroeg Thomas. Hij zat een beetje onderuitgezakt in de zon naast een tafeltje met parasol. Zijn zonnebril was afgegleden naar het puntje van zijn neus, terwijl hij een biertje pakte dat net voor hem was neergezet.

Dominique nam een slok van haar witte wijn en glimlachte. 'Papa en ik zitten echt nooit op een terrasje. Ten eerste omdat hij nooit met mij uitgaat. En ten tweede omdat hij er eigenlijk nooit is. Ik zie Helga nog vaker dan hem.'

'Waar heeft hij anders een huishoudster voor?' protesteerde Thomas lachend. 'Als hij de hele tijd thuis zou zijn, deed hij alles wel zelf.'

'Ja hoor, vast! Hij weet niet eens hoe je een ei moet koken.'

'Dat komt alleen maar doordat het water steeds aanbrandt.'

Ze hadden het allebei naar hun zin. Voor even lieten ze de spanning van de afgelopen dagen van zich afglijden en vergaten ze waarom ze hier met z'n tweeën op Aruba waren.

Tot er een jeep op het plein stil bleef staan. Er sprong een man uit die Dominique direct herkende. Hij liep rechtstreeks naar hun tafeltje, salueerde overdreven naar haar en toen naar Thomas, en zei toen: 'Fernandes laat zeggen dat een van je Amerikaanse vrienden op het politiebureau zit.'

'Wat?' vroeg Dominique verward. 'Een van m'n Amerikaanse vrienden? Welke?'

'Degene die met je vriendin op het eiland was.'

Ze keek hem stomverbaasd aan. 'Marc? Dat kan niet. Die zit in Texas.'

Met een clownesk gebaar haalde de man zijn schouders op. 'Fernandes liegt nooit. En deze tip is gratis, zegt hij erbij. Een heel mooie dag nog samen!'

Met een paar passen was hij weer bij de jeep. Voordat hij wegreed, drukte hij de claxon even in, waarna hij zwaaide zonder om te kijken.
'Wie was dat?' vroeg Thomas verbaasd.
'Dat was Pepe. Dezelfde man die je bij Harry hebt gezien.'
Hij keek haar onderzoekend aan. 'Waarom komt hij naar jou toe om zulke dingen te zeggen? En waar slaat dat op wat hij zei over die Amerikaanse vriend van jou?'
'Ik weet het niet,' zei ze nadenkend. 'Als Fernandes me flauwekul wil vertellen, waarom doet hij daar dan zoveel moeite voor? En hoe weet hij dat ik hier zit?'
Op dat moment gingen allebei hun mobieltjes over. Ze bekeken gelijktijdig het berichtje dat ze van Lilians vader hadden gekregen:
SNELLEN VERHOORT NU MARC FLANAGAN, DE JONGEN VAN HET EILAND. IS NAAR ARUBA GEBRACHT. HENK
Dominique keek in de richting waar de jeep was verdwenen. Ze beet op haar lip.
'Ik neem aan dat ze hier op het bureau zitten,' zei Thomas. 'Maar ik vraag het wel even.'
Zijn duimen bewerkten het toetsenbordje van zijn smartphone in een hoog tempo.
Even later kwam het antwoord.
'Klopt,' zei Thomas, 'ze zitten op het bureau.'
'Dat is hier vlakbij.'
Hij nam een grote slok van zijn bier.
'Laten we er maar even heen gaan.'
Samen liepen ze naar het politiebureau. In de hal troffen ze de ouders van Lilian.
'Hebben ze die jongen uit Amerika over laten komen?' vroeg Thomas.
Lilians vader knikte. 'Hij is hier met zijn vader en een Amerikaanse politieman. Snellen is hem nu aan het verhoren.'
'Dus hij wordt verdacht?' concludeerde Dominique.
'Volgens Snellen is hij momenteel de voornaamste verdachte,' vertelde Lilians moeder. 'Hij is degene die Lilian voor het laatst gezien heeft.'

‘Maar waarvan wordt hij dan precies verdacht?’ wilde Dominique weten.

Lilians vader keek haar ernstig aan. ‘Ik ben bang dat hij dat zelf zal moeten vertellen.’

Er kroop een koude rilling over Dominiques rug naar boven.

55

Van het geplande etentje kwam die avond niets meer. De ouders van Lilian wilden begrijpelijkerwijs op het politiebureau blijven, voor het geval het verhoor van Marc nieuws zou opleveren over hun dochter. Dominique had gevraagd of ze Marc mocht zien en spreken, maar dat verzoek werd afgewezen door de Arubaanse politie.

Niet veel later kwam het bericht dat het verhoor pas verder zou gaan na de komst van de advocaat, die op verzoek van Marcs vader werd ingeschakeld.

Samen met Thomas at Dominique een snelle hap bij een fastfoodtent. Omdat Thomas voor zijn werk terugging naar zijn hotelkamer, liet ze Leroy komen om haar weer naar het huisje te brengen.

'Wat een ellende,' zei Leroy, toen ze wegreden van het parkeerterrein waar hij haar had opgepikt. 'Dit is wel de ergste manier om iemands vakantie te verpesten.'

Ze keek hem even van opzij aan. 'Het meest klote is nog wel dat we helemaal niet weten wat er met haar gebeurd is.'

'Zulke dingen geven het eiland een slechte naam.'

Dominique lachte schamper. 'De reputatie van Aruba is nou niet precies waar ik me het meeste zorgen over maak.'

'Dat begrijp ik wel.' Hij maakte een verontschuldigend handgebaar. 'Sorry, het was niet mijn bedoeling om ongevoelig te zijn. Natuurlijk vind ik het vreselijk dat je vriendin verdwenen is.'

Ze bereikten de doorgaande kustweg. Het viel Dominique op dat bijna geen enkele auto hier bij daglicht zijn lampen aanhad, zoals dat in Nederland inmiddels gebruikelijk was. Zodra de schemering inviel, voerden sommige Arubanen opeens groot licht.

'Begreep ik het nou goed dat ze iemand hebben opgepakt?' vroeg Leroy.

Weer keek ze even opzij. 'Ja, de Amerikaanse jongen die bij Lilian was op het eiland, die avond. Daarna heeft niemand haar meer gezien.'

Leroy floot tussen zijn tanden. 'Dan is hij de klos. Goed dat ze hem te pakken hebben.'

'Ja? Ik weet het niet.'

Hij wierp een onderzoekende blik op haar. 'Hoor ik twijfel?'

Ze schokschouderde. 'Ik weet het gewoon niet, Leroy. Marc is echt een aardige jongen. Hij lijkt me niet iemand die...'

'Dat weet je nooit.'

Terwijl ze zwijgend voor zich uit keek, ging haar telefoon. Toen ze zag dat het Thomas was, nam ze snel op.

'Hé, ik dacht dat jij druk met je werk was.'

'Klopt, maar ik kreeg net een telefoontje van Henk.'

'O?'

'Hou je vast. Ze hebben via de politie een bericht gekregen van iemand die zegt dat hij Lilian ontvoerd heeft. Hij wil een half miljoen losgeld.'

'Wát? Is het een ontvoering? Jezus, wat afschuwelijk, arme Lil! Maar... dat is op zich goed nieuws toch? Een half miljoen euro?'

'Dollars. Ik heb gezegd dat Charles en ik garant staan voor dat bedrag, als het nodig is.'

'Allemachtig, kunnen jullie zoveel geld in één keer missen?'

'Sommige dingen zijn belangrijker dan geld, Do.'

Ze leunde achterover tegen de versleten hoofdsteun van haar stoel.

'En wat zeiden ze?'

'Ze waren blij. Natuurlijk. Als Lilian ontvoerd is, leeft ze tenminste nog. Je kunt je voorstellen hoe bang die mensen zijn geweest.'

'Anders ik wel.'

'Hoe dan ook, ik weet niet wat er nu precies gaat gebeuren. De politie bepaalt hoe het verder loopt. Maar we houden in elk geval contact.'

'Oké. Hé, en als die ontvoerder nu contact heeft opgenomen, wil dat dus zeggen dat Marc onschuldig is. Want die zit hier in Oranjestad op het bureau.'

'Dat klopt. Maar misschien heeft hij wel een medeplichtige.'

Daar kon ze weinig tegen inbrengen.
Ze maakte een einde aan het gesprek en trok een ongelovige grimas.
'Heb je dat allemaal gehoord, Leroy? Terug naar het politiebureau!'
Op het smalle landweggetje maakte hij een U-bocht, waarbij hij bijna een grote cactus raakte. De rit kon Dominique niet snel genoeg gaan.

56

Nadat ze een groot deel van de avond had doorgebracht op het politiebureau en voornamelijk had gewacht in gezelschap van Lilians ouders, was Dominique naar La Mamba gelopen. Ze kon zich er niet toe brengen om direct naar het huisje te gaan, maar nu Thomas zich op zijn hotelkamer had opgesloten, had ze gezelschap nodig. Mensen met wie ze kon praten.

Haar teleurstelling was groot toen ze niemand van het groepje van Dave zag. Ze bestelde bij de bar een witte wijn en nam die mee naar buiten. Daar belde ze hem met haar mobieltje.

Hij nam direct op. 'Hé, Do!'

'Hi, Dave. Ik ben in La Mamba. Komen jullie ook? Ik heb nieuws.'

'Straks. Ik ben bijna klaar met werken.'

'Oké, ik wacht.'

'Ciao.'

Dominique nestelde zich op een van de weinige vrije stoelen op het terras van La Mamba. Ze overdacht de situatie. Aruba was een droom van een vakantiebestemming, maar op dit moment wilde ze dat Lilian en zij er nooit naartoe waren gegaan. Hoe had dit nu toch zó mis kunnen lopen? Ze had alles fout gedaan. Ze was onverantwoordelijk en onvolwassen geweest. Maar het ergste was nog: ze voelde dat ze vreselijk tekort was geschoten tegenover haar beste vriendin.

Twee glazen wijn later kwamen Dave, Chuck en Jerome vrolijk pratend en lachend aanlopen.

'*Hi guys*!' riep Dominique hen toe en ze stond op. 'Waar is de rest?'

'Alan en Trish zien we nauwelijks nog, die zijn alleen maar op de hotelkamer van Trish,' vertelde Jerome grijnzend. 'En Amanda en Latoya zijn een paar dagen naar Bonaire om te duiken.'

Ze gingen naar binnen, bestelden wat te drinken en namen plaats aan een tafeltje achterin. Chuck nam een schaaltje nachos mee, waaraan hij meteen enthousiast begon.
'Zei je nou dat je nieuws hebt over Lilian?' vroeg Dave. 'Vertel.'
'Ja. Het is raar, en heel verwarrend allemaal,' verzuchtte Dominique. 'Een van de Amerikaanse jongens die toen bij ons was, Marc, zit hier nu op het politiebureau. Hij is de laatste die haar gezien heeft, dus verdenken ze hem. Maar terwijl hij hier ondervraagd werd, kwam er vanavond een bericht binnen bij de politie van iemand die zegt dat hij Lilian ontvoerd heeft. Hij wil een half miljoen losgeld.'
'*Holy cow*!' zei Dave. 'Nemen ze dat serieus?'
'Ze moeten wel. In het mailtje stond precies wat voor kleren Lilian aanhad op de avond dat ze verdween.'
'Was het een mailtje en geen telefoontje?' vroeg Jerome ongelovig. 'Dat is stom. Dan valt zo te traceren waarvandaan het verzonden is.'
Dominique maakte een spijtig gebaar. 'Dat zei ik ook al. Maar volgens die politiemensen was er gebruikgemaakt van proxyservers, zodat ze niet konden natrekken waar het mailtje verzonden was.'
'Ja, duh!' zei Jerome schamper. 'Niet achteraf, natuurlijk. Maar wel op het moment dat het binnenkomt!'
'Jerome is onze nerd,' legde Chuck uit. 'Wat hij niet weet van computers, is het weten niet waard. De beste hacker die ik ken.'
'Hé, hé,' riep Jerome en keek quasibezorgd om zich heen. 'Een beetje voorzichtig met dat soort info, maat. Je weet nooit wie er meeluistert!'
'Maar dan zouden ze dus kunnen uitvogelen wie dat mailtje verzonden heeft?' vroeg Dominique ernstig.
'Met de juiste software en hardware wel, ja,' antwoordde Jerome. 'Maar ik betwijfel of de politie van Aruba die heeft. Daar heb je wat grover geschut voor nodig.'
Dominique greep zijn arm. 'Vind je het erg om dat te vertellen aan de politieman die de leiding heeft van het onderzoek?'
Jerome keek onzeker naar zijn twee vrienden. 'Eh... ik weet niet, ik...'
'Ik beloof je dat je er niet door in de problemen komt!' pleitte Domi-

nique. 'Niemand komt te weten dat jij een hacker bent. Alsjeblieft! Het gaat om Lilian.'
'Oké. Wanneer?'
'Nu meteen.' Dominique dronk haar glas leeg en stond op. 'Dit moet zo snel mogelijk.'
De drie jongens sloegen hun bier achterover en gingen met haar mee. Chuck gooide het restje nachos op zijn hand en at dat al lopend op.

In de hal van het politiebureau zaten de ouders van Lilian nog steeds te wachten. Toen ze Dominique zagen binnenkomen, stonden ze op.
'Ha, Do. Ik wil toch nog een keer gezegd hebben dat ik het geweldig vind van je vader en Thomas dat ze ons zo helpen,' zei Lilians vader, terwijl hij haar hand greep. 'Wijzelf zouden dat geld nooit bij elkaar kunnen krijgen.'
Zijn vrouw stond er zwijgend bij. Ze bekeek Dominique heel wat minder verwijtend dan ze tot dan toe had gedaan.
Dominique maakte haar hand los. 'Bedankt, ik zal het aan ze doorgeven. Maar ik moet nu echt even verder.' Ze gebaarde naar de drie jongens achter haar. 'Mijn Amerikaanse vrienden hebben een tip waar sergeant Snellen misschien wat aan heeft.'
Lilians ouders lieten hen doorgaan. Dominique meldde zich bij de balie en vroeg naar Snellen.
Een paar minuten later kwam de dikke politieman de hal in. Hij zag eruit alsof hij al een lange dag in dezelfde kleren in een zweterige omgeving had doorgebracht, en waarschijnlijk was dat ook zo.
Dominique stelde de drie jongens aan hem voor.
'Wat kan ik voor jullie doen?' vroeg Snellen op een toon die weliswaar vriendelijk was, maar toch uitdrukte dat hij weinig tijd had.
'We hadden het net over het mailtje dat vanavond binnenkwam,' vertelde Dominique, 'en toen zei ik dat het niet te traceren was.'
'Klopt,' zei Snellen. 'De verzender heeft een of meer proxyservers gebruikt, waardoor het mailtje via minstens één ander tussenstation verstuurd is. Het kan dus van overal op de wereld verzonden zijn, dat is niet na te gaan.'

'Jawel, hoor.' Jerome keek triomfantelijk. 'Als je op het moment van verzenden een *virtual tracking hound* inzet, kun je het IP-adres van de verzender lokaliseren.'
Snellen zuchtte. 'Dat zal best. Zoiets heb ik op televisie ook weleens gezien. Maar dacht je nou werkelijk dat wij daarvoor de juiste apparatuur voorhanden hebben?'
'Je hebt een supersnelle verbinding nodig,' gaf Jerome toe. 'En de juiste software. En een heel snel en krachtig mainframe. Maar dan moet het kunnen lukken.'
'Kunt u geen hulp inschakelen?' vroeg Dominique.
Met een vermoeide glimlach zei de politieman: 'Zoals? De Nederlandse politie? Die zien me aankomen. En bovendien, voordat die hier zoiets hebben opgezet, zijn we dagen, of misschien zelfs weken verder.'
'Maar de FBI of de CIA moet toch iets kunnen doen?' suggereerde Dave. 'Die hebben alle apparatuur die nodig is voor zo'n operatie.'
'Als het slachtoffer een Amerikaanse was, zou ik hen zo kunnen inschakelen,' zei Snellen. 'Maar nu heb ik alleen een Amerikaanse verdachte. En door wat er vanavond gebeurd is, met dat losgeldverzoek, weet ik niet eens of we hem wel kunnen vasthouden.' Hij keek om zich heen. 'We kunnen het proberen, maar ik reken nergens op. Als jullie niets dringends meer hebben, ga ik verder met mijn werk. Er is nog veel te doen.'
'Volgens mij wil hij gewoon niet,' zei Chuck, terwijl hij de politieman nakeek, die een gang in liep en verdween.
'Hij zit gewoon in een klotesituatie,' wierp Jerome tegen. 'Die man kan geen kant op, want hij heeft de technische middelen niet.'
Dominique pakte haar mobieltje en liep van de anderen weg.
'Wat ga jij doen?' vroeg Dave.
'Even een berichtje versturen.'
Ze tikte in: WETEN JULLIE APPARATUUR VOOR HET NATREKKEN VAN DE LOSGELDMAIL? X DO Ze zocht haar vader en Thomas op in de contactenlijst en drukte op SEND.

57

Dominique werd zwetend wakker, na een nacht vol dromen waarin ze werd achtervolgd en geen uitweg kon vinden.
Het duurde even voordat ze wist waar ze was. Toen kwam het besef: Aruba, Lilian.
Met gesloten ogen bleef ze een tijdje liggen nadenken. Goed dat ze het vannacht niet zo laat had gemaakt en dat ze ook niet zoveel gedronken had. Ze moest helder blijven, voor het geval dat er plotseling nieuws van Lilian kwam.
Voordat ze Leroy had gebeld om haar naar huis te rijden, om een uur of halfeen, was ze met Dave, Chuck en Jerome nog even naar La Mamba gegaan. Ze hadden zitten praten, totdat Dave zijn arm om haar heen had geslagen en haar tegen zich aan had getrokken. Aanvankelijk had ze het toegestaan, maar toen hij haar kuste en een hand over haar rug liet glijden, had ze hem zachtjes van zich af geduwd. Todd zat nog te veel in haar hoofd en in haar hart om al iets met Dave te beginnen. Ondanks alles wat er op die eerste, heel erg dronken avond tussen hen was gebeurd.
Ze dacht aan Dave en glimlachte. Hij had het sportief opgenomen. 'Geen haast, geen druk,' had hij gezegd, met beide handen in de lucht ter hoogte van zijn hoofd, om zijn bereidwilligheid en onschuld te bewijzen. En dan die grappige ogen van hem, onder die lok haar die steeds voor zijn gezicht viel. Ze mocht hem graag.
Maar Todd, ja Todd. De paar nachten die ze met hem had doorgebracht, zou ze niet snel vergeten. Daarom vond ze het jammer dat hij nog altijd niet gereageerd had op haar sms'jes.
Toen ze was thuisgekomen, had ze hem voor het eerst gebeld. En hij had nog opgenomen ook. '*No strings attached*,' had hij al binnen een

paar zinnen gezegd. Geen bindingen, geen verplichtingen. Alleen een hartstochtelijke vakantieliefde. Met en zonder pillen.
Natuurlijk hadden ze het over Marc gehad. Todd was inmiddels zelf ook verhoord door de politie. '*No big deal*,' zei hij. Marc en hij waren nergens schuldig aan: zo simpel lag het, volgens hem. Dus konden ze Marc op Aruba ook nooit lang vasthouden. Het kwam allemaal vast wel goed. Joviaal en zelfs vrolijk maakte hij een einde aan het gesprek. Pas toen ze had opgehangen, besefte ze dat hij helemaal niks had gezegd over Lilian. En zelfs niet naar haar gevraagd had. De klootzak! Hoe had ze zich zo in iemand kunnen vergissen. Wat haar betreft kon hij precies krijgen wat hij wilde: no strings attached!
Moeizaam kwam ze uit haar bed. Pas onder de douche werd ze echt wakker. Toen ze gapend en zich uitrekkend de woonkamer in kwam en haar mobieltje checkte, zag ze dat haar vader twee keer had gebeld. Meteen belde ze hem terug. Hij nam vrijwel onmiddellijk op.
'Ha Do, ik zag je berichtje.'
'Hoi pap. Goeie reis gehad?'
'Ja, prima. Ik zit nu in Milaan. Maar over wat je me schreef: hoe bedoel je dat met die apparatuur?'
Dominique bracht hem kort op de hoogte van de gebeurtenissen van de vorige avond. En ook van wat Jerome had gezegd.
'Misschien kun jij je zakelijke contacten gebruiken om dat na te laten trekken?'
Hij gnuifde. 'M'n zakelijke contacten. Een lekkere ben jij! Dat ligt vaak heel erg gevoelig. Als ik een zakenpartner vraag om iets voor me te doen, kan ik erop rekenen dat hij later een veel grotere wederdienst wil.'
'Maar dit is belangrijk!'
'Dat is waar. Wat zou er precies moeten gebeuren?'
'Ze zouden contact moeten opnemen met Snellen en een soort verbinding tot stand moeten brengen met de computer van de politie hier. Als er dan nog een mailtje van de ontvoerder komt, kunnen ze nagaan waar het vandaan komt. Volgens Jerome zijn daar snelle computers met groot werkgeheugen en toegepaste software voor nodig. Als het moet, kan hij die software wel leveren.'

'Dat is iets voor een inlichtingendienst, Do. Zoiets kunnen mijn zakenrelaties ook niet regelen. Maar ik zal eens een paar telefoontjes plegen,' zei haar vader nadenkend. 'En even met Thomas overleggen, want die heeft veel contacten in de regio. Hij weet vast wel een paar touwtjes waaraan hij kan trekken om zoiets voor elkaar te krijgen. Al ben ik wel bang dat hij dan van mij een tegenprestatie verlangt.'
'Hoe bedoel je?'
'Nou, laat ik het zo zeggen: Thomas en ik hebben in het verleden veel samengewerkt, maar zitten nu deels op dezelfde markten. Hij is momenteel meer een "conculega" dan een collega. Van een paar deals waar we samen in hebben gezeten, wil hij nog altijd graag informatie en achtergronden, zodat hij daarmee zelf grote klanten – ook een paar van mijn klanten – kan binnenhalen. Dat heb ik tot nog toe steeds geweigerd, ondanks onze goede relatie. Maar ja, handel is handel, daar moet je hard in zijn. Als hij mij helpt, moet ik hem helpen.'
'Zou dat kunnen? Dat zou geweldig zijn.'
'Ik durf nog niks te beloven, Do. We hebben het hier echt over big business. En ik zal met een paar van m'n compagnons moeten overleggen. Die mannen hebben stevig geïnvesteerd in onze handel, en zullen zeker gecompenseerd willen worden. Dit is niet makkelijk.'
'Geloof ik best, pap. Maar het gaat hier wel om Lilian, hè!'
'Ja, ik weet het, Do. Ik weet het. Oké, dan ga ik nu wat telefoontjes plegen. Dat kan even duren. Ik bel je later wel terug.'
'Hartstikke goed! Bedankt. Tot later.'
Ze voelde zich op slag een stuk beter. Toen ze wat brood smeerde, betrapte ze zichzelf erop dat ze aan het neuriën was.

58

Vanaf nu was het afwachten, besefte Dominique. Zelfs als het haar vader zou lukken om de computerfaciliteiten van een groot bedrijf in te schakelen, zouden ze moeten wachten tot de ontvoerder opnieuw contact opnam. Of totdat er iets nuttigs zou komen uit de verhoren van Marc. Of tot Lilian zelf iets van zich zou laten horen.

Ze was dolblij dat de ouders van Lilian niet meer in het huisje verbleven. Maar nu oom Thomas ook vertrokken was, voelde ze zich wel erg alleen. De dag die voor haar lag leek bijzonder leeg.

Als ze zich thuis zo voelde, ging ze altijd haar kamer opruimen, of haar stapel tijdschriften uitzoeken. Hier op Aruba was niet veel meer te doen dan zwemmen, in de zon liggen, of de stad ingaan om te winkelen, te eten en te drinken. Dat was precies wat haar voor ogen stond als ze dacht aan vakantie, maar nu ze veroordeeld was tot afwachten, wilde ze liever iets omhanden hebben.

Ze pakte haar telefoon. Geen berichtjes, geen verdere meldingen van gemiste oproepen. Met het bekijken van haar mail, haar Facebookpagina en haar vaste nieuwssites was ze binnen een halfuurtje klaar. In Nederland gebeurde ook niet veel tijdens haar afwezigheid: het kabinet had weer eens onderling ruzie en er waren problemen met het spoor. Geen nieuws dus.

Maar wat nu, vroeg ze zich af. Het was nog wat te vroeg om al te gaan zwemmen en zonnen. Ze kon naar zee gaan, of een eindje rijden met de scooter, maar zulke dingen deed ze liever niet alleen. Daarvoor was ze nou juist samen met Lil op vakantie gegaan.

Ze liep naar Lilians kamer. De ouders van Lilian hadden de dag daarvoor alle spullen van hun dochter meegenomen. Zo te zien had Angie er daarna ook nog schoongemaakt, want de slaapkamer zag er vrijwel

ongebruikt uit. Nu alles van Lilian hier weg was – haar koffer, haar kleren, haar tandenborstel en zelfs haar haren uit de wastafel en het doucheputje – leek het net alsof Lilian hier nooit geweest was. Die gedachte bezorgde Dominique een koude rilling.
Toen viel haar oog op het kastje naast het bed. Daar lag een dik, beduimeld, zwart opschrijfboekje. Dominique herkende het: dat gebruikte Lilian altijd om aantekeningen in te maken over dingen die ze zag en meemaakte die ze niet wilde vergeten, zoals kunstwerken die ze mooi of interessant vond, of films die ze nog wilde zien. Zouden Lilians ouders vergeten zijn het mee te nemen? Dat kon ze zich bijna niet voorstellen: daarvoor lag het daar veel te open en bloot. Het was veel waarschijnlijker dat Angie het naderhand had gevonden bij het schoonmaken of het opmaken van het bed. Als ze haar zag, zou ze het vragen.
Dominique pakte het boekje en nam het mee naar de woonkamer. Later op de dag, als ze naar de stad ging, zou ze het wel meenemen voor Lilians ouders.
Ze plofte in een makkelijke stoel neer en begon te bladeren. Het boekje had een zwart omslag met rode hoekjes. Op de voorkant stond in verzonken letters NOTES. In het achterplat zaten twee gaatjes, waaraan een breed elastiek was bevestigd, dat gebruikt kon worden als bladwijzer of om het boekje dicht te houden. Er stonden veel *to do*-lijstjes in, soms met een datum erbij. Ook waren er lijstjes met gelezen boeken en muziek die nog moest worden gedownload. Allemaal in het handschrift van Lilian, dat ze zo goed kende.
Glimlachend bekeek Dominique een pagina met aantekeningen over de dingen die Lilian wilde meenemen naar Aruba of moest regelen voor haar vertrek. Paspoort checken, vaccinatie gele koorts, boeken mee, lijstje adressen ansichtkaarten. Ze had een opsomming gemaakt van de kleren en andere spullen die ze wilde meenemen. Veel dingen waren afgekort, zoals Lilian dat wel vaker deed. Dominique, die vroeger op school vaak aantekeningen van haar vriendin had overgenomen, kon bijna alles ontcijferen. Slechts twee afkortingen in het to do-lijstje voor de vakantie kon ze niet thuisbrengen: 'Naar ab. kl.?' en

'Bellen TT'. En in het lijstje met dingen die Lilian zich had voorgenomen om tijdens de vakantie te gaan doen, stond behalve 'bruin bakken', 'hele eiland zien' en 'veel foto's!' ook iets wat ze niet begreep: 'R. inlichten'.
In gedachten verzonken bladerde Dominique door het volgeschreven middelste deel van het boekje naar de achterste paar pagina's, die bij elkaar werden gehouden door het elastiek. Ze deed het elastiek weg en zag dat ook daar aantekeningen in Lilians handschrift stonden.
Er was een op datum gerangschikt overzichtje met bedragen: blijkbaar hield Lilian een soort boekhouding bij van haar oppasgeld en zakgeld, en wat ze zoal uitgaf. Niks bijzonders, zo te zien, alleen had ze vlak voor hun vertrek een paar grotere uitgaven gedaan, zag Dominique.
Ze bladerde door naar een lijstje met adressen. Achter sommige namen stond een kruisje, en boven aan de kolom met kruisjes stond een 'K'. Dat waren waarschijnlijk kaarten, dacht Do, want ze herinnerde zich dat Lilian al op een van de eerste dagen na hun aankomst een paar ansichtkaarten had zitten schrijven. 'Anders zijn wij straks al thuis wanneer de kaarten aankomen,' had ze ter verdediging van zichzelf gezegd, toen Dominique haar uitlachte om haar voortvarendheid.
Eén pagina had als kop 'WW'. Daaronder stond een aantal websites met de bijbehorende inlognamen en wachtwoorden.
Dominique snoof. Dat zou zijzelf nou nooit doen! Al je wachtwoorden bij elkaar bewaren: dat was toch vragen om moeilijkheden! Het viel nog mee dat Lilian er haar pincode niet bij had gezet! Stel je voor dat je zo'n aantekenboekje kwijtraakte, of dat het in verkeerde handen viel! Dan was je mooi de klos.
Moet je toch eens zien! De inlogcode van Lilians bank, haar accounts bij Google, Twitter, Facebook, haar oude Hyves-account, een paar webshops en diverse serviceabonnementen. En ook van haar Blogger-blog. Plus nog een paar dingen, die Dominique niet direct kon thuisbrengen. In de meeste gevallen had Lilian als inlognaam 'Lil' gebruikt en als wachtwoord een deel van haar naam plus haar geboortedatum of postcode. Slechts in één geval, bij iets wat als 'WP' aangemerkt stond, had ze een ingewikkelde combinatie van cijfers en letters gekozen.

Dominique bladerde terug. Het hele middenstuk van het boekje stond vol met aantekeningen en korte notities. Het was een soort dagboek, dat begon met een pagina die de sprekende titel 'For Lil's Eyes Only' had.

Natuurlijk liet Dominique zich daardoor niet weerhouden. Aan de datum bij de eerste dagboekpagina was te zien dat Lilian bijna drie jaar geleden begonnen was met haar eerste aantekeningen, toen ze nog op school zaten.

Ze glimlachte. Op de basisschool hadden Lilian en zij allebei een dagboek gehad, dat ze altijd aan elkaar lieten lezen. Soms, als ze ruzie hadden, mochten ze elkaars dagboek een tijdje niet zien. Als zij het dagboek van Lilian dan na een tijdje weer onder ogen kreeg, stonden er soms onaardige dingen over haarzelf in. Maar ja, zo schreef ze zelf ook weleens over Lilian, als ze haar niet kon uitstaan. Gelukkig duurden die ruzies nooit zo lang.

Maar ze had helemaal niet geweten dat Lilian weer aan een dagboek begonnen was. En nog wel in deze vorm, waarbij je het risico liep dat iedereen het kon lezen, als je het per ongeluk ergens liet slingeren. Zelf zou ze zoiets online zetten, veilig verstopt achter een inlognaam en een wachtwoord dat zelfs haar beste vriendin niet kende.

Ze ging onderuitgezakt in een stoel zitten, met haar benen over de ene armleuning en met haar rug tegen de andere, om rustig te kunnen lezen.

Het dagboek bestond uit louter losse notities. Hier en daar stond een wat langer stukje tekst, altijd vol afkortingen en zinnen die soms half afgemaakt leken. Op sommige dagen had Lilian kennelijk meer behoefte om zich te uiten dan op andere, want er waren af en toe maanden zonder zelfs maar een enkele notitie, terwijl er dan ineens binnen een paar dagen hele lappen tekst stonden.

Dominique las over ruzies tussen Lilian en haar ouders, die meestal met H en G werden aangeduid. Over zorgen voor examens en later tentamens. Over klasgenoten en studievrienden. Over hoe moeilijk ze het aanvankelijk vond om in Amsterdam te aarden.

Omdat Lilian mensen uit haar omgeving aanduidde met afkortingen of verbasterde namen, was het niet altijd direct duidelijk wie ze bedoelde. Zo kostte het Do bijvoorbeeld enige tijd voordat ze in de gaten had dat de naam 'Remi' op haarzelf sloeg. Ze schoot in de lach. 'Do-Remi, wat geinig, Lil!' zei ze hardop.

Met verbazing las ze Lilians verslagen van gebeurtenissen die ze allebei hadden meegemaakt, maar die zijzelf zich beslist anders herinnerde dan haar beste vriendin. Soms kwam ze ongezouten meningen tegen, waar ze nogal van opkeek. Zoals de notitie dat Remi zich vaak gedroeg als een verwend klein kind, die het normaal vond om anderen naar haar hand te zetten en iets gedaan te krijgen zodat alles liep zoals zij het wilde. Of dat Remi gewend was om in gezelschap van anderen de vreselijkste dingen te zeggen over haar vriendinnen, maar zelf bij het minste of geringste op haar tenen was getrapt en dan chagrijnig of boos werd.

Beschaamd las ze over het enorme feest dat Remi – zijzelf dus – na het behalen van haar propedeuse had georganiseerd en waarvoor ze een hippe bar in de Spuistraat had afgehuurd, natuurlijk met financiële hulp van haar vader. En over hoe Lilian haar eigen propedeusefeestje op het laatste moment had afgeblazen, omdat ze niet veel meer kon bieden dan bier en wijn op haar eigen kamer en ze bang was dat daar niemand zou komen.

Dominique keek een tijdje peinzend voor zich uit. Het deed pijn om zulke dingen te lezen, zeker als ze afkomstig waren van je beste vriendin, die je al je hele leven kende. Maar erger vond ze het nog dat diezelfde vriendin kennelijk zo bang was geweest voor haar mogelijke reactie, dat ze haar deze verwijten nooit in haar gezicht had durven zeggen. Dat trok ze zich nog erger aan dan de verwijten zelf.

Ze bladerde steeds verder en kwam daardoor almaar dichter bij het afgelopen semester. Lilian mopperde over gebrek aan geschikte plekken om te studeren omdat de UB vaak vol zat, de druk om weer op zoek te moeten naar een nieuwe kamer, de vraag welke keuzevakken ze moest nemen. Pijnlijk getroffen las Dominique dat daar met Remi niet over te praten viel omdat die het te druk had met haar verenigingsleven en weigerde te luisteren naar de sores van anderen.

Ze liet het boekje zakken en verzuchtte: 'Kom op, Lil, zo'n bitch ben ik nou toch ook weer niet?'
Maar ze moest wel verder lezen, of ze nu wilde of niet. Lilian schreef over een borrel, die georganiseerd was door het toenmalige vriendje van Dominique: 'Remi en ik zouden er samen naartoe gaan, even, en daarna gezellig met z'n tweeën naar haar huis. Maar onderweg belde hij om te vragen of ze met hem en een paar vage bekenden meeging naar een of ander feest in Zuid. Dus ging ik alleen naar huis. Toen ik langs het American fietste op het Leidseplein, kwam ik stomtoevallig TT tegen.'
Diezelfde TT verscheen ook op diverse andere pagina's. Dominique kon het niet uitstaan dat ze geen idee had over wie het ging. Uit Lilians notities maakte ze op dat het in het begin wat onwennig ging tussen die twee, maar dat het na een paar ontmoetingen behoorlijk heftig werd. Op twee plekken meldde Lilian dat ze vanwege een afspraak met TT voortijdig was weggegaan van een verenigingsfeest.
Dominique kon zichzelf wel voor haar kop slaan. Als bestuurslid was het not done om niet aanwezig te zijn op verenigingsavonden, en de afgelopen maanden waren er veel borrels en feesten geweest. Maar ze had dus niet in de gaten gehad dat Lilian, van wie ze toch dacht dat ze haar beter kende dan wie ook, tijdens diezelfde avonden was gaan scharrelen met een jongen.
Ze pijnigde haar hersens. Wie was toch die TT? Waarom kon ze Lilian niet verbinden met een jongen die ze zou moeten kennen? Het enige verenigingslid met de initialen TT die haar te binnen schoot was Timo Terweij, een jongen die vorig jaar bij haar in de barcommissie had gezeten. Maar dat kon haast niet, want Timo was homofiel en woonde samen met zijn vriend en een poes. Bovendien waren Lilians afkortingen bijna nooit terug te voeren op de voor- en achternaam van degene die ze bedoelde. Lisa Karnebeek heette bijvoorbeeld RL, omdat ze al vanaf het begin van de middelbare school Rooie Lisa genoemd werd, dit om haar te onderscheiden van Lisa van Bruggen, beter bekend als Lange Lisa, dus LL in Lilians dagboek.
Waarom had ze niet beter opgelet? Hoe was het nou toch mogelijk dat

ze niets gemerkt had van Lilian en die TT? En dat ze niet eens wist wie die jongen was? Ze kon uit het dagboek niet opmaken of Lilian echt verliefd op hem was. Maar dat er serieus iets gaande was tussen die twee was wel duidelijk.

Ze schrok toen de telefoon in haar handen overging. Snel nam ze op. Het was Lilians vader.

'Dominique, misschien is het goed als je hierheen komt. We zijn nu op het politiebureau. Het schijnt dat de politie toch de FBI in heeft kunnen schakelen.'

59

Onderweg in Leroys taxi had Dominique geen oog voor het landschap, haar blik ging steeds weer naar het notitieboekje in haar hand. Inmiddels besefte ze wat 'R. inlichten' moest betekenen: Remi inlichten. Lilian had haar dus tijdens de vakantie iets willen vertellen. Misschien dat ze verliefd was op die TT? Wie dat dan ook mocht wezen. Maar als Lilian zo verliefd was op TT, waarom had ze het dan hier op Aruba aangelegd met Marc? Of vond ze soms dat zoiets moest kunnen, omdat het maar een vakantieliefde was?

Dominique was woest op zichzelf omdat ze het antwoord op die vragen niet wist. Omdat ze haar beste vriendin blijkbaar gewoon niet goed genoeg kende om zulke antwoorden te vinden. Ja, zelfs niet eens in de gaten had gehad dat zulke vragen speelden.

Was ze dan inderdaad zo'n verwend nest? Had ze echt helemaal geen oog voor anderen?

Sneller dan ze dacht kwam de taxi tot stilstand voor het politiebureau.

'Moet ik je straks weer komen halen?' vroeg Leroy.

'Ik weet het niet. Echt, ik heb geen idee wat er allemaal aan de hand is.'

'Oké, bel me maar als het zover is.'

Ze glimlachte dankbaar naar hem en verliet de taxi, met het boekje van Lilian tegen zich aan gedrukt.

In de hal van het politiebureau kwamen Lilians ouders haar al tegemoet.

'Ha Do, we zagen je al aankomen,' zei Lilians moeder.

'Snellen kwam ons een uurtje geleden zeggen dat de FBI toch is ingeschakeld,' vertelde Lilians vader. 'De FBI monitort nu de centrale, hier op Aruba, en kan zo al het inkomende en uitgaande telefoon- en mailverkeer van het politiebureau in de gaten houden. Als de kidnapper

nog een keer contact opneemt, kunnen ze meteen nagaan waar hij zit.'
'Ook al gebruikt hij een sproctie,' voegde zijn echtgenote daaraan toe.
'Een proxy,' verbeterde haar man.
'Nou ja, dat dus.' Ze greep Dominiques armen. 'O, Do, dit is echt goed nieuws. Eindelijk gebeurt er wat!' Ze leek vergeten te zijn dat ze nog maar kort daarvoor woedend was geweest op Do.
'Ik ben ook heel blij,' verzekerde Dominique haar snel en overhandigde haar het boekje. 'Kijk, dit heb ik nog gevonden. Het is een aantekenboekje van Lil.'
'O, bedankt.' Lilians moeder hield het notitieboekje met twee handen vast. 'Moeten we dit niet aan de politie geven?'
'Ik weet het niet,' zei haar man. 'Wat denk jij, Do?'
'U kunt het allicht even aan Snellen laten zien, maar ik weet niet of hij er veel aan heeft. Er staan allemaal korte aantekeningen van haar in over Nederland. Niks over Aruba. En het is heel persoonlijk.' Ze aarzelde even. 'Er, eh, staan wat persoonlijke dingen in over haar en mij. Ik heb het nog niet helemaal uit, maar wil dat wel graag helemaal lezen. Vindt u het erg als ik van een paar pagina's een kopietje maak?'
Lilians moeder wisselde een snelle blik met haar man, die naar haar knikte. Een beetje onwillig gaf ze het boekje terug aan Dominique, die bij de balie aan de receptioniste vroeg om fotokopieën te maken van het nog ongelezen deel van de aantekeningen.
Toen ze het teruggaf, drukte Lilians moeder het zwarte boekje tegen haar borst, op een manier alsof ze het nooit meer los wilde laten. Op dat moment zag ze er erg oud en moe uit, vond Dominique, die alleen nog maar meer medelijden met haar kreeg.
'Hebt u nog wel een beetje kunnen slapen, mevrouw de Groot?'
Lilians moeder glimlachte triest. 'Niet echt, nee. Ik wilde eigenlijk op het politiebureau blijven. We kamperen hier zo'n beetje de hele dag in de hal, hè. Maar Henk vond dat ik 's nachts in een echt bed moest liggen.'
'Anders ben je straks, als Lilian terugkomt, zo moe dat je niks waard bent,' sprak haar man vermanend.

‘O, dan vind ik de energie wel weer. Wees daar maar niet bang voor!’

Dominique kende dit maar al te goed: het eeuwige gekibbel tussen Lilians ouders, dat eigenlijk geen gekibbel was, maar meer een manier om met elkaar om te gaan. Lilian kon er slecht tegen, omdat haar ouders volgens haar eigenlijk echt ruziemaakten, maar dat ontkenden door er quasivrolijk over te doen. Eigenlijk wist Dominique niet of ze haar vriendin daarin gelijk moest geven.

‘En wat gaat er nu gebeuren?’ vroeg ze.

‘Afwachten, wat anders?’ antwoordde Lilians vader met een grimas.

‘Zullen we dat hier doen, of gaat u mee de stad in, ergens een kopje echte koffie drinken? Dat is beter dan hier. En dan bent u er tenminste ook even uit.’

Weer die trieste glimlach op het gezicht van Lilians moeder. ‘Ga jij maar gerust, hoor. Maar wij blijven liever hier.’

Het had geen zin om te protesteren of te proberen hen over te halen, begreep Dominique. Ze liet Lilians ouders beloven haar te bellen zodra er nieuws was, en ging vervolgens naar buiten.

Leroys taxi was al weg. Maar dat vond ze niet erg, want ze had zin om te lopen. Liefst langs de zee, om haar hoofd even goed leeg te laten waaien.

60

Zand en zee. De zon stond bijna op zijn hoogste punt, toen Dominique het Enlightenment Hotel bereikte. Alle wegen in Aruba brengen me hierheen, bedacht ze: dat is mijn noodlot deze vakantie. Ze besloot zich niet tegen het noodlot te verzetten en ging het hotel binnen.
Vanuit de grote hal liep ze het hotelrestaurant in. Terwijl ze rondkeek naar een vrij tafeltje, zag ze vlak bij de deur naar de keuken Dave zitten. Hij zat aan een lange tafel met twee jonge vrouwen, van wie ze er eentje herkende als Amanda, de cheerleader uit het groepje.
Dave stond op, begroette haar met een kus op haar wang.
'Kom bij me zitten,' stelde hij voor.
'Nee, bedankt, je zit hier met anderen.'
'Dit is de personeelstafel. We eten gewoon samen. Maar nu jij er bent, wil ik graag bij jou zitten.'
Hij voegde de daad bij het woord, want hij verontschuldigde zich bij de twee meisjes, die gewoon samen verder praatten. Vervolgens schoof hij de onderzetter met zijn bord en bestek naar het ongebruikte deel van de lange tafel en verplaatste ook zijn koffie en jus d'orange daarheen.
'Ga zitten,' zei hij, met een uitnodigend gebaar naar de lege plek tegenover hem.
Dat kon ze moeilijk weigeren. Zodra ze zat, wenkte Dave een collega, die haar bestelling opnam en vervolgens in hoog tempo serveerde.
'Klanten moet je altijd de tijd gunnen om wat bij te bestellen. Personeel moet snel eten, want de pauzes zijn hier kort,' vertelde Dave grijnzend.
'Heb jij ook pauze? Je werkt toch altijd laat?'
'Meestal wel. Maar ik ontbijt hier altijd in de loop van de ochtend.

Niet alleen omdat het voor ons gratis is, maar ook omdat ze dan weleens een extra dienstje voor ons hebben. Zoals Chuck en Jerome nu: die hadden de mazzel dat ze hier eerder waren dan ik, anders had ik die paar uur extra meegepikt.'
'Werken ze dan gewoon door tot 's avonds laat?'
Dave knikte. 'Stelt niet zoveel voor, hoor, die paar extra uren. Of je hier nu acht of twaalf uur rondloopt, daar word je niet echt extra moe van. En het betaalt goed!'
'Ben je niet verbaasd me hier te zien?'
'Ach, Oranjestad is een dorp. Je komt elkaar overal tegen.' Hij grijnsde. 'Bovendien weet ik dat je mij onweerstaanbaar vindt. Daarom word je willoos naar me toe getrokken.'
'Ja, vast.'
Weer merkte ze hoe makkelijk deze jongen haar aan het lachen kreeg. Meteen voelde ze zich een stuk beter.
'Hoe gaat het inmiddels?' vroeg hij.
Ze haalde haar schouders op en nam uitgebreid de tijd om een hap van haar uitsmijter weg te werken voordat ze antwoord gaf. 'Lilian is er nog steeds niet. Het goede nieuws is dat de FBI nu toch meehelpt om die mailtjes te traceren, zoals Jerome had voorgesteld.'
'Heel goed!'
Dave was al een tijdje klaar met eten. Hij nam alle tijd voor zijn koffie. 'En nu?'
'Gewoon. Wachten. En me opvreten van de zenuwen, omdat ik me zorgen maak over Lilian.'
Hij knikte. 'Lijkt me vreselijk. Wat doe je dan, de hele dag?'
'Proberen te bedenken wie Lil kan hebben ontvoerd. Vaak naar het politiebureau. Maar daar zitten Lilians ouders ook, en ik voel me altijd zo schuldig als ik ze zie. Ik bedoel...'
'Omdat Lilian is ontvoerd en jij niet. Terwijl jullie hier samen op vakantie zijn.'
'Ja, precies! En die vakantie was ook nog eens mijn idee. Het is echt erg.'
Dave keek een tijdje toe hoe ze haar uitsmijter opat.

Toen vroeg hij: 'Kom je vanavond nog naar La Mamba? Of baal je te erg dat ik je gisteren weer gekust heb?'
Ze legde haar mes en vork neer, en pakte zijn handen.
'Moet je luisteren, Dave, ik vind je een lieve jongen en ik kan ontzettend met je lachen. Ik heb er geen spijt van dat ik je gekust heb. Niet die eerste avond en ook niet gisteravond. Maar Todd is nog maar net weg, begrijp je. En ik...'
'Tuurlijk. Sorry dat ik...'
'Nee, geen sorry. Dat is nergens voor nodig.'
Er tekende zich een brede grijns af op zijn gezicht.
'Wat?' vroeg ze.
'Ik vroeg me af of ik alvast sorry mocht zeggen voor de kussen die ik je vanavond ga geven.'
Ze moest zo hard lachen dat ze zich verslikte.
Dave was haar nog op haar rug aan het kloppen toen de ringtone van haar telefoon klonk.
Het was Lilians vader, zag ze op de display. Nog steeds een beetje benauwd nam ze op.
'Do? Met Henk. Kun je nu komen? Het is dringend.'
Haastig stond ze op.
'Ik moet gaan,' kondigde ze aan.
'Geeft niet,' zei Dave, die ook opstond. 'Je hoeft niks te betalen, want dit is allemaal op kosten van de zaak.'
'Bedankt. Ik moet snel naar het politiebureau.'
'Zal ik je even brengen?' bood hij aan. 'Mijn huurscooter staat buiten. En ik heb nu toch geen dienst.'
Opnieuw kon ze hem iets niet weigeren.
Even later drukte ze zich tegen de rug van Dave, terwijl hij de scooter door het verkeer van Oranjestad stuurde.

61

‘Zal ik met je meegaan?’ vroeg Dave, toen hij haar voor de deur van het politiebureau afzette.
‘Nee, bedankt, ik red me wel.’
Ze nam afscheid van hem met een zoen op zijn wang en haastte zich naar binnen.
Daar waren de ouders van Lilian druk in gesprek met Snellen.
Toen ze Dominique zagen aankomen, wenkten ze haar.
Met een blik op twee mensen die op dat moment bij de balie geholpen werden, sprak Snellen met gedempte stem: ‘We hebben vanochtend een nieuw mailtje gekregen van de ontvoerder.’
‘Hij dreigt om een pink van Lilian af te knippen als we niet onmiddellijk betalen,’ hijgde Lilians moeder. Ze had een wilde blik in haar ogen. De mensen bij de balie keken enigszins verstoord om.
‘Een pink!’ zei Lilians moeder nogmaals.
‘Mijn vader zou toch voor het geld zorgen?’ vroeg Dominique bezorgd.
Lilians vader knikte. ‘Het was er gisteren al. Maar de politie vond het beter om te wachten met betalen totdat we een volgend mailtje binnen zouden hebben.’
‘Dat klopt,’ bevestigde Snellen. ‘Anders zouden we geen kans hebben om de ontvoerder op te sporen. Terwijl we daar nu wel de technische middelen voor krijgen.’
De ogen van Lilians moeder spuwden vuur. ‘Meneer Snellen, als straks blijkt dat deze vertraging ervoor gezorgd heeft dat die hufter onze Lilian iets aandoet, dan...’
‘Rustig, Gerda, rustig,’ zei haar echtgenoot snel, terwijl hij haar arm greep. ‘Laten we elkaar alsjeblieft niet gaan afbekken! We hebben elkaar veel te hard nodig.’

Met zichtbare moeite hield de vrouw zich in.
Er was niet veel meer nodig om Lilians moeder een zenuwinzinking te bezorgen, zag Dominique. Ze had vreselijk veel medelijden met de arme vrouw, maar tegelijkertijd was ze bang dat haar gruwelijke boosheid zich op haarzelf zou richten.
'We hebben veel begrip voor uw situatie mevrouw, maar de zaak is nog complexer geworden.'
De drie Nederlanders keken hem verbaasd aan.
'We hebben zojuist het bericht ontvangen dat er nog een jonge vrouw is ontvoerd,' vertelde Snellen ernstig. 'Een Amerikaanse, ditmaal. Vanuit Sabaneta, een plaats ten zuiden van het vliegveld.'
Snellen streek met een hand over zijn gezicht. De tweede ontvoering was een flinke tegenslag voor de politie. 'Nu is het een kwestie van afwachten tot we bericht krijgen van de FBI,' zei hij.
'Afwachten? We doen niks anders!' riep Lilians moeder bits. 'Daar zijn we goed in. Maar misschien moeten we gewoon betalen. Dan gebeurt er tenminste wat!'
'Dit is nog een kwestie van minuten, mevrouw,' bezwoer de politieman haar. 'Dan weten we veel meer. En misschien hoeft er dan niet eens meer te worden betaald.'
'Ik vind dat we voor de zekerheid toch alvast moeten betalen!' zei Lilians moeder mokkend.
Haar echtgenoot voerde haar mee naar een van de stoelen in de hal, waar hij haar liet plaatsnemen. Zelf hurkte hij bij haar neer, terwijl hij voortdurend zachtjes op haar bleef inpraten.
'Het is moeilijk voor die vrouw,' zei Snellen somber. 'Maar je moet je ook niet voorstellen dat zoiets met je eigen kind gebeurt. En nu er nog een jonge vrouw ontvoerd is...'
Dominique zweeg.
De ongemakkelijke stilte duurde totdat de jongere collega van Snellen met een paar vellen papier de hal in kwam en die aan zijn superieur overhandigde.
'Bedankt, Andy,' mompelde Snellen, terwijl hij de papieren doorbladerde.

‘En?’ vroeg Lilians vader, die onmiddellijk bij hen was komen staan.
Snellen las even, met gefronst voorhoofd.
‘Nou,’ zei hij eindelijk. ‘Het ziet ernaar uit dat we hierover zo meteen maar eens van gedachten moeten gaan wisselen met de jongeheer Flanagan.’
‘Met Marc?’ vroeg Dominique. ‘Hoezo?’
‘Omdat de FBI het mailberichtje van vanochtend via diverse proxytussenstations heeft weten te herleiden naar het oorspronkelijke IP-adres waarvandaan het verzonden moet zijn. En dat is in...’ Hij keek weer even op de papieren. ‘Het Bon Bini Beach-resort, hier op Aruba.’
Allemaal keken ze naar Dominique.
‘Staat er ook een naam bij?’ vroeg Dominique ademloos.
Snellen knikte langzaam. ‘Jazeker. Dat IP-adres staat op naam van ene WernComp. Zegt je dat iets?’
Dat zei Dominique inderdaad iets. Haar hart ging als een razende tekeer.
‘Dat is het bedrijf van mijn vader. Die computer staat dus in ons huisje.’

62

De rest van de avond verliep in een roes. Eerst was er die vreselijke scène geweest in de hal van het hoofdbureau. Toen Lilians moeder hoorde dat de dreigmailtjes over de ontvoering verstuurd waren vanuit het vakantiehuisje, draaide ze helemaal door. Ze was weer woedend geworden op Dominique en had tegen haar staan schreeuwen. Het had haar man en sergeant Snellen de grootst mogelijke moeite gekost om haar tot bedaren te brengen.

Vervolgens had Snellen willen weten wie er de afgelopen dagen toegang hadden gehad tot de computer in het huisje.

Nog altijd geschokt had Dominique de namen opgenoemd: eerst Lilian en zijzelf, later waren Todd en Marc ook in het huisje geweest, toen Thomas en Lilians ouders, en verder Angie, Leroy en misschien Harry.

Snellen had aantekeningen gemaakt en orders uitgedeeld aan zijn ondergeschikten. Vervolgens had hij Lilians ouders en Dominique kort en zakelijk op de hoogte gebracht van wat er zou gaan gebeuren. De politie ging Harry ondervragen, en Angie en Leroy naar het bureau halen. Bovendien zou Snellen zelf Marc opnieuw verhoren, om uit te zoeken of hij wellicht met iemand had samengewerkt bij de ontvoering van Lilian.

En daarna, toen alles weer een beetje rustig was geworden en Snellen naar het verhoor van Marc was vertrokken, ging Lilians moeder nog een keer door het lint. Ze verweet Dominique dat ze haar dochter had meegenomen naar Aruba en haar in contact had gebracht met misdadige Amerikanen. Nadat ze enkele minuten heel hard en heel bedreigend had staan schreeuwen, was ze op een van de stoelen in de hal gezakt en kon ze alleen nog maar huilen.

Haar echtgenoot had tegen Dominique gezegd dat het misschien maar beter zou zijn als zij vertrok. Maar dat had ze niet gedaan. Ze was buiten gaan staan.
Daar had ze gezien hoe eerst Leroy door twee agenten naar binnen werd gebracht. Hij had zijn hoofd gebogen en keek haar niet aan. Vervolgens kwamen twee andere agenten met Angie, die huilde.
'Sorry, miss!' riep ze naar Dominique. 'Het was niet de bedoeling.'
Voordat Dominique iets kon vragen, waren ze al binnen.
Dominique ging toch maar weer de hal in, waar ze een eind bij Lilians ouders vandaan ging zitten.
Het duurde meer dan een uur, ruim zestig zenuwslopende minuten, voordat Snellen zich meldde in de hal. Met een korte handbeweging liet hij Lilians ouders en Dominique weten dat ze hem moesten volgen. Ze liepen achter de zwetende man aan naar de verhoorkamer. Daar was niemand. De ventilator draaide traag aan het plafond. Een tl-buis zoemde irritant.
Snellen wachtte tot ze aan de andere kant van de tafel hadden plaatsgenomen voordat hijzelf ging zitten.
'En?' vroeg Lilians moeder ongeduldig.
De politieman vouwde zijn armen voor zijn buik.
'We hebben verhelderende gesprekken gevoerd met zowel de heer Martina als mevrouw Delacruz,' begon hij.
'Leroy en Angie,' verhelderde Dominique, toen ze de niet-begrijpende gezichten van Lilians ouders zag.
Snellen knikte. 'Martina heeft bekend dat hij de losgeldmailtjes heeft geschreven.'
'Wát?' riep Lilians vader uit. 'Waar heeft die schoft onze Lilian?'
'Rustig,' zei Snellen en hief zijn handen. 'Voor zover wij nu weten, heeft Martina niets te maken met de verdwijning van uw dochter. Hij heeft alleen geprobeerd om op een handige manier gebruik te maken van andermans ellende.'
Lilians moeder sloeg haar handen voor haar gezicht. 'O, wat een gewetenloze schoft! Hij wist dat Lilian weg was en dus...'
'Precies,' beaamde de politieman. 'Hij was van alles op de hoogte. En

van die kennis heeft hij gebruikgemaakt. Heel slim, moet ik zeggen. Maar niet slim genoeg.'
'Weet u zeker dat hij onze Lil niet heeft ontvoerd?' drong Lilians vader aan.
'Vrijwel. Er is geen enkel bewijs, ook niet voor de ontvoering van de Amerikaanse jonge vrouw.'
'Als hij alleen maar die losgeldmailtjes heeft gestuurd, zijn we dus weer helemaal terug bij af,' concludeerde Lilians moeder triest, terwijl ze de hand van haar echtgenoot vastpakte.
'Ik ben bang van wel,' antwoordde Snellen met een meelevend gebaar. 'Eigenlijk hebben we momenteel geen enkel aanknopingspunt.'
'En Angie? Toen ze werd binnengebracht, zei ze tegen mij "Sorry, het was niet de bedoeling". Wat heeft zij hiermee te maken?' vroeg Dominique.
'Mevrouw Delacruz blijkt regelmatig dingen te hebben ontvreemd uit de huizen waarin ze schoonmaakte,' vertelde Snellen. 'Kleine geldbedragen, etenswaren en soms ook gebruiksartikelen. Tijdens het verhoor zei ze dat ze ook wat spullen van uw vriendin had meegenomen. Waaronder een boekje, omdat ze zag dat uw vriendin een stapeltje bankbiljetten tussen de laatste pagina en de kaft had geklemd. Misschien haar zakgeld. Toen ze naderhand in de gaten kreeg dat er in het boekje persoonlijke informatie stond, en toen ze bovendien van u gehoord had dat uw vriendin verdwenen was, kreeg ze spijt. Dus toen heeft ze het teruggelegd.'
Daar keek Dominique van op, maar het verklaarde wel veel.
Ze zag dat Lilians moeder het zwarte aantekenboekje uit haar tas haalde en tussen haar handen geklemd hield.
'Wat staat er zoal in dat boekje?' wilde Snellen weten.
'Persoonlijke aantekeningen inderdaad, van Lilian uit Nederland,' zei Dominique. 'Niets over Aruba.'
'U wilt het toch niet hebben, hè?' vroeg Lilians moeder bang. 'Het is vrijwel het enige wat we momenteel van Lil hebben.'
'We zouden graag vingerafdrukken willen afnemen en het boekje voor de zekerheid doornemen. We kunnen de teksten kopiëren. U bent het

alleen vandaag kwijt.' Snellen keek even in zijn papieren. 'Wat ik nog wel van u wil weten, mevrouw Werner: dient u een aanklacht in?'
Dominique keek hem verbaasd aan. 'Ik? Hoe bedoelt u? Tegen wie?'
'Tegen mevrouw Delacruz. Wegens diefstal.'
Er speelde een flauwe glimlach om haar lippen toen ze dacht aan Angie en haar levensverhaal dat ze Lilian en haar verteld had.
'Nee, doet u maar niet. Ze heeft het boekje immers teruggebracht? En die andere spullen heeft zij harder nodig dan wij.'
'Zoals u wilt.' Snellen maakte een aantekening. 'Dan zullen we ons voor wat betreft mevrouw Delacruz beperken tot een reprimande en invrijheidstelling. Maar meneer Martina is natuurlijk een ander geval.'
'De schoft!' zei Lilians moeder hartgrondig.

63

In de hal nam Dominique snel afscheid van Lilians ouders, waarna ze meteen het politiebureau verliet. Het was nog licht. De frisse avondlucht verkwikte haar, maar haar gedachten dwarrelden door haar hoofd terwijl ze de straat uit liep.

Er was nog een meisje ontvoerd! Een Amerikaanse. Wat hield dat in? Zou er op Aruba een bende actief zijn, of een enkeling die jonge vrouwen ontvoerde? Als Fernandes gelijk had, zou dat een Nederlander kunnen zijn. Maar wat betekende dat voor Lilian?

Ze pakte haar mobieltje en belde Thomas. Het duurde even voordat hij opnam.

'Do? Blijf even hangen, ik zit midden in een gesprek op een ander toestel.'

Ze hoorde hem op de achtergrond praten en ving een paar Engelse woorden op, maar kon niet verstaan waar hij het over had.

Een paar minuten later meldde hij zich weer.

'Sorry, ik zit midden in een deal. Als ik zo teruggebeld word, moet ik meteen opnemen, dus hou het even kort.'

'Oké. Ik kom net bij het politiebureau vandaan. Ze hebben Leroy en Angie gearresteerd.'

'Angie? Is dat die schoonmaakster?'

'Ja. Ze had een paar dingen uit ons huisje gestolen. Waaronder Lils dagboek, maar dat heeft ze dus weer teruggegeven.'

'Werkte ze samen met Leroy?'

'Nee, hij was degene die de losgeldmailtjes stuurde. Via onze eigen computer.'

'Goeie god, dat is brutaal!'

'Zeg dat wel. Ze houden hem vast. Maar Angie wordt vrijgelaten met

een waarschuwing, want ik wilde geen aanklacht tegen haar indienen.'
'Waarom niet?'
'Leg ik nog wel een keer uit als we meer tijd hebben.'
'Oké. En Lilian?'
Dominique wachtte tot er een paar auto's gepasseerd waren voordat ze de straat overstak.
'Nog helemaal niks.'
'En als ze die Leroy nou eens flink onder druk zetten?'
'Snellen gaat ervan uit dat hij alleen maar geprobeerd heeft om een slaatje te slaan uit de situatie en dat hij niks met de ontvoering zelf te maken heeft. Want vandaag is er weer een meisje ontvoerd.'
'Wat?'
'Een Amerikaanse, uit een plaats aan de andere kant van het vliegveld.'
'Dat is toch... Shit, m'n andere telefoon gaat. Ik moet ophangen. Spreek je later.'
En hij verbrak de verbinding.
Dominique leunde tegen de muur van een woonhuis, belde haar vader en stelde hem kort op de hoogte van de stand van zaken.
Daarna voelde ze zich leeg en alleen. Wat kon ze nog doen?
Ze liep doelloos door de stad, dronk koffie op een terrasje en bekeek een paar etalages. Een paar keer probeerden jongens van haar leeftijd een gesprek met haar aan te knopen, maar ze was totaal niet in de stemming.
Keer op keer overdacht ze de situatie. Zou het niet mogelijk zijn dat Leroy toch iets met de ontvoering te maken had? Maar dat lag niet voor de hand. Stel dat hij samen met een of meer anderen had bedacht: die twee Nederlandse meiden, daar gaan we er eentje van kidnappen. Dan hadden ze beslist niet Lilian genomen, want het was duidelijk Dominique die de rijke vader had. Of zouden ze zo sluw zijn geweest om ervan uit te gaan dat Dominiques vader ook wel losgeld voor Lilian zou betalen?
Toen ze na een uur slenteren bij een Italiaans restaurantje ging zitten om een pizza en een salade te eten, nam ze eerst een glas wijn. En toen

Dave, Chuck en Jerome haar aan het einde van de avond aantroffen in La Mamba, had ze daar inmiddels een heleboel van gedronken.
Ze vertelde hen wat er die dag gebeurd was op een manier alsof het een slapstick was. Algauw lachten de jongens niet meer, maar luisterden ze in volle ernst, terwijl Dominique uitriep: 'En dan denk je gezellig op vakantie te zijn op Aruba, en wat denk je? Dan ontvoeren ze je vriendin! En probeert je chauffeur losgeld van je te krijgen!'
Zelf vond ze het hilarisch, ook toen ze het verhaal een tweede en een derde keer vertelde. Tussendoor gooide ze het ene glas wijn na het andere naar binnen. Dave wist te voorkomen dat ze tequila bestelde. Maar niet dat ze hem steeds probeerde te zoenen.
Op het moment dat ze voor de eerste keer onderuitging, hadden Amanda en Latoya zich al bij het groepje gevoegd. Zij bekeken het dronken Nederlandse meisje met een mengsel van medelijden en afschuw.
Dominique had het niet in de gaten. Ze sloeg haar armen om de schouders van de twee Amerikaanse meisjes en vertelde ook aan hen wat er gebeurd was, opnieuw met lachbuien.
Op weg naar het toilet ging Dominique voor de tweede keer onderuit. En toen Latoya haar een wc-hokje in hielp, kon ze zich nog maar net op tijd uit de voeten maken, anders had Dominique over haar schoenen gebraakt. Terwijl Dominique geknield voor de toiletpot haar hele maag leeg spuugde, hield Latoya haar haren vast, zodat die niet in de pot zouden hangen. Daarna hielp ze haar om zich bij het smerige wastafeltje een beetje te wassen en met papieren handdoekjes te fatsoeneren.
Terug in het café wilde Dominique meteen weer nieuwe wijn bestellen, maar Dave besloot dat het genoeg was geweest. Met zachte drang nam hij haar mee naar buiten. Toen ze met haar telefoon begon te stuntelen, in een poging om een taxi te bellen, schoot hij te hulp. En ook toen de taxi eindelijk voorreed, bleef hij bij haar.
Nadat ze bij het huisje waren aangekomen en de chauffeur hem geholpen had om de geheel gedesoriënteerde Dominique naar binnen te loodsen, had Dave haar een paar glazen water laten drinken. Even

later kon hij het weer allemaal van de vloer opdweilen. Hij waste haar gezicht, probeerde haar op een wat onbeholpen wijze haar tanden te laten poetsen en was er uiteindelijk tevreden mee dat ze haar mond een beetje spoelde.

Toen hij haar voorzichtig op haar bed legde, met kleren en al, leek ze ineens wat helderder te worden.

'Dave, je bent een engel!' riep ze.

Met enige moeite trok ze haar T-shirt en haar bikinitopje uit, waarna ze hem trots haar borsten toonde.

'Kijk, voor jou!'

Dave glimlachte en zei zacht: 'Nou bedankt, maar dat lijkt me nu niet zo'n goed idee.'

'Vind je ze niet lekker?' vroeg ze verontwaardigd en keek lodderig naar haar borsten. Als ze al sexy had willen overkomen, deed ze dat teniet door een luide boer te laten, waarbij nog wat braaksel meekwam.

Dave legde haar voorzichtig weer achterover, met haar hoofd op het kussen. Nadat hij een laken over haar heen had gelegd, ruimde hij het braaksel op met een washandje uit de badkamer. Toen hij het had uitgespoeld en in de kamer terugkwam, was Dominique al diep in slaap. Hij keek een tijdje vertederd naar haar en schikte het laken zo dat het haar hele lichaam bedekte, behalve haar hoofd. Vervolgens zette hij een glas water op haar nachtkastje. Na enig zoeken vond hij onder in een keukenkast een emmer, die hij naast haar bed op de grond zette.

Daarna liet hij haar slaapkamerdeur op een kier en ging terug naar de woonkamer. Uit de koelkast haalde hij een biertje. Nadat hij ook nog wat zoutjes had bemachtigd, nestelde hij zich in een van de gemakkelijke stoelen. Eigenlijk had hij nog terug willen gaan naar de stad, om met Chuck en Jerome nog wat te drinken. Maar hij wilde Dominique niet alleen laten. Nog nooit had hij een meisje zo kwetsbaar en eenzaam gezien als zij was deze avond.

64

Eerst dacht ze dat er een lastig insect om haar hoofd zoemde. Maar toen Dominique langzaam iets wakkerder werd, besefte ze dat het gedempte geluid dat ze hoorde haar ringtone was. Moeizaam kwam ze overeind en deed ze haar ogen open. Waar was haar mobieltje?

Het geluid stopte. Met een zucht van opluchting pakte ze het glas water dat op haar nachtkastje stond en dronk dat achter elkaar leeg. Het hielp tegen de dorst, maar niet tegen haar bonkende hoofdpijn.

Pas toen merkte ze dat haar bovenlichaam bloot was. Dat was vreemd, want ze sliep altijd in een T-shirt. Ze had ook haar korte broek nog aan, zag ze.

Langzaam liet ze zich achterover op haar kussen zakken. Wat was er gisteravond allemaal gebeurd? Ze wist nog dat ze naar La Mamba was gegaan. En er stond haar nog vaag voor de geest dat ze met Dave in een taxi had gezeten.

Dave! Zou hij met haar zijn meegegaan? En had hij haar dan gezien zonder topje? Misschien had hij wel...

Een snelle controle leerde dat ze haar bikinibroekje nog aanhad. Dat was dan waarschijnlijk ook niet uit geweest. Maar wat was er dan gebeurd?

Op dat moment hoorde ze haar ringtone weer. Nu vond ze haar mobieltje snel terug: in de achterzak van haar korte broek.

Het was haar moeder, zag ze op de display. Ze overwoog om haar weg te drukken, maar nam toch op.

'Ha mam, ik wou je al bellen.'

'Dag Do. Ik bel je toch niet wakker, hoop ik?'

'Eigenlijk wel, ja.'

'O, sorry. Het is hier vier uur 's middags. Hoe laat is het daar?'

‘Dan moet het hier dus tien uur ’s ochtends zijn.’
‘Een mooie tijd om op te staan. Is er al nieuws over Lilian?’
‘Nee. Ja, er is nog een meisje ontvoerd, hoorden we gisteren. Dat heeft er misschien mee te maken. Maar over Lil zelf nog helemaal niks. Als er nieuws was, zou ik al wel gebeld zijn.’
‘Is Thomas daar ook nog?’
‘Nee, hij zit in een hotel. De ouders van Lil logeren nu ook in een hotel.’
‘Dan zit jij daar dus helemaal alleen?’
Dominique gaapte uitgebreid. ‘Sorry. Ja, ik zit hier alleen. Maar dat vind ik wel lekker, hoor.’
‘Zal ik naar je toe komen?’
‘Lief aangeboden, mam, maar dat is niet nodig. Ik red me wel.’
‘Als het nodig is, kom ik direct, hoor. Dat weet je toch?’
‘Ja, mam, dat weet ik.’
‘Kan ik verder nog wat voor je doen?’
‘Nee, dank je. Ik ga douchen. O, en mam?’
‘Ja?’
‘Sorry dat ik zo rot tegen je gedaan heb. En dat ik niet belde en zo.’
‘Dat zit wel goed, Do.’
‘Dag, mam.’
‘Dag, Do. Hou je haaks!’
Dominique legde haar mobieltje op haar bed, rekte zich uit en kwam kreunend overeind. Ze gooide haar kleren op een stoel en stapte onder de douche. Minstens een kwartier lang liet ze de weldadig warme stralen over zich heen stromen.
Onder het afdrogen hoorde ze haar maag rommelen. Ze had het gevoel dat ze in geen vierentwintig uur iets gegeten had. Met een handdoek om haar hoofd en alleen een string aan liep ze door de woonkamer naar de keuken.
‘Ook goedemorgen,’ hoorde ze achter zich.
Geschrokken draaide ze zich om, met haar handen voor haar borsten. Op een van de stoelen in de televisiehoek lag Dave, zo ver onderuitgezakt dat ze hem niet had gezien.

Grijnzend keek hij naar haar vrijwel naakte lichaam. 'Je hoeft niet zo preuts te doen, ik heb die *boobs* van je al eerder gezien, hoor.'
Het schaamrood vloog over haar wangen omhoog. 'Heb je... Heb je me...'
Hij schudde zijn hoofd, glimlachte, stond op en rekte zich uit. 'Nee, wees maar niet bang. Ik heb je alleen maar in bed gelegd. Dat kon je zelf niet meer zo goed.'
'Was ik zo dronken?' vroeg ze beschaamd, nog altijd met haar handen voor haar borsten.
'Ja, maar dat was begrijpelijk. Je had nogal wat meegemaakt.'
'Wat aardig dat je me naar huis hebt gebracht.'
'Dat spreekt vanzelf. Maar eh... ga eerst maar eens wat aantrekken. Dit praat wat ongemakkelijk.'
Dankbaar ging ze terug naar haar slaapkamer. Ze liep wat harder dan ze van plan was.
Even later kwam ze aangekleed weer terug.
'Nu moet ik echt eerst wat eten, hoor. Ik ga gewoon dood van de honger!'
Terwijl ze snel wat brood en fruit at, zag ze zijn lachende gezicht en vroeg: 'Wat?'
'Helemaal niks, Do. Ik zat net te bedenken dat je het raarste meisje bent dat ik ooit heb ontmoet.'
'Nou, bedankt. Wil je ook wat eten?'
'*Sure*.'
Toen ze even later aan tafel zaten, durfde ze hem nauwelijks aan te kijken.

65

Ze waren net aan het afruimen, toen opnieuw haar ringtone klonk. Omdat ze zag dat Lilians vader de beller was, nam ze snel op.
'Met Do.'
'Ha Do, met Henk.'
'Is er nieuws?'
'Niet echt. Die Amerikaanse jongen en die Leroy worden nog steeds verhoord. Ze houden allebei vol dat ze niks met de ontvoering te maken hebben.'
'Dat denk ik eerlijk gezegd ook niet.'
'Nee, maar het is wel frustrerend. Als ik zeker wist dat een van de twee – of misschien wel allebei – er meer van wist, dan moeten ze mij maar een kwartiertje met hem alleen laten. Dan sla ik het er wel uit.'
Ze keek ernstig naar Dave, die probeerde iets van het gesprek in een voor hem vreemde taal te volgen.
'We komen zo niet verder,' vervolgde Lilians vader. 'Volgens Snellen heeft de politie op het moment geen enkel aanknopingspunt. In geen van beide ontvoeringszaken.'
'Dus weten we nog helemaal niks over Lilian.'
'Nee, precies... Dit is echt vreselijk.'
Daar kon Dominique het alleen maar mee eens zijn.
Nadat ze het telefoontje beëindigd had, vertelde ze Dave hoe de zaak ervoor stond.
'Toch raar,' vond hij. 'Dat zou dus inhouden dat iemand Lilian zomaar heeft uitgezocht om te ontvoeren.'
'Of ze zijn pas op het idee gekomen toen ze ons tegenkwamen. Maar dan begrijp ik dus niet waarom ze Lilian ontvoerd hebben. En niet mij.'

Ze praatten een tijdje en aten nog wat.
Toen kondigde Dave aan dat hij naar het hotel moest. 'Als het meezit, kan ik vanmiddag nog een paar uur extra draaien. En anders moet ik in elk geval even overleggen met de jongens. Zie ik je vanavond?'
Ze leende Dave een van de scooters uit de garage. Voordat hij vertrok, omhelsde ze hem onhandig. Ze liep met hem mee naar de slagboom en zwaaide hem na.
Eenmaal weer terug in het huisje plofte ze in een stoel en pakte haar telefoon. Geen berichten. Toen dacht ze aan de kopieën van het dagboek van Lilian, die ze nog niet gelezen had. Snel pakte ze de opgevouwen vellen papier en las verder waar ze gebleven was.
Het was niet zoveel meer, zag ze. Alleen de periode voor hun reis, met de laatste zomerfeesten.
Toch zat ze algauw met rode oren te lezen. Want Lilian schreef dat ze een paar weken nadat ze voor het eerst met TT naar bed was geweest zich 's ochtends niet lekker voelde. Dat ze een zwangerschapstest had gedaan. En dat die positief was geweest.
Dominique wist niet wat ze las. Waarom had ze daar niets van gemerkt? Lilian noteerde dat ze vreselijk bang en beschaamd was om met wie dan ook over haar zwangerschap te praten. Ze wilde er TT niet mee lastigvallen, omdat ze niet echt iets met elkaar hadden, maar alleen een paar keer gevreeën hadden. Ze moest er niet aan denken om het er met haar ouders over te hebben. En Remi, haar beste vriendin, had het veel te druk met feesten, praten over feesten en het plannen van het volgende feest.
Geschokt las Dominique dat Lilian uiteindelijk niet meer had geweten wat ze moest doen. En dat ze toen besloten had om abortus te laten plegen. Nog voor haar vakantie zou ze TT inlichten en hem vertellen wat er gebeurd was. En Remi wilde ze tijdens hun Arubaanse verblijf op de hoogte stellen.
Ze had abortus laten plegen! Lilian was zwanger geweest, had abortus laten plegen, en had geen mogelijkheid gezien om haar daarover te vertellen!
Uit verdriet, teleurstelling en machteloze kwaadheid op zichzelf begon

Dominique te huilen. Was ze nou echt zo'n egoïstisch kreng, dat ze het niet eens in de gaten had gehad dat haar beste vriendin haar nodig had? Hoe was het mogelijk dat ze zo blind was geweest?

Ineens begreep ze ook wat 'Naar ab. kl.?', 'Bellen TT' en 'R. inlichten' op Lilians to do-lijstje inhielden: ze wilde nog voor de vakantie naar de abortuskliniek en TT bellen om te zeggen dat ze zwanger van hem was geweest. En op Aruba aan Remi – haarzelf dus – vertellen wat er was gebeurd.

Ze hield het niet meer uit. In de keuken gooide ze wat water in haar gezicht en daarna vertrok ze, weg uit het huisje!

Met de overgebleven scooter uit de garage reed ze naar Oranjestad. De wind liet haar ogen tranen.

66

Om de malende gedachten uit haar hoofd te laten waaien, reed Dominique eerst de lange boulevard dwars door Oranjestad af. Ze volgde de weg langs de kust tot ze het vliegveld zag. Daar nam ze een rotonde om rechtsomkeert te maken.

Weer terug in de stad aarzelde ze wat ze zou gaan doen. Het had geen nut om naar het politiebureau te gaan, want als er nieuws was, hadden Lilians ouders haar dat wel laten weten. En in winkelen en door de stad rondlopen had ze stomweg geen zin. Ze kon wel naar het Enlightenment Hotel gaan, maar Dave en de anderen waren waarschijnlijk aan het werk.

Uiteindelijk besloot ze toch maar naar het politiebureau te gaan. Al was het maar om niet ongevoelig over te komen bij Lilians ouders. Die arme mensen zaten daar maar de hele dag te wachten.

Terwijl ze haar scooter op slot zette in de stalling bij de parkeerplaats, zag ze een bekend gezicht.

Het was Pepe, die vanuit zijn jeep aan het praten was met een jonge vrouw in een lange broek en een uniformoverhemd van de politie. Ze droeg haar zonnebril boven op haar hoofd.

Toen Dominique haar hand naar hem opstak, nam Pepe afscheid van de jonge vrouw, die meteen het politiebureau in verdween. Hij liet de auto langzaam naar de stalling toe rijden. Daar wachtte hij.

'Tijd niet gezien,' zei Dominique.

Ze was helemaal niet van plan geweest om met hem te praten, maar had het onbeleefd gevonden om niet te groeten.

'Onze zaken zijn toch afgerond?' vroeg hij.

'Klopt.'

'Fernandes heeft gedaan wat hij had beloofd.'

'M'n vriendin is anders nog niet terug.'
De vierkante man keek even om zich heen, om te controleren of er niemand meeluisterde.
'Er is nu ook een Amerikaans meisje ontvoerd, toch?'
'Je bent goed geïnformeerd.'
'Ik heb mijn bronnen. Maar je weet toch wat Fernandes heeft gezegd: je moet zoeken naar een Nederlander.'
Ze keek hem onderzoekend aan. 'Jij zegt dus dat die twee ontvoeringen niks met elkaar te maken hebben?'
Zijn ogen hielden de hare vast, maar hij gaf geen antwoord.
Dominique slikte. 'Weet Fernandes ook waar mijn vriendin is?'
Pepe maakte een verontwaardigd gebaar. 'Luister jij eigenlijk wel? Wat heb ik je nou verteld? Fernandes heeft gezegd: dat meisje zal het eiland nooit meer verlaten.'
Er liep een koude rilling over Dominiques rug.
'Op de bewakingsbeelden is te zien dat we met z'n vieren naar Enlightenment Island gaan. Drie van ons zijn teruggekomen, alleen Lilian niet. Waar kan ze dan gebleven zijn? Want op dat eiland is ze niet.'
'Zulke bewakingsbeelden tonen je veel meer en veel minder dan je zoekt. Je moet weten waar je naar moet kijken.'
Geërgerd riep Dominique uit: 'Als je wat te zeggen hebt, doe dat dan! Waarom vertel je me niet gewoon wat je weet? Daar heb ik toch meer dan genoeg voor betaald?'
'Rustig! Stil!' De vierkante man keek geschrokken om zich heen, maar niemand leek aandacht aan hen te schenken. 'Fernandes heeft zich aan zijn afspraak gehouden. Hij heeft je geleverd wat je wilde weten. En meer nog: wij hebben die man die jou wilde verkrachten te pakken genomen.'
'Felix? Dat wou ik nog vragen: jullie hebben hem toch niet...'
'Nee. Maar hij heeft zijn vakantie vroegtijdig moeten afbreken. Plotselinge gezondheidsproblemen.' Weer keek hij spiedend om zich heen. 'Fernandes past altijd op zijn vrienden. En vriendinnen.'
De hoofdingang van het politiebureau ging open. De vader van Lilian verscheen in de deuropening en riep haar naam.

'Ik moet gaan,' zei Dominique tegen Pepe.
Hij knikte. 'We zien elkaar.'
'Vast.'
Pepe reed weg en keek niet meer om.
Op een holletje ging Dominique naar Lilians vader toe.
'Is er nog nieuws?' vroeg ze.
'Nee. Wie was dat?'
'Een man die ik ken.'
Ze liepen naar binnen, waar Dominique door Lilians moeder begroet werd met een zoen.
Nadat ze een tijdje gepraat hadden, vroeg Dominique voorzichtig: 'Stel nou eens dat de politie het mis heeft en die twee ontvoeringen niks met elkaar te maken hebben?'
'Hoe bedoel je?' vroeg Lilians moeder.
Dominique aarzelde. Even overwoog ze om hun te vertellen over Pepe en Fernandes, maar dat idee verwierp ze meteen weer.
'Zomaar. Je denkt van alles, hè.'
Ze dacht aan wat ze die ochtend te weten was gekomen en vroeg voorzichtig: 'Hebt u Lils dagboek al gelezen?'
Lilians moeder glimlachte triest. 'Ik heb erin gebladerd en hier en daar wat gelezen. Ik begreep er niet veel van, met al die afkortingen en zo. Maar dat is ook niet het belangrijkste. Het is net alsof ze vlak bij me is, als ik zie wat ze geschreven heeft. Dan maakt het niet eens zoveel uit wat er staat.'
'Ik heb het nog niet eens mogen lezen van haar,' zei Lilians vader. 'Ze geeft dat boekje gewoon niet meer uit handen.'
Inderdaad zag Dominique dat Lilians moeder voortdurend haar rechterhand in haar tas liet glijden, alsof ze zich ervan wilde verzekeren dat het zwarte dagboekje er nog in zat.
Ze kon het gewoon nog niet over haar hart verkrijgen om Lilians ouders op de hoogte te brengen van de abortus. Eerst moest ze uit zien te vinden wie die TT was.

67

Diep in gedachten slenterde Dominique door het centrum van Oranjestad. De lachende mensen, de zon, de muziek die uit de cafés kwam: ze werd er niet vrolijk van.

Na het gesprekje met Pepe wist ze niet meer wat ze moest denken. Jazeker, de rechterhand van Fernandes had het haar al eerder gezegd: zoek naar een Nederlander. En over Lilian: 'Dat meisje zal het eiland nooit meer verlaten.' Ze gruwde bij de gedachten die ze daarvan kreeg.

Ze was nog helemaal in zichzelf gekeerd toen ze haar achternaam hoorde roepen. Een beetje verbaasd keek ze op. Aan de overkant van de straat zaten twee jongemannen met zonnebrillen en baseballcaps op. Een van hen zwaaide naar haar en riep nogmaals: 'Hé, Werner!'

Enigszins onzeker stak ze de straat over.

'Hoe is het met jou?' vroeg de jongen die geroepen had. 'Wat doe jij hier?'

'Hetzelfde als jullie, waarschijnlijk,' antwoordde ze automatisch. Pas toen zag ze wie het waren. Jeroen van Zanten en Rudy Berghuis hadden bij hen op de middelbare school gezeten. Ze waren een paar jaar ouder dan zij. Dominique en Lilian waren tweedeklassers toen de onafscheidelijke jongens eerst geschorst en daarna van school verwijderd waren vanwege de handel in softdrugs. Sindsdien hoorde ze nog regelmatig verhalen over ze, waaruit bleek dat ze hun werkterrein naar Amsterdam hadden verplaatst.

'Dat weet ik nog zo net niet,' zei Rudy lacherig. 'Roentje en ik komen hier regelmatig. Of eigenlijk vooral op Curaçao. Je weet dat wij onze school niet hebben afgemaakt. Dit is een goeie plek om werk te zoeken voor twee arme ongeschoolde jongens.'

Cocaïne, dat was het laatste wat ze over deze twee gehoord had. In sommige foute tenten in Amsterdam waren zij degenen bij wie je moest zijn als je een lijntje wilde scoren.

'Ja, dat zal wel.' Ze keek vorsend van de een naar de ander. 'Ik weet heel goed waar jullie je geld mee verdienen. En arm zijn jullie al helemaal niet, anders zaten jullie hier niet. Je gaat me toch niet vertellen dat jullie smokkelen, hè?'

'Nah,' antwoordde Jeroen. 'De controles zijn overal heel streng. Maar dat wil niet zeggen dat er geen andere manieren zijn om iets te regelen.'

'Hé, tikkie terug, jij.' Ineens was Rudy ernstig. Hij maakte een gebaar naar de tafeltjes om hen heen.

Jeroen knikte. 'Wil je misschien iets drinken?' vroeg hij aan Dominique.

Ze keek naar de twee grote pullen bier op het tafeltje en wees. 'Doe mij er ook maar zo eentje.'

Rudy wenkte de werkstudent die op het terras bediende en bestelde drie grote bieren.

'Zo. En jij? Aan het bijkomen van het harde studeren? Of juist van al die gezellige feestjes van de laatste tijd?' zei Jeroen tegen Dominique.

'Wat weet jij daarvan? En wie zegt jou dat ik nog studeer?'

Hij grinnikte. 'Jullie studenten zijn zo'n beetje onze beste handel. Je moest eens weten. Studiestress? Even de neus poederen. Iets te vieren? Hoppa, weer even de neus poederen. Vooral in de zomer. Juist dan. Er gaat geen feest voorbij of Ruudje en ik worden benaderd om voor een passend sneeuweffect te zorgen.'

'Precies,' viel Rudy hem bij. 'Wij zijn zo dol op studenten dat we zelf misschien ook nog eens examen gaan doen. Maar dan wel online, aan de universiteit van Hawaï.' Hij gniffelde om zijn eigen grap.

'Deze zomer hebben we echt flink gecasht,' vervolgde Jeroen grijnzend. 'Feestje hier, feestje daar. Ik heb jou ook nog een paar keer voorbij zien komen. Niet als klant helaas, maar je bent altijd welkom.'

Dominique gaf niet meteen antwoord. Een angstig gevoel bekroop haar.

'Zijn jullie hier al lang?' vroeg ze neutraal.

'Klein weekje,' antwoordde Jeroen. 'Mooi hier, hoor!'

Rudy knikte. 'Lekker duiken en waterscooteren. Alleen doet die eikel natuurlijk weer niet mee.'
Hij wees met zijn duim naar zijn vriend en zakenpartner.
Jeroen maakte een verontschuldigend gebaar. 'Ik kan niet zwemmen.'
'Dat kun je toch leren?' vroeg Dominique verbaasd.
'Geen zin in. Al dat watergedoe vind ik nergens voor nodig. Beetje pootjebaden is genoeg. Af en toe in een bootje. Verder lig ik liever op het strand.'
'Vandaar dat hij zo bruin is.' Rudy stond op. 'Ik ga even wat bier lozen.'
'Ik geloof er geen zak van,' zei Jeroen grinnikend. 'Hij gaat vast een chickie scoren.'
Dominique wachtte tot Rudy buiten gehoorafstand was. Toen boog ze zich naar Jeroen toe.
'Heb jij Lilian de Groot soms ook gezien op die feesten?' vroeg ze, met een moeizaam beheerste trilling in haar stem. 'Ik ben hier met haar. Wij zijn ook een week geleden aangekomen op Aruba.'
Hij keek haar even aan. 'Zo'n lekker wijf als Lilian is moeilijk te missen, hè?'
Even aarzelde ze. 'Heeft Lil... Hebben jullie elkaar nog gesproken voordat wij naar Aruba gingen?'
Jeroen keek haar onderzoekend aan. 'Zou kunnen. Hoezo?'
Op dat moment kwam Rudy terug uit het café. Terwijl hij tussen de tafeltjes door naar hen toe liep, werden de drie bestelde pullen bier gebracht. Jeroen liet de nieuwe voorraad naast hun nog maar half leeggedronken glazen neerzetten.
'Die zijn eigenlijk al leeg,' grapte Rudy toen hij ging zitten. 'Alleen beseffen ze het nog niet.'
'O, nee,' zei Jeroen. 'Die biertjes hebben donders goed in de gaten wat er met ze gebeurt.'
Rudy nam een grote slok en keek opzij naar twee vrouwen van middelbare leeftijd, die pratend langs het terras liepen. Allebei hadden ze grote, slappe zonnehoeden op boven dunne jasjes van een schreeuwerige kleur roze.

'Niet te peilen, joh, moet je die nou eens zien!' zei Rudy grijnzend.
'Het zijn net die stomme beesten van Flamingo Beach,' stemde Jeroen lachend in.
Dominique keek hem als getroffen aan. 'Zijn jullie op Flamingo Beach geweest? Logeren jullie dan in het Enlightenment Hotel?'
'Altijd,' bevestigde Rudy. 'Prima tent. Veel Amerikanen ook. Goed voor de handel.'
'Ik zou nergens anders willen zitten, als ik op Aruba ben,' zei Jeroen. 'Hoewel, meestal als ik met Rudy op stap ben, gaan we in aparte hotels. Dan heb ik tenminste niet altijd die lelijke kop van die gozer tegenover me aan de ontbijttafel.'
'Hé, tikkie terug, vriend. Alsof jij volle zalen trekt!'
Dominique nam een slok bier. Toen zei ze plompverloren: 'Lilian is daar ontvoerd.'
De twee keken haar verbaasd aan.
'Wat zeg je nou?' vroeg Rudy.
'Lilian de Groot, mijn vriendin. Ze is ontvoerd,' herhaalde ze, terwijl ze scherp in de gaten hield hoe ze reageerden.
Jeroen keek haar onderzoekend aan.
'Hier op Aruba?'
Ze knikte. 'Deze week. We waren samen op Enlightenment Island. Daar is ze verdwenen.'
'Niet te peilen, hé!' riep Rudy uit. 'Je ziet altijd wel van die posters hangen van chickies die weg zijn. Maar nu kennen we er zelf eentje!'
Jeroen hield zijn blik op Dominique gericht.
'Gaan haar ouders betalen?'
Ze liet zijn ogen niet los.
'Volgens mij wel.'
'Dat is het verstandigste wat je kunt doen,' zei Jeroen. 'Anders loopt zo'n ontvoering vaak verkeerd af.'
'Heftig verhaal. Wil je misschien nog een biertje?' bood Rudy aan.
Dominique ging staan.
'Nee, bedankt, ik moet verder.'
Ze nam snel afscheid en vertrok. Een voorstel van Rudy om samen

wat te eten wimpelde ze af met de mededeling dat ze al een eetafspraak had. Ze sloeg rechts, links, rechts en weer links af om uit de buurt te raken van het tweetal. Ze wilde eerst nadenken.

68

In een klein restaurantje bestelde ze een salade en een stoofpotje. In plaats van wijn nam ze water. Hoewel het buiten nog volop licht was, werd het restaurantje door gedempte verlichting gehuld in een schemerduister. Over de lampenkap boven haar tafeltje hing een rustiek bedoelde lap stof die nog het meest weg had van een rode boerenzakdoek. Het was nog vroeg, dus waren er weinig gasten. Iedereen zat buiten, zij was de enige die binnen een tafeltje had uitgezocht.

Al etend liet Dominique de gebeurtenissen van die dag voorbijkomen. Het gesprek met Pepe. En de ontmoeting met Jeroen en Rudy, op dezelfde dag dat ze in Lilians geheime dagboek gelezen had dat Lilian zwanger was geweest. Zou dat van Jeroen zijn? Wat was dat dan voor een krankzinnig toeval? Hoe was het in hemelsnaam mogelijk dat die twee hier op Aruba waren? Dat moest toch wel verband houden met Lilians verdwijning? Dan had Fernandes dus toch gelijk: ze moest zoeken naar een Nederlander! En Jeroen leek erg geïnteresseerd te zijn in het losgeld, maar ze had geen bewijs. Hier kon ze niet mee aankomen bij de politie. Het zou alles alleen maar complexer maken.

De gedachten kolkten door haar hoofd, terwijl ze langzaam haar stoofpotje verorberde. Ze wist niet meer wat ze moest denken. Pas nu Lilian al dagenlang weg was, leerde ze kanten van haar kennen waar ze niets van wist. Terwijl ze nota bene haar beste vriendin was, al van jongs af aan!

Ze dacht aan Lilians ouders, die in het politiebureau, ver van huis, gek werden van de zorgen om hun verdwenen dochter. Aan haar eigen ouders, die zo ver mogelijk bij elkaar vandaan bleven. Aan Leroy, die Lilian dan misschien wel niet ontvoerd had, maar in elk geval ontzettend stom was geweest. Aan haar nachten met Todd. En natuurlijk aan Dave.

De ober kwam haar in slecht Engels met een gemaakt Frans accent vragen of alles naar haar zin was.

Ze verzekerde hem dat het allemaal naar wens was, prikte demonstratief een stuk aardappel aan haar vork en werkte dat met een waarderende grimas naar binnen.

Toen hij zich weer had teruggetrokken, verzonk ze opnieuw in gepeins. Ze voelde zich schuldig omdat ze Lilians ouders niet had ingelicht over wat er in het dagboek stond. Ze voelde zich schuldig tegenover haar eigen ouders om wat ze zich met deze vakantie allemaal op haar hals had gehaald. Ze voelde zich schuldig tegenover Todd vanwege Dave. En andersom. Ze voelde zich schuldig tegenover Marc, omdat ze niet overtuigd was van zijn schuld of onschuld. Ze voelde zich schuldig tegenover Angie, omdat ze haar met haar eigen rijkdom de ogen moest hebben uitgestoken. Ze voelde zich schuldig tegenover Thomas, die vanwege haar hier op Aruba bleef, maar het daar eigenlijk veel te druk voor had. En bovenal voelde ze zich schuldig tegenover Lilian.

Ze sloot haar ogen en mompelde zacht voor zich uit: 'O, Lil, waar ben je?'

Meteen kwam de ober toeschieten, omdat hij dacht dat ze tegen hem praatte. Dominique maakte een verontschuldigend gebaar, waarop hij haar weer met rust liet.

Dominique voelde zich verward en alleen. Wat moest ze nu doen? Ze wilde dat ze Lilian kon bellen, om gewoon een kwartier lang tegen haar aan te kletsen. Nu dat niet kon, wist ze niet met wie ze dan zou kunnen praten. Lilian had geen betere bijnaam voor haar kunnen verzinnen dan Remi. Het was een wrange gedachte.

Na te hebben afgerekend, liep ze de straat op. Het was nog vroeg in de avond. De meeste vakantiegangers hadden nog niet gegeten. Overal waren de terrassen vol.

Dominique liep wat verloren door de stad. Ze controleerde haar mobieltje, maar had geen oproepen of berichten gemist. Ze had nog geen zin om haar scooter op te halen bij het politiebureau, dus bleef ze lopen. Hoewel ze het idee had dat ze volkomen doelloos had rondgewandeld, kwam ze toch weer bij het Enlightenment Hotel uit.

Ze ging naar binnen en keek in de grote hal of ze Dave, Chuck of een van de andere bekenden zag. Toen dat niet zo was, koos ze in het zitgedeelte een plaats die uitzicht bood op de hele hal.

Na een kwartiertje zag ze Jerome de lift uit komen met een ouder echtpaar. Hij had hun koffers in een wagentje gezet en reed die voor hen naar de uitgang. Zodra ze hadden uitgecheckt, riep hij een taxi en hielp met het inladen.

Toen hij weer binnenkwam, schoot Dominique hem aan.

'Kun je vragen of Dave even naar me toe komt? Ik zit hier in de hal.'

'Oké, zal ik doen. Maar het is wel druk.'

'Geeft niet. Ik heb geen haast.'

Ze ging weer zitten en wachtte.

Nooit gedacht dat ik tijdens deze vakantie zo goed zou worden in wachten, dacht ze cynisch.

Het duurde voor haar gevoel erg lang voordat Dave naar haar toe kwam.

'Sorry,' zei hij, terwijl hij om zich heen keek. 'Het is belachelijk druk. Wat is er?'

'Ik wil je een heleboel vertellen. Er is weer van alles gebeurd.'

'Is Lilian al terecht?'

'Nee.'

Dave wierp een blik over zijn schouder. 'Als mijn supervisor me ziet, vermoordt hij me. Ik moet echt aan het werk. Kunnen we straks verder praten?'

'Oké.'

Hij gaf haar een vluchtige zoen en ging toen in looppas naar de liften.

Dominique zuchtte. Ze had er alles voor over gehad als hij gewoon met haar aan een tafeltje was gaan zitten en haar had aangehoord over haar twijfels en zorgen.

'Dat lijkt me een aardige jongen,' zei een stem naast haar.

Geschrokken keek ze op.

Het was Thomas.

'Sorry, ik wilde je niet laten schrikken,' zei hij glimlachend. 'Is dat je vriend?'
'Soort van.'
Ze stond op.
'Wat doe je hier eigenlijk?'
Grijnzend wees hij omhoog. 'Wat ik hier doe? Slapen. Werken. Dit is het hotel waar ik verblijf. Wist je dat niet?'
'Nee.' Ze trok een verontschuldigende glimlach. 'Eigenlijk heb ik me nooit afgevraagd waar je zou zitten. Sorry, ik heb zoveel aan m'n kop.'
'Dat begrijp ik best. Maar geef me eens ongelijk dat ik hier zit: het Enlightenment is beslist het mooiste hotel op Aruba. Zal ik iets voor je bestellen?'
'Nee, bedankt, ik heb net gegeten. Maar kan ik wel even met je praten? Of heb je het te druk?'
Hij rekte zich uit.
'Sorry hoor, maar ik heb de hele dag achter m'n computer en aan de telefoon gezeten. Ik ben helemaal gaar. Natuurlijk heb ik tijd om met je te praten. Maar vind je het erg om dan naar buiten te gaan? We zitten hier niet voor niks op een tropisch eiland.'
'Je hebt gelijk. Het is hier veel te mooi om binnen te zitten. Zullen we de flamingo's gaan zoeken?'
Ze liepen de grote tuin van het Enlightenment Hotel in.
Dominique begon te vertellen, over alles wat er gebeurd was en alle ellende die haar dwarszat. Toen ze eenmaal begonnen was, kon ze niet meer ophouden. Thomas liep naast haar en liet haar woordenstroom over zich heen komen.
Ze praatte en praatte. Over haar ouders. Over de vakantie naar Aruba. Over Todd en Marc. Over de verdwijning van Lilian. Over de dagen na de verdwijning en haar twijfels over wat ze moest doen. Over Lilians ouders. Over Dave. Al pratend voelde ze de opluchting komen. Alles wat ze de afgelopen rampzalige dagen had opgekropt, kwam eruit.
Thomas luisterde alleen maar en knikte af en toe, maar bood haar vooral de gelegenheid om haar hart te luchten.

Achteraf wist ze niet hoe lang ze zo rondgelopen hadden, maar wel dat ze het gevoel had gehad alsof er een zware last van haar schouders was weggenomen.
Al pratend wandelden ze naar de steiger op het schiereiland achter het hotel.
Terwijl ze stonden te wachten op de watertaxi, zei Dominique: 'En misschien vind je dit wel een raar idee van me. Maar vanmiddag ontmoette ik hier in Oranjestad twee jongens die ik nog van school ken. Niet onaardig, maar feesttypes, die tegenwoordig in drugs handelen, ook onder studenten. Van een van hen weet ik dat hij Lilian de afgelopen maanden een paar keer heeft gezien en gesproken.'
'Gebruikt Lilian dan drugs?' vroeg Thomas. Zijn ogen waren gericht op de boot, die kwam aanvaren.
'Nee. En daar gaat het ook niet om. Ik bedacht dat het misschien geen toeval was dat hij hier op Aruba is. Dat hij misschien iets te maken heeft met de verdwijning van Lil.'
Hij wachtte tot ze samen aan boord van de watertaxi waren gegaan. Met zijn gouden polsbandje kreeg hij moeiteloos toegang.
Ze vonden een plek aan de reling, waarna hij vroeg: 'Waarom denk je dat?'
Dominique keek hem van opzij aan. 'Omdat ik Lils dagboek heb gevonden. En daarin las ik dat ze vlak na haar laatste tentamens zwanger is geworden van een Nederlandse jongen.'
'Wat?' vroeg hij verbijsterd.
Een paar mensen om hen heen keken naar hen.
Ze knikte en ging zachter verder: 'Lil gebruikte allerlei codes om mensen aan te duiden, dus ik wist niet van wie ze zwanger was. Maar toen ik vandaag Jeroen tegenkwam, bedacht ik dat het best eens van hem zou kunnen zijn. Ik bedoel, hij gaf toe dat hij haar heeft gezien tijdens een paar van die feesten en hij vroeg meteen of haar ouders het losgeld zouden betalen.'
Thomas draaide zich om en keek naar het eiland, dat steeds dichterbij kwam. 'Ik denk niet dat haar ouders erg enthousiast zouden zijn geweest toen ze dat hoorden,' zei hij.

'Die wisten het niet. En ze weten het nog steeds niet. Ze hebben het dagboek wel, maar Lilians moeder heeft er alleen maar stukjes uit gelezen. Ze kan de codes niet ontcijferen.'
'En jij wel?'
Dominique draaide zich ook om naar het snel naderende Enlightenment Island. Haar schouder raakte de bovenarm van Thomas.
'De meeste wel, ja.'
'Waarom heb je het dan niet tegen ze gezegd? Of wist je het al eerder?'
Dominique slikte. Ze kon het niet over haar lippen krijgen dat ze van niets wist. En dat ze zelfs niet eens in de gaten had gehad dat haar beste vriendin tijdens de zomerfeesten vrijde met een drugsdealer.
'Ach, je kent Lil,' zei ze glimlachend. 'Daar krijg je niet altijd hoogte van.'
'Jij kent haar beter dan ik.'
Toen de boot aanlegde, liepen ze samen langs de terrassen naar de stranden.
'Goh, Do. Hoe lang ken ik jullie al wel niet?' vroeg hij.
'Heel lang. Al vanaf toen we heel klein waren.'
Hij glimlachte en streek met een hand door het grijze haar bij zijn slaap. 'Ja, dat weet ik nog. Toen jullie nog in Haarlem woonden en je vader net voor zichzelf begon. Mooie tijden waren dat. Regina en ik zijn nog weleens samen met jullie op vakantie geweest.'
Dominique knikte. Ze kende oom Thomas en tante Regina al zo lang als ze zich kon herinneren. Het echtpaar was iets jonger dan haar eigen ouders en had zelf geen kinderen. Tijdens vakanties en allerlei uitstapjes, soms ook samen met Lilian en haar ouders, hadden ze altijd veel lol gehad. Vooral met oom Thomas, die altijd energie voor drie had en nooit te beroerd was om iets te ondernemen.
Ze bleef staan bij de Spa Cove, liet haar blik over Flamingo Beach en de zonsondergang glijden en zuchtte diep.
'Ik mis haar vreselijk, weet je dat? Het is misschien raar om te zeggen, omdat zij nu juist weg is en degene is waar dit allemaal om draait, maar ik wou dat ik er met haar over kon praten. Dat is het fijne aan Lil, dat ik met haar kan praten. Ze kent me zoals niemand anders me

kent. We hebben samen ook al zoveel meegemaakt.' Ze glimlachte. 'Maar dat weet je. Jij kent ons al zo lang.'
'Dan word je familie,' beaamde hij. 'Daarom hoefde ik ook geen moment na te denken toen Regina vroeg wie we zouden inschakelen voor de catering van onze vijftigste verjaardag.'
Dominique lachte bij de herinnering aan dat feest. Ter ere van het feit dat ze samen een eeuw oud waren geworden, hadden Thomas en Regina een countryclub bij Bloemendaal afgehuurd. Er was livemuziek, er was een enorme tuin met fakkels en vuurkorven, er waren honderden gasten.
Lilian en zijzelf hadden daar met bladen vol glazen en hapjes rondgelopen, gekleed in strakke smokings en met hun haren opgebonden. Dat was stevig aanpoten geweest, maar ze waren er ook royaal voor betaald. En aan het einde van de avond hadden ze nog de grootste lol gehad met tante Thomas en oom Regina, zoals Lilian ze steeds noemde.
Ze bleven staan in de bocht van het hoefijzervormige strand, waar Lilian, Marc, Todd en Dominique die avond bij het kampvuur hadden gelegen.
Kijkend naar de kuil bleef Dominique staan en wees: 'Kijk, daar lag ze samen met Marc, toen ik haar voor het laatst zag.'
Toen hij niet antwoordde, keek ze vluchtig naar zijn gezicht. En daarna nog een keer, vanwege zijn ogen.
Ineens zag ze het.
'Lieve god,' stamelde ze. 'Dat wist je. Hoe...'
Ze deed een stap naar achteren. Plotseling werd het haar allemaal duidelijk. Waarom had ze dat niet eerder gezien? Jeroen had er helemaal niks mee te maken. Wat stom van haar!
'TT. Tante Thomas! Natuurlijk! Jij bent hiernaartoe gekomen...'
'Ik ben naar Aruba gekomen om Lil te spreken,' gaf hij toe. 'Ik werd helemaal gek toen ik dat mailtje van haar kreeg. Abortus! Een baby doodmaken! Het idee alleen al!'
Ze schrok van zijn plotselinge woede.
'Zal ik je eens wat raars vertellen?' vroeg hij. 'Ik was dolblij toen ze me vertelde dat ze zwanger van me was. Ik heb het altijd vreselijk jammer

gevonden dat Regina geen kinderen kon krijgen en heb er nooit over gedacht om het met iemand anders te proberen. En op de een of andere manier sprak het idee dat Lilian en ik samen een kind zouden krijgen me enorm aan.'
'Maar... Maar hoe...'
Hij zuchtte diep. 'Die avond, op dat feest van Reggie en mij, toen sloeg er eigenlijk al een vonk over, heb ik achteraf bedacht. Maar ja, daar had ik verder geen gevolg aan gegeven. Lil was nog zo jong.'
'Wij allebei, ja. We waren net eerstejaars.'
Ze bekeek hem met andere ogen dan ze hem ooit had gezien. Kon deze man...
'Het was op de kop af twee jaar later dat ik haar opnieuw zag.' Hij glimlachte. 'Gewoon op straat, bij het Leidseplein. Ik had net een late bespreking gehad in het American en jij had haar laten zitten of iets dergelijks. In elk geval was ze boos. We hebben een café opgezocht en hebben zitten praten, heel lang. En na sluitingstijd liepen we samen over straat. Het was allemaal zo vanzelfsprekend, zo echt. Toen heb ik haar gekust.'
'Jezus!'
Hij bukte zich, pakte een schelp op en gooide die ver in zee.
'Ik ga me daar niet voor verontschuldigen, als je dat soms denkt, Do. Bij die ene zoen is het die avond gebleven. Maar ik kon haar niet meer uit mijn hoofd zetten. En zij mij blijkbaar ook niet, want toen ik haar later die week een sms'je stuurde...'
Dominique wist niet wat ze hoorde.
'Dus jullie kregen een relatie?'
'Als je het zo wilt noemen, ja.' Hij glimlachte gelukzalig. 'Ik had nooit gedacht dat ik nog eens zo verliefd zou kunnen worden, Do. Echt, ik hou van Regina en dat zal ik altijd blijven doen, maar dit was zo... zo... alsof het zo moest zijn. Ik weet wat je denkt over een oudere man en een meisje van jouw leeftijd, maar...'
'Ik denk helemaal niks. Ik ben alleen stomverbaasd.'
'We hebben niemand iets verteld. Dat hadden we zo afgesproken.'
Ze keek hem zwijgend aan. Ze probeerde zich Lilian samen met hem

voor te stellen. Maar dat lukte gewoon niet. Steeds kwamen er herinneringen boven van hoe oom Thomas met hen had opgetrokken toen ze nog klein waren. Ze werd een beetje misselijk. Al die tijd hier had hij nog niks gezegd! Maar het was wel duidelijk waarom hij zo betrokken was bij haar ontvoering. Hij wilde haar ook terug, voor zichzelf.

'We zagen elkaar al meer dan een maand een paar avonden per week, toen ze me vertelde dat ze zwanger van me was.' Hij sloot zijn ogen. 'Ik kan je gewoon niet vertellen wat er allemaal door me heen ging. Ik schrok niet eens. Ik was alleen maar blij. Een kind!'

'Jezus. Nou, dan moet haar volgende mededeling wel een domper voor je zijn geweest.'

'Dat was ook zo.' Hij keek naar de zee en zuchtte diep. 'Vooral omdat ze het me pas veel later vertelde.'

'Wat?'

'Naderhand bleek dat ze al abortus had gepleegd toen ze me belde. Maar omdat ik zo enthousiast reageerde op het bericht dat ze zwanger was, durfde ze het toen niet tegen me te zeggen. Dat heeft ze pas later gedaan, vlak voordat jullie weggingen. Een dag of tien geleden. Per mail.'

Dominique keek hem vol medeleven aan.

'Per mail? Dat is hard.'

'Ja, dat vond ik ook.'

Er stonden tranen in zijn ogen.

'Hoe lang heb je gedacht...'

'Dat ik vader zou worden? Bijna een week. Ik dacht er zelfs over om bij Reggie weg te gaan, voor haar.'

'Allemachtig.'

Do had zo'n medelijden met hem, dat ze hem het liefst tegen zich aan zou willen drukken en over zijn grijzende haren zou willen aaien terwijl hij op haar schouder uithuilde.

Maar Thomas liep verder.

'En het kloterige is,' zei hij met een vertrokken gezicht, 'uit dat mailtje kon ik niet opmaken of ze het al gedaan had. Er stond in dat ze gekozen had voor abortus. Daarom dacht ik dat ze... Dat jullie...'

'Dat we het misschien tijdens deze vakantie zouden laten doen,' begreep Dominique en staarde hem aan. 'Maar heb je haar hier op Aruba gesproken?'
Thomas keek naar het strand, waar nog wat late badgasten lagen en anderen bezig waren barbecues en kampvuren aan te leggen. Hij sloeg zijn arm om Dominiques schouder en nam haar mee, weg van de zee, verder het eiland op.
'Ik had geen idee waar jullie zaten,' vertelde hij al lopend. 'Ik ben gewoon in het Enlightenment Hotel gaan zitten en hield mijn ogen open.'
Ze vroeg het nog eens: 'Heb je haar gesproken?'
Thomas zweeg, terwijl ze tussen de palmbomen door liepen naar de andere kant van het eiland.
'Thomas?' drong ze aan.
Ze kwamen aan op een smal zandstrandje, waar boten en waterfietsen waren afgemeerd en een paar opslagplaatsen voor duikapparatuur stonden. Er was een bejaarde man bezig met het opruimen van spullen in een zeilbootje, verder was er niemand te zien.
'Ik heb haar gesproken, ja.'
'Wanneer?'
'Die avond.'
Dominique slikte moeizaam.
'De avond dat ze verdween?'
Hij knikte en liep verder het strand op, in de richting van de uiterste punt van het eiland.
'Zoals dat altijd gaat, zag ik jullie toen ik niet eens echt op zoek was. Ik zat rustig m'n krantje te lezen op het terras van het hotel, toen ik jullie zag langskomen. Lilian, jij en die twee jongens. Ik zag dat jullie de boot naar het eiland namen. Dus ben ik achter jullie aan gegaan.'
Ze liep met hem mee. Er begon zich een afgrijselijke gedachte te vormen in haar hoofd: hij zal toch niet...
'Eerst wilde ik haar gewoon aanspreken. Ik heb getwijfeld toen Lil en jij in die Spa Cove lagen en gemasseerd werden. Maar ik wilde haar alléén spreken. Het was te belangrijk.'
'Dus toen Marc achter ons aanging, ben jij naar haar toe gegaan?'

'Ja.'

Hij bleef staan bij een speedboot die half op het strand was getrokken en met een ketting was vastgelegd aan een paaltje. Uit zijn broekzak haalde hij een sleutel, waarmee hij het slot van de ketting losmaakte.

'Wat doe je nou?' vroeg Dominique verbaasd.

'Die dingen kun je gewoon huren. Deze is de hele vakantie van mij.'

Toen hij haar wenkte, hielp ze zonder dat het haar gevraagd was om de boot verder het water in te duwen. Hij hielp haar instappen en klom haar toen met verrassend gemak achterna. Even later zaten ze samen achter in de speedboot en startte hij de buitenboordmotor. De voorsteven van de boot torende hoog boven het water uit.

'Ik wist helemaal niet dat jij zo'n ding kon besturen,' zei Dominique, niet helemaal op haar gemak.

'Nee? Speedboten vind ik mooi. Als ze maar hard gaan. Zeilboten zijn niks.'

Ze voeren van het eiland weg, terwijl het laatste stukje van de zon aan de horizon verdween.

'Vertel verder.'

Hij haalde diep adem en vervolgde: 'Toen ik zag dat die Amerikaanse jongen wegrende, dacht ik: nu of nooit! Ik ging naar haar toe en zei: "Hoi, Lil." Ze keek naar me omhoog. Dat zal ik nooit vergeten, hoe ze daar in het zand lag en naar me keek. Het was net alsof ze helemaal niet verrast was om me te zien. "Hallo," zei ze, net of ze me tijdens een avondje stappen in Amsterdam tegenkwam.'

De speedboot gleed over de golven, die een kleurige gloed kregen van de zonsondergang en de rode avondlucht. Enlightenment Island en de kust van Aruba raakten steeds verder achter hen.

'Gaan we naar Curaçao?' vroeg Dominique, die een beetje bezorgd begon te worden.

'Nee, dat ligt aan de andere kant van Aruba. Aan deze kant is alleen maar zee. Of Jamaica en Haïti, als je maar lang genoeg doorvaart.'

Ze keek om. Aruba verdween langzaam uit het zicht.

'Ik stak mijn hand uit en ze liet zich door me omhoogtrekken,' vertelde Thomas, alsof hij niet onderbroken was. 'Ik zei dat we moesten praten. En ze ging met me mee. Net als jij.'

Iets in de manier waarop hij dat zei, alarmeerde haar. Ze bestudeerde zijn gezicht van opzij, maar kon er niets van aflezen. Zijn blik bleef gericht op de horizon.

'Waar gaan we heen?' wilde ze weten.

'Naar een koraaleilandje. Midden op het rif. Je zult het mooi vinden.'

Haar vage bezorgdheid groeide snel uit tot ongerustheid. Ze kende Thomas al zo lang. Maar nu wist ze ineens niet meer wat ze aan hem had.

'Dus jij bent die avond met haar in deze boot naar dat eilandje gegaan?'

Hij knikte kort. 'Toen was het natuurlijk al veel donkerder dan nu.'

Ze haalde haar mobieltje uit haar zak. Meteen griste hij het apparaatje uit haar handen en smeet het met een grote boog in het water.

Geschokt keek ze toe, met open mond.

'Daar ben je laat mee,' zei hij grijnzend, zonder haar aan te kijken. 'Bij Lil heb ik dat ding al op het strand afgepakt en weggepleurd.'

69

De speedboot stampte door de hoge golven rond het rif. Thomas nam langzaam gas terug.

'Ik wilde haar die abortus uit haar hoofd praten,' zei hij, met zijn ogen nog altijd op de zee gericht. 'Zorgen dat ons kind geboren kon worden. Wat er ook gebeurde. Ik was echt tot heel veel bereid, en dat heb ik haar gezegd.'

'Maar ze had al abortus gepleegd.'

Dominiques stem klonk zacht en schor.

'Ja, dat klopt. Ze was verbaasd dat ik dat niet begrepen had uit haar mailtje. Terwijl ze echt alleen geschreven had dat ze voor abortus had gekozen. Hoe kon ik dan weten...'

Hij zweeg. Er bewogen spieren in zijn wangen.

'En toen?'

'We liepen over het strand. Datzelfde strandje waar wij zojuist geweest zijn, met die boten. Echt, ik had haar maar heel even willen meenemen. Ook al vond ik het natuurlijk maar niks dat ze met die Amerikaanse klojo lag te zoenen. Maar goed, we hebben nooit afgesproken dat we exclusief met elkaar zouden gaan.'

De speedboot ging nu veel langzamer. Voorzichtig laveerde Thomas de boot tussen enkele boven het water uitstekende rotspartijen door.

'En toen vertelde ze het me. Dat ze ons kind had laten doodmaken. Ons kind! Zonder dat ze mij...'

Weer viel Thomas stil. Hij beet op zijn lip en vocht tegen zijn tranen. Heel even had Dominique weer de aandrang om hem te troosten. Maar ze bleef roerloos naast hem zitten.

Hij haalde diep adem. 'Goed. Ik werd boos. Heel erg boos. Volgens mij heb ik tegen haar geschreeuwd. Op een gegeven moment stonden

we allebei te janken. En ik heb haar gekust.'
De boot naderde een rotsachtig eilandje zonder begroeiing. De golven lichtten op in het schemerdonker.
'Ik heb gezegd dat ze het niet had mogen doen. Ons kind. En haar voorgesteld dat we een nieuw kind zouden maken.'
'Wat?'
'Ja, ik kon van mezelf ook niet geloven dat ik dat zei. Maar weet je, ik was gehecht geraakt aan het idee dat ik een kind met haar zou krijgen. Dat leek me een positieve wending in mijn leven. Noem het een lotsbeschikking, als je wilt.'
'En wat zei ze?'
'Dat ze er niet aan moest denken. Dat ze nog door wilde studeren. En dat ze niet van plan was met mij huisje-boompje-beestje te spelen.'
Hij laveerde de boot naar het laagste deel van het eiland, manoeuvreerde de zijkant van de boot erheen en sprong het lage water in. Daarna maakte hij de boot met de ketting vast aan een rotspunt en hielp hij haar met uitstappen.
'Kijk uit,' waarschuwde hij, 'er zitten hier haaien.'
Geschrokken haastte ze zich aan land.
Met natte voeten liepen ze het eilandje op. Het had de vorm van een langgerekte 8. In het water eromheen lagen kleinere eilandjes: allemaal net zo rotsachtig en zonder begroeiing.
'Mooi, hè?' vroeg hij.
'Niet echt, nee. Ben je hier met Lilian geweest?'
Hij negeerde de vraag en ging op een richel zitten.
'Ik was echt kwaad. En voelde me tegelijkertijd ongelofelijk triest. Ze had me mijn kind afgenomen. En ze wilde geen nieuw kind met me. Ze hoefde me gewoon niet.'
Dominique ging naast hem op de richel zitten. De rots was koud tegen de onderkant van haar dijbenen.
'En toen?' vroeg ze zacht.
'Toen. Ja, toen...' Hij zuchtte. 'Toen wilde ik eigenlijk alleen maar weg. Ik liep naar m'n boot en wilde wegvaren. In mijn eentje. Maar zij kwam me achterna.' Hij bracht zijn hand naar zijn ogen. 'Waarom

ging ze verdomme niet gewoon terug naar die stomme Amerikaan? Als ze me toch niet hoefde?'

'En toen?'

'Ze kwam me dus achterna. Ik had de boot al bijna helemaal het water in, toen ze me bij m'n arm pakte. En me kuste. En zei dat ze het ontzettend rot voor me vond.'

'En toen?'

Hij draaide zijn hoofd van haar weg.

'Toen werd ik helemaal gek. Ze pakt me eerst m'n kind af, zegt dan dat ze me niet meer moet en komt dan met zoiets. Dus heb ik haar een klap in haar gezicht gegeven.'

'Jezus, Thomas!'

'Ja, wat moest ik dan? Ik was woest!' Hij keek haar kwaad aan. 'Vrouwen mogen alles zeggen, maar als je ze dan één klap geeft, ben je meteen de kwaaie pier!'

'En toen?'

Hij zuchtte en keek met zijn hoofd in zijn nek naar boven, naar de vrijwel wolkeloze lucht.

'Toen werd ze heel boos en begon ze te schreeuwen en pakte ze haar mobieltje. Dat ding heb ik toen afgepakt en een eind weggegooid. En toen ze erachteraan wilde gaan, heb ik haar bij haar arm gegrepen. En in de boot gesmeten.'

Dominique zei niets, maar keek hem met een strak gezicht aan.

Thomas sloot zijn ogen.

'Ik was nog steeds boos, toen ik de boot afduwde en erin sprong. Maar toen zag ik haar liggen. Ze moet met haar hoofd tegen het bankje gevallen zijn, of zoiets. In elk geval lag ze daar met haar ogen dicht. En er was bloed.'

'Allemachtig, waarom ben je niet meteen naar de eerste hulp gegaan?'

Hij maakte een wanhopig gebaar.

'Echt, Do, ik dacht dat ze dood was. Dat ze haar nek gebroken had, of zo. En ik was bang. Want ik kan op mijn vingers natellen wat er gebeurt als ik met een dood meisje en zo'n verhaal aankom. Dan ben ik goed de lul.'

70

Met afgrijzen dacht Dominique aan wat er met haar vriendin was gebeurd.
'Was ze dood?' vroeg ze angstig.
'Nee. Maar dat wist ik toen nog niet. Ik wist echt niet wat ik moest doen. Dus ben ik gaan varen. Zomaar. Ik kon mezelf wel voor m'n kop slaan om wat er was gebeurd.'
'Maar Lilian was dus helemaal niet dood?' drong Dominique aan.
'Nee. Dat merkte ik pas toen ik hier was, in de buurt van het rif. Ik was hier nog nooit eerder geweest. Maar toen ik hier voer, een eindje verderop, hoorde ik haar ineens kreunen. Man, wat was ik opgelucht!'
Dominique ademde langzaam uit.
'Waar heb je haar gelaten? Waar is Lil?'
'Ze had pijn, ze zei dat ze misselijk was en duizelig. Ik heb de boot snel aan de kant gelegd. Bij dit eilandje hier. Toen ze eenmaal vaste grond onder haar voeten had, ging het wel weer een beetje. Toen was ze vooral boos.'
'Vind je het raar?' vroeg Dominique sarcastisch en ze stond op. 'Je had haar wel ik-weet-niet-wat kunnen bezorgen door haar zo in die boot te smijten.'
'Ja, dat zei zij ook. En ze sloeg me in mijn gezicht. En ze zei dat ik hier niet mee weg zou komen.'
Dominique ging voor hem staan.
'En toen?'
Weer keek hij van haar weg.
'We kregen vreselijke ruzie. Ik zei dat ik niks kon doen aan wat er was gebeurd. En dat datgene wat zij gedaan had veel erger was: zij had ons kind dood laten maken. Maar zij was het er niet mee eens. Getrouwde

mannen moeten geen buitenechtelijke kinderen hebben bij jonge studentes, zei ze.'

'En daarna?'

'Ik zei dat sommige dingen belangrijker waren dan studeren. En toen zei zij dat ik een vreselijke egoïst was, die er helemaal niks om gaf wat zij met haar leven wilde doen.'

Hij stond ook op.

'En verder, Thomas?' vroeg Dominique, terwijl ze bleef proberen oogcontact met hem te krijgen.

'Toen zei ze dat ze het aan iedereen zou gaan vertellen. Aan Regina. En aan Charles. Aan iedereen. En dat ze naar de politie zou gaan. En dat ze ervoor zou zorgen dat ik in de gevangenis kwam. En dat ze hoopte dat ik een celgenoot zou krijgen die me...'

Hij draaide zich van haar weg en liep naar de waterrand.

Ze kwam vlak achter hem staan en vroeg: 'En wat gebeurde er toen?'

'Toen heb ik haar weer geslagen. Heel hard. Ze viel op de grond. En ze bloedde weer. En ze was vreselijk kwaad. En ze schreeuwde. En toen heb ik...'

Ze gaf een ruk aan zijn schouder, waardoor hij een kwartslag draaide. Meteen ging ze vlak voor hem staan.

'Wat, Thomas? Wat heb je gedaan?'

Het volgende moment had hij haar beetgepakt. Hij drukte haar bovenlichaam naar beneden en draaide een arm op haar rug.

Dominique schreeuwde en probeerde hem met haar vrije hand te slaan, maar hij dwong haar op haar knieën, vlak bij de waterrand.

'Toen heb ik dit gedaan,' zei hij vlak bij haar oor en duwde haar arm verder omhoog.

Brullend van de pijn boog Dominique verder naar beneden, naar het water, dat golvend over de rotsen klotste.

'Precies,' zei Thomas. 'Dat deed zij ook. Lilian wist ook niet wanneer ze haar kop moest houden. Ze bleef maar schreeuwen en riep de vreselijkste dingen naar me.'

'Hou op! Laat me los!' beet Dominique hem toe.

'Je bent net Lil! Onverbeterlijk.'

Hij knielde aan de rand van de rots en dwong haar lichaam nog verder naar beneden.
Haar gezicht was bijna bij het golvende water. Dominique vocht met alles wat ze in zich had, maar ze was geen partij voor de veel sterkere Thomas, die haar arm in een stevige houdgreep hield.
'Wat doe je?' schreeuwde ze bang. 'Hou op!'
Met een hand op haar achterhoofd duwde hij haar gezicht in het zeewater.
Dominique kreeg een hap zout water binnen en dacht dat ze stikte. Met haar ogen wijd open probeerde ze zich los te worstelen, maar de hand hield haar onverzettelijk vast.
Net toen ze dacht dat het met haar gebeurd was en dat hij haar als een ongewenst beest zou laten verdrinken, trok Thomas haar omhoog.
Kokhalzend hapte ze naar adem. Twee, drie diepe teugen en daarna moest ze onophoudelijk hoesten. Hij wachtte tot ze wat gekalmeerd was voordat hij de greep op haar arm verstevigde en haar hoofd weer tot vlak boven de waterspiegel duwde.
'Het is net of ik een déjà vu heb,' zei hij. 'Je gedraagt je precies zoals Lilian.'
'Thomas,' riep ze wanhopig. 'Waarom doe je dit?'
'Je wilde toch weten wat er met Lilian is gebeurd?' vroeg hij ijzig. 'Nou, dat laat ik je zien. En voelen.'
De hand op haar achterhoofd begon weer te duwen.
'Nee, Thomas, nee!' brulde ze. 'Alsjeblieft! Ik weet het! Ik weet het nu!'
'Je weet het nog niet helemaal,' zei hij.
Tegelijkertijd duwde hij haar hoofd weer onder water. Deze keer was ze nog in staat een hap adem te nemen. Maar hij dwong haar dieper naar beneden dan de vorige keer. Nu ging haar hoofd tot haar schouders onder.
Dominique voelde het bloed bij haar slapen en haar oren bonken. Ze probeerde onder water wat te zien, maar het was donker. Haar longen voelden alsof ze zouden barsten. Ze worstelde om uit de greep van Thomas te komen, maar hij hield haar schijnbaar moeiteloos vast en

duwde haar hoofd alleen maar dieper het water in. Met haar vrije hand probeerde ze zich tevergeefs omhoog te trekken aan de rand van de rotsen.

Voor haar gevoel duurde het een eeuwigheid. Het was anders dan wanneer ze op de bodem van een zwembad zat: dit had niets vredigs. Het water was ineens een vijand, een gruwelijk wapen. Ze dacht dat haar leven al uit haar begon weg te stromen, toen hij haar ineens weer omhoogtrok.

Met diepe keelgeluiden werkte ze de reddende zuurstof naar binnen. Al haar energie was verdwenen. Ze voelde niet eens meer de kracht om te vechten.

'Je bent kapot, hè?' vroeg hij zachtjes bij haar oor. 'Dat had Lil ook. Die overleefde de derde keer niet.'

'O, mijn god,' kreunde Dominique. 'Je hebt haar vermoord.'

'Ja, ik heb haar vermoord,' antwoordde hij, schijnbaar onaangedaan. 'Ik dacht dat je dat zo langzamerhand wel door zou hebben.'

'Maar waarom? Waaróm?'

'Dat heb ik toch verteld? Ik kon niet toelaten dat ze naar de politie zou gaan. Datzelfde geldt voor jou, trouwens. Alles liep anders dan ik had verwacht, maar wel in mijn voordeel. Je had die Fernandes er niet bij moeten halen, Do. Je hebt het over jezelf afgeroepen.'

Ze snikte ongecontroleerd. Al haar hoop was verdwenen. Lilian was dood. En nu ging Thomas, haar eigen oom Thomas, haar ook vermoorden. Er was niets wat ze ertegen kon doen.

Thomas drukte haar arm weer omhoog en legde zijn hand op haar achterhoofd.

'Wacht!' riep ze. 'Waar heb je haar gelaten?'

Hij lachte vreugdeloos. 'De oceaan is geduldig. En haaien zijn gek op Nederlandse meisjes, wist je dat niet?'

'Vuile klootzak!' gilde ze.

71

Op het moment dat haar gezicht weer onder het wateroppervlak verdween, werd het hele eiland ineens in een fel licht gezet.
Geschrokken wendde Thomas zijn hoofd af, terwijl hij Dominique nog verder onder water duwde.
'Van Dorp. Loslaten en opstaan!' riep een stem in het Nederlands door een luidspreker. 'Dit is de enige waarschuwing voordat we schieten!'
Terwijl hij opstond, gaf Thomas Dominique zo'n duw, dat ze voorover schoot, van de rotsrand af. Ze stootte haar hoofd onder water, maar worstelde zich omhoog, tot ze het golvende wateroppervlak bereikte. Hoestend en rochelend hapte ze naar adem. Ze probeerde haar gezicht boven water te houden, maar de golven sloegen steeds over haar heen. Haar hersens schreeuwden dat ze zich aan de rotsrand moest vastgrijpen en uit het water moest klimmen, maar haar lichaam miste de kracht om ernaar te luisteren.
Ze wilde het al opgeven en zich weg laten glijden, toen een sterke hand haar bij haar haren greep en omhoogrukte. Iemand pakte haar onder haar armen en trok haar het eilandje op. Daar bleef ze liggen, niet in staat om te ademen.
De sterke handen deden haar armen omhoog en legden haar op haar zij. Zodra het water uit haar mond begon te lopen, barstte ze uit in een vreselijke hoestbui, terwijl ze tegelijkertijd gierend ademhaalde.
'Zie je wel, ik wist dat je een vechter was,' zei de man met de sterke armen.
Ze keek omhoog en zag een wazige gestalte. Het was Pepe.
'Wat doe jij hier?' wist ze uit te brengen, waarna ze meteen weer moest hoesten.

'Zaken, miss. Zaken,' zei Pepe en keek over zijn schouder.
Daar stond Fernandes, met een brede grijns om zijn mond, waarin een dikke sigaar zat. Met een pistool hield hij Thomas onder schot.
Terwijl Pepe haar aan boord droeg van een boot die aanzienlijk groter was dan de speedboot van Thomas, hoorde Dominique de twee mannen op het eiland praten.
Fernandes sprak op een donkere, dreigende toon. Thomas protesteerde luidkeels en probeerde op hem in te praten.
Pepe legde haar op een bank in de kajuit van het jacht en dekte haar toe met een plaid. Ze sloot haar ogen en kon simpelweg niet geloven dat ze nog leefde.
'Dank je,' fluisterde ze.
'*Don't mention it*,' antwoordde hij grijnzend.
Buiten klonk een schot. Pepe leek er niet van op te kijken.
'Wat was dat?' vroeg Dominique geschrokken.
'Waarschijnlijk disciplinaire maatregel nummer één,' zei Pepe.
Fernandes kwam de kajuit binnen en zei tegen Pepe: 'Help jij die klootzak even instappen? Volgens mij kan hij niet meer zo goed lopen.'
Pepe grijnsde breed en vroeg: 'Wat doen we met zijn boot?'
'Gewoon laten liggen.'
Dominique hoorde hoe Pepe en Thomas aan boord klommen. Toen ze de kajuit in kwamen, zag ze dat Thomas een hevig bloedend gat in zijn knie had. Hij sleepte moeizaam met zijn onderbeen.
'Naar buiten met die vent!' riep Fernandes, terwijl hij de motor van het jacht startte. 'Hij bloedt de hele boel onder.'
Pepe maakte rechtsomkeert en sleurde de luid protesterende Thomas mee naar het dek.
'Jullie hebben me gered,' zei Do. Elk woord dat ze uitsprak, deed haar pijn. 'Maar hoe wist je...'
'Fernandes weet alles wat er op Aruba gebeurt,' zei de dikke man, zonder zijn sigaar uit zijn mond te halen. 'Laten we het erop houden dat niemand aan de vrienden van Fernandes komt.'
'Bedankt, maar zijn wij dan...'
'Daar komt nog bij,' vervolgde hij, 'dat mijn mensen deze meneer Van

Dorp in de gaten hebben gehouden vanaf het moment dat hij een voet op het eiland zette.'

'Waarom?'

Hij keek al sturend even naar haar om.

'Zaken, miss! Niemand gaat op mijn eiland drugsdeals sluiten met de Amerikanen en de Venezolanen zonder Fernandes. Onder het mom van farmaceutische leveringen cocaïne verschepen! Wat denkt zo'n stomme Hollander wel?'

Dominique sloot haar ogen en glimlachte. Ze kon zich al niet voorstellen dat Fernandes zo'n moeite zou doen alleen om haar te redden. Dat er sprake was van eigenbelang stelde haar op een vreemde manier gerust.

Ze doezelde weg, maar schrok wakker toen ze een doordringende gil hoorde. Geschrokken ging ze overeind zitten.

Pepe kwam de kajuit binnen en gaf Fernandes een vette knipoog.

'Wat is er gebeurd?' vroeg Dominique.

Fernandes gaf het roer over aan Pepe en kwam glimlachend bij haar staan.

'Het lijkt erop dat onze goede vriend Van Dorp ervoor gekozen heeft om het laatste stuk naar het eiland zwemmend af te leggen.'

'Is hij overboord?' Ze keek hem geschokt aan. 'Maar dat is moord!'

'Zou dat moord zijn?' Fernandes keek even naar Pepe en haalde toen zijn schouders op. 'Dan is het maar goed dat we hem alleen maar aan een reddingsboei buitenboord hebben gehangen. Deze mooie meneer mag straks alles gaan uitleggen aan de politie.'

Zwijgend zakte ze achterover en sloot haar ogen weer. Ze voelde zich ellendig. Haar longen deden pijn en ze was doodmoe. De wond op haar hoofd bloedde.

Haar ogen vulden zich met tranen. Lilian. Ze was dood. Thomas had haar vermoord. Haar eigen oom Thomas. Het verraad! Niet alleen naar Lil en haar, maar ook naar haar vader. Ze kon nog altijd niet geloven dat ze het zelf overleefd had.

Toen het jacht had aangelegd in de jachthaven bij het centrum van Oranjestad en Pepe haar optilde van de bank, hield Fernandes hem tegen. Hij keek Dominique ernstig aan en zei: 'We brengen je naar het ziekenhuis. En we zullen zorgen dat die man door een van onze mensen wordt afgeleverd bij de politie. Maar ik zou het zeer op prijs stellen als je...'

Ze knikte en legde een hand op zijn arm. 'Ik zeg niks tegen de politie over jullie,' beloofde ze. 'Dat is wel het minste wat ik kan terugdoen.'

72

Dominique had het idee dat ze dagenlang geslapen had.
Toen ze haar ogen opendeed, zat haar vader naast haar. Ze lag in een ziekenhuisbed, met een infuus in haar arm.
'Papa!' zei ze blij.
Hij glimlachte en veegde wat haren van haar voorhoofd. 'Blijf maar rustig liggen.'
Langzaam drong het weer tot haar door wat er gebeurd was. Oom Thomas. De boot. Het eiland. Ze was net niet verdronken. En toen Fernandes en Pepe. En Lilian!
'Lilian!' zei ze schor. 'Ze is dood!'
Haar vader knikte somber. 'Ja. Haar ouders zijn kapot. Afschuwelijk voor ze. Ze waren hier net nog, maar ze zijn nu op weg naar Nederland. Ik ben zo blij dat jij nog leeft. Als ik die schoft ooit te pakken krijg. Hoe heb ik me ooit zo in iemand kunnen vergissen?'
Dominique deed haar ogen dicht en voelde dat er tranen over haar wangen liepen.
Ze herinnerde zich weer dat Pepe haar in het ziekenhuis had afgeleverd en dat hij meteen vertrokken was toen de verpleging en een arts haar op een brancard hadden gelegd. Dat ze een zuurstofmasker op had gekregen. En dat, voordat ze ging slapen, sergeant Snellen bij haar was geweest om op te schrijven wat er gebeurd was.
Natuurlijk had ze hem alles verteld. Maar ze had haar belofte aan Fernandes gehouden.
Wat zou er nu gebeuren? Ze wilde terug naar Nederland, zo gauw ze weer beter was. Maar voor die tijd wilde ze Dave nog zien.
Ze liet haar gedachten een tijdje de vrije loop en deed toen weer haar ogen open.

‘Pap, mag ik jouw mobieltje even lenen?’
‘Tuurlijk. Wie ga je bellen?’
‘Mama. Ze moet dit van mij zelf horen.’
Hij glimlachte en gaf haar zijn mobiel.
‘Oké, Do. Ik wacht wel even op de gang.’
‘Nergens voor nodig,’ zei ze. ‘Ik ben veel te blij dat je er bent.’

Epiloog

De maanden na de begrafenis van Lilian waren de treurigste van Dominiques leven.

Ze had nog in het ziekenhuis gelegen toen een forensisch duikersteam van de politie de stoffelijke resten van Lilians lichaam uit het lage water bij het 8-vormige eiland had gehaald. De internationale pers had zich op de zaak gestort en er paginagrote verhalen over geschreven. Samen met Lilians ouders had Dominique één persconferentie gegeven. Daar kreeg ze het al snel te kwaad door alle vragen die op haar werden afgevuurd.

Dominique ging met haar vader in hetzelfde vliegtuig naar Nederland als de kist van Lilian. Op Schiphol werden ze opgehaald door haar moeder, terwijl Theo zich op de achtergrond hield. De eerste weken bleef ze in het huis van haar vader, waar Helga hele dagen voor haar zorgde.

Haar vader probeerde zo veel mogelijk thuis te zijn, al viel dat niet mee, omdat hij na de liquidatie van het bedrijf van Thomas van Dorp veel extra werk had. Daarnaast moest hij lastige gesprekken voeren met de DEA en Interpol, omdat er veel uit te leggen was over de samenwerkingsverbanden tussen WernComp en ThomDorp Unlimited.

Maar met de problemen van haar vader kon Dominique zich niet bezighouden. Ze hield regelmatig contact met Lilians ouders, hielp bij het uitruimen van Lilians studentenkamer en probeerde Betty, Lilians jongere zusje, op te vangen.

Op dringend verzoek van Lilians ouders was er geen pers bij de begrafenis geweest. In haar herinnering had Dominique die dag alleen maar gehuild. Het enige lichtpuntje was dat Dave speciaal naar Nederland was gekomen om bij het afscheid van Lilian aanwezig te zijn. Samen met hem had ze gestaard naar de kist, die in dat diepe gat in de grond lag. Te midden van de bloemenzee om het graf lag een krans met de vlag van Aruba en een grote rode 'F'.

In de eerste maanden van het nieuwe studiejaar viel Dominique zelf in een gat. Ze kon zich nergens op concentreren, zeker niet toen de rechtszaak tegen Thomas van Dorp begon, met een heel mediacircus eromheen.

Elke keer als ze een bekende tegenkwam, werd het gesprek omzichtig op Lilian en Aruba gebracht. Alles herinnerde haar aan het feit dat ze nooit meer met Lilian zou kunnen praten. En dat ze zelfs nooit afscheid van haar had kunnen nemen.

Na een gesprek met de decaan van haar faculteit besloot ze het slotjaar van haar studie uit te stellen en er een jaar tussenuit te gaan. Haar vader stemde ermee in dat ze op zijn kosten een halfjaar naar de Verenigde Staten ging om daar aan de universiteit van Chicago aan haar scriptie te werken.

Daar was ze nu. In het zwembad van de campus. Voordat ze zich op haar vaste plekje in de universiteitsbibliotheek nestelde of een college volgde, ging ze 's ochtends altijd een paar baantjes trekken. En voordat ze zich omkleedde, nam ze de tijd om onder water te zitten. Soms deed ze wel tien of twaalf sessies.

De badmeesters keken er al niet meer van op dat het blonde Hollandse meisje keer op keer langdurig onder water verdween en dan gewoon op de bodem van het zwembad ging zitten, met haar rug tegen de muur. De eerste paar keren was er weleens eentje ongerust poolshoogte gaan nemen, maar algauw lieten ze haar met rust.

Voor Dominique was het heilzaam. Al na een paar weken huilde ze alleen nog maar onder water. En soms zelfs dat niet meer. Ze kon haar gedachten ordenen, haar verdriet een plaats geven. Zelfs haar gruwelijke ervaring met het water bij het 8-vormige eiland leek minder erg, als ze totaal ontspannen op de bodem van het zwembad zat.

Terwijl ze daar zo zat in een sliert bellen, kwam er met een grote plons een gebruind lichaam naar beneden duiken. Een grijnzend gezicht met een lange lok blond haar hield vlak voor het hare stil en drukte even

zijn lippen op de hare. Automatisch beantwoordde ze zijn kus.
Dat was het mooie van Chicago. Niet alleen had het Department of Economics een wereldwijde reputatie. Het lag ook dicht bij Canada.
Dominique wachtte tot Dave naast haar had plaatsgenomen. Toen pakte ze zijn hand en glimlachte ze onder water naar hem.